石健，吉林白城人，文学博士，玉溪师范学院文学院教授。

发表论文 80 余篇，出版专著两部，主持、参与国家级、省部级科研项目多项。

玉溪市文艺精品创作扶持项目

云南省教育厅科学研究基金资助项目（编号：2024J0914）

滇南文学的
深耕者

石　健／著

云南人民出版社

图书在版编目（CIP）数据

滇南文学的深耕者 / 石健著. -- 昆明：云南人民
出版社，2024.5
ISBN 978-7-222-22753-8

Ⅰ．①滇… Ⅱ．①石… Ⅲ．①中国文学－当代文学－
文学评论－文集 Ⅳ．①I206.7-53

中国国家版本馆CIP数据核字（2024）第087470号

责任编辑：和晓玲
责任校对：陈　迟
责任印制：李寒东
创意设计：熊·小熊

滇南文学的深耕者
DIANNAN WENXUE DE SHENGENGZHE

石　健 / 著

出　版　云南人民出版社
发　行　云南人民出版社
社　址　昆明市环城西路609号
邮　编　650034
网　址　www.ynpph.com.cn
E-mail　ynrms@sina.com
开　本　720mm×1010mm　1/16
印　张　15.5
字　数　260千
印　数　1000册
版　次　2024年6月第1版第1次印刷
印　刷　云南速盈印刷有限公司
书　号　ISBN 978-7-222-22753-8
定　价　58.00元

如需购买图书、反馈意见，请与我社联系
总编室：0871-64109126　发行部：0871-64108507
审校部：0871-64164626　印制部：0871-64191534

云南人民出版社微信公众号

目　录

第一章
杨杨创作概述

玉溪通海的杨杨是云南当代文坛一位非常活跃的作家。近年来，他的文学创作收获颇丰，长篇小说《雕天下》与《红河一夜》，分别获得第五届、第七届"云南文化精品工程作品奖"，《雕天下》还入选国家新闻出版署第二届"三个一百"原创图书出版工程。长篇散文《大学之光》荣获在国内散文界具有极高声望的"冰心散文奖"。不过，杨杨的创作尚未引起足够的关注。实际上，在当代云南文坛，他在散文（尤其是非虚构文学）创作、小说创作、个体文学坐标体系的有效建立几方面，都取得了较为丰厚的实绩。

第一节　典型的在场式散文写作

在当代文坛轰动一时的"新散文"，于 20 世纪 90 年代末蔚然兴起。新散文不同于传统散文的地方，主要体现为打破了长期泛滥的抒情模式，在思想文化的开掘，乃至文体改革方面，都勇于探索，呈现出令人瞩目的新风貌。新散文除了文化反思以及文体探索之深度和强度均大大超过传统散文，还以超长的篇幅引人关注。著名散文家祝勇、张锐锋、周晓枫、庞培，以及云南的著名诗人于坚、海男、雷平阳都是"新散文"创作的中坚力量。云南《大家》杂志，是助产与推广新散文的主要阵地之一。此外，中国文联出版社的"深呼吸散文丛书"、鹭江出版社的"中国散文档案·先锋文丛"、百花文艺出版社的"后散文文丛"，都曾收入具有开拓性意义的新散文作品。

迄今为止，杨杨在新散文创作中的贡献往往被人忽略。其实，他几乎从创作之初，就一直是新散文写作的积极参与者。他的散文创作是典型的在场式写作，即充分重视田野调查，并且与近来热度不减的非虚构文学创作声气相求。

2001 年，杨杨的长篇散文《小脚舞蹈》由安徽文艺出版社出版。此书曾在当时引起不小的反响，先是由《南方周末》整版选载刊发，后来国内多家文学杂志、新闻报纸、生活类期刊都争相转载，这在当时的云南文坛颇为罕见。

从时间上来看，《小脚舞蹈》与新散文的出现几乎是同步的，与于坚、海男等云南著名作家的写作也是同时进行的。这是一部具有浓烈新散文风格的文本。杨杨通过对故乡通海县六一村的实地探访，对当代中国尚存的一个独特小脚群落进行了深入的人类学、文化学意义上的发现和书写。可贵的是，杨杨的新散文探索并非一味模仿名家，而是从开始就打上了个人的鲜明印记。跨文本或超文本写作，造就了《小脚舞蹈》重要的风貌。杨杨不满足于传统散文套路，而是熟练地融汇小说与散文创作手法，同时把新闻报道、田野调查、哲学思辨、学术探索等诸多文本质素，巧妙编织于作品之中，从而使《小脚舞蹈》在全新的、立体的、多样化的表现方式中，呈现出浓郁的文化反思意蕴。这是此作甫一发表，便引起较大反响的重要原因。

从《小脚舞蹈》可以看出，杨杨的散文写作，具有很强的文化底蕴，以及强烈的文体探索意识。这既源自他对世界与文学的独特思考，也得益于长期以来厚重的资料存储。杨杨的散文写作，除了思想性与文学性突出，还具有较强的非虚构或者纪实特征。这种纪实性，在很大程度上规避了某些报告文学或新闻写作浅尝辄止、浮光掠影之弊，而令读者窥见作者试图从纪实性向学术性跨越的良苦用心。在《小脚舞蹈》中，杨杨一方面从良知出发，对妇女缠足行为予以强烈针砭；一方面从知识考古学的维度出发，深入发掘了这一历史畸形行为背后的深层原因。而对多位小脚老人的实地探访，为读者打开了一扇扇隐秘的心灵窗口，凸显了在人性开掘方面的努力与深度。

把充满学术性的追问融入诗性文本的追求，在杨杨的很多非虚构散文中都有体现。在这方面，似乎可以看出他向以著名人类学家列维－斯特劳斯的《忧郁的热带》为代表的经典文本致敬的诚意。杨杨作品中的学术性，在很大程度上源于其自身浓郁的学者气质。谈起云南的许多风土掌故，杨杨都如数家珍。这完全得益于他多年精心营建的庞大的地方文化资料库。在某一专题上对资料的占有，杨杨甚至堪与相关领域专家媲美。

杨杨还擅长把书斋中的学问与扎实有效的田野调查结合起来。多年来，他扎根滇南，游走在这方他挚爱的土地上，在实地走访中勘察丰富多彩的自然地理、文化景观、历史遗迹，并往往在散文中别具慧眼地把新的考察发现凝诸笔端。

杨杨厚积薄发，其带有明显个人风格的长篇非虚构散文创作，如井喷般涌现。《通海大地震真相》在占有丰厚资料的基础上，挖掘一段灾难史背后的深层原因，引起了包括凤凰卫视等著名媒体的广泛关注。《街巷寻踪》《滇越铁路》《青铜古滇国》《泥塑大师黎广修》《圣水灵山》《天镜抚仙湖》等，融思想性、知识性、文学性于一身，带给读者精神启迪与美的享受。

2019 年，杨杨推出了 26 万字的长篇散文新作《大学之光——行走在云南深处的西南联大》（简称《大学之光》），对中国教育史上铸造千载伟业的西南联大在云南的艰辛历程做了精彩描绘。此书既延续了《小脚舞蹈》的新散文风格，同时融入了新的个体性思考与文本创新意识。

关于西南联大及其意义，已经有了太多的阐释和书写，想要写出新意并非容易的事。《大学之光》的别开生面，既诠释西南联大对于中国文化的守护，深入诠释大学之魂魄所在，又注重个案发掘，塑造了不畏艰险、活跃在云南大地上的各类知识分子形象。

文本从强烈的历史意识出发，在充分占有史料的基础之上，充分发挥自身的想象力，另辟蹊径地解读了西南联大精神。杨杨认为，西南联大落户云南，有一种"宿命"的意味。西南联大与云南之间的关联，既是现实意义上的，又充满了浪漫色彩。一方面，这是属于特定历史时空的因缘际会，有其内在必然性；另一方面，对西南联大与云南来讲，这一宝贵的缘分具有浓烈的诗意特征。杨杨特别强调，云南除了环境与气候的天然优势，自古以来还凝聚了浓郁的人文气息，并非人们惯常想象的蛮夷之地。在美丽的历史传说中，云南正是有了彩云的庇佑，才增添了福瑞祥和。在烽烟弥漫的战争时期，正是处在这一相对安谧美好的环境中，西南联大才有了不断传播文化火种的立足之地。文中还写到了昆明人生活悠闲,并以自恋和自信的态度热爱云南这方水土,这与大学所需要的平静、稳定、踏实、自信等诸多品质,也是极为吻合的。总之,杨杨在尊重史实的前提之下,以看似闲适又不乏诗意的笔调,阐释发掘了西南联大在国难当头之际与云南这方水土冥冥中的契合。

西南联大的千秋伟业令人无限感慨:"其环境之恶劣与成绩之显著,形成极为鲜明的反差,以至今人看来,有点'不可思议'。"[①] 杨杨正是从这"不可思议"出发,深入解读了联大师生在艰苦条件下为科学与人文事业所做出的巨大贡献。《大学之光》一方面真实准确地记述了西南联大师生们在云南的艰辛工作,另一方面,发挥了想象力,为这些人物增添了诗意色彩。全书的一大亮点,就是对费孝通、吴征镒、邢公畹、曾昭抡、黎国彬、姚荷生、陶云逵、袁家骅、沈从文、李霖灿等人的生动刻画。作者根据他们的不同背景来准确传神地加以描写,杨杨笔下的西南联大师生色彩鲜明,别开生面,给读者留下了过目难忘的印象,让人增添了对西南联大人的敬仰。

《大学之光》还巧妙地使用了互文这一修辞手法,大大增强了文本的内涵与张力。作为叙事者的"我"与历史之间,经常展开丰富多维的对话。在对历史的深层透视中,充分发挥善于思考的"我"的介入功能,使古板的历史有了更多的灵动。"我"时而与先贤对话,时而对西南联大师生的行动予以阐释,充分融入作者在云南大地多年的田野调查体验。正是因为对师生们当年的科考活动具有一定程度上的感同身受,杨杨才真切地把一束普惠云南乃至神州的大学之光,精彩地呈现出来。总之,互文手法中"我"的有机融入,既为文本增添了强烈的主体性因素,又在当代知识分子与先贤的对话中扩充了思想意蕴,为今日知识文化界如何传承西南联大精神提供了借鉴。

---

① 陈平原.中国大学十讲 [M].上海:复旦大学出版社,2002:242.

2021 年，《大学之光》为杨杨赢得了"冰心散文奖"这一殊荣，这是对他多年来散文创作的最高褒奖。

总之，杨杨具有浓厚地域风情的散文创作，相较当代云南文坛备受关注的名家，具有个人独特的魅力。长期以来，他把文学、文化、历史、纪实、学术有机地交融在一起，其颇具现代色彩的非虚构新散文写作硕果累累，在当代云南文坛占据了重要一席。

第二节　深入探寻心灵奥秘的小说写作

杨杨在 20 世纪 90 年代中期开始小说创作。其小说的显目特点是善于挖掘人性隐秘的心灵奥秘，并常常通过对人性之恶的书写，警诫人类不要作茧自缚，走向毁灭的途程。尽管地处云南边地，但是杨杨从小说创作伊始，便具有一定的先锋色彩，其作品具有浓郁的世纪末风情，以及现代主义质素。但杨杨并未陷入现代主义的悲观绝望，而是时时以诗意的笔触，对人类的未来予以美好的预期。凡此种种，都使其小说魔性与诗性共融的特征极为明显。

初登文坛的杨杨甫一涉笔，便在小说中对于新千年的临近，以及伴随现代文明发展而衍生的"世纪病"，产生了深切的关注。他在短篇小说集《混沌的夏天》后记中写道："现代文明给我们带来了高楼大厦、汽车飞机、冰箱电梯等等秩序井然、称心惬意的生活，但同时也带来了环境污染、孤独恐惧等世纪疾病。"为此，他往往在纯朴的童心抑或初心中，建构自己的精神家园："我心中的那个地方是童年生活的故乡"，"这些隐蔽的生命就是我的小说的出发点"。因而，在杨杨笔下，云南美好的生态环境日益受到工业污染，乃至人性的异化等现代性所衍生的问题，成为长期关注的对象。

神秘主义向理性主义发起挑战，是当代多元文化思潮剧烈碰撞的一个缩影。杨杨早期的"杞麓湖系列小说"，比如《混沌的夏天》《忧郁的死湖湾》《蚁儿》等短篇，以杞麓湖为背景书写少年的成长历程。这些作品怪异、神秘、阴凄的氛围令人过目难忘，在浓郁的悲剧性书写中作者展现了对人性恶的充分警惕，世纪末情结跃然纸上。

"鬼"在中国古典小说尤其是《聊斋志异》等作品中，往往是"人"的自我折射，是人更为深邃和幽暗层面的显现。"杞麓湖系列小说"中非常明显地萦绕着一股浓重的鬼气。鬼气的营造除了渲染氛围，更在于发掘人性。杨杨一方面着力于对人性恶的描摹，一方面重视挖掘人性中不易被觉察的隐秘因素。人物往往在遭难、作恶、忏悔中，呈现出矛盾复杂的心理特征。如果说，上述作品的寓言化特征极为明显，《美神阿扎拉》则更像是一篇神话，具有鲜明的超现实主义色彩。齐云寨的女人对待鞑靼人首领即雌雄同体的美神阿扎拉的态度颇为暧昧：在掺杂着道德愧疚，然而却是奔向理想家园的过程中，她们不乏颓废—唯美色彩的欲望喷涌，颇有些世纪末纵情狂欢的味道。除却浓墨重彩的浪漫色彩，十分令人深思的是，杨杨何以要刻画阿扎拉这样一位来自蒙古大草原的北国英雄，并对其充满了仰慕之情？这与他本人对于生命家园的渴望与忧思是密不可分的。他把阿扎拉这一充满理想主义色彩的人物设置在遥远的环境中，寓意着对精神家园的渴望，同时隐喻着重返美好的心灵栖息之地这一过程的无比艰难。

杨杨还在短篇小说中，对世纪末纷繁复杂、光怪陆离的现实生活、人生百态予以了密切关注，尤其侧重书写人的"心魔"。在《名医》《老贾》《孤独的老洋房》《耻辱或荣誉》等作品中，杨杨既以象征的手法对世纪末问题进行了深入的思考，还洞隐烛微地对人们在世纪末心灵世界的变异予以细致探寻。荒诞闹剧与心灵悲剧的书写，也是城市／乡村、看／被看、能指／所指相纠结的新时代病症的折射。毋庸讳言，世纪末的中国大地，在高歌猛进的商品经济大潮中，亦滋生了一些现代文明发展不可避免的弊病，以致出现了一些典型病象。这些病象，究其实质还是关乎人类心灵的。显然，如何使人性美好与文明发展处于和谐之中，是摆在世纪之交中国作家面前的一道难题。初入文坛的杨杨，敏锐地捕捉到了这一问题，并切实地做出了独特的思考，这是难能可贵的。

杨杨的中篇小说延续了短篇小说的探索。对于人性中鬼气的挖掘，在中篇小说《巫蛊之家》中有了更集中更充分的展现。小说从一位垂垂老矣的学者的视角出发，以倒叙形式讲述其早年在滇南一带的学术考察历程。在某个傣族村寨，当地特有的巫蛊文化，令学者的考察陷入了鬼气弥漫的神秘谜团之中。作品在竭力感知世界的神秘氛围中，昭示了人性的痼疾，呈现出浓郁的世纪末风貌。

在《飘来飘去的那条金路》这一中篇小说中，故事的背景在乡村与城市之间切换，主题涉及当今青年路向的选择、原始村寨的发展、农民工在城市的境遇、传统文化的传承等一系列现实问题，具有更为鲜明的现实意义。但是杨杨的笔触是充满诗意的。此作在一定程度上也可视为作者本人的自传——他在杞麓湖边的乡村成长，成年之后面对云南城市发展所带来的一系列问题，以及城乡之间的巨大反差，产生了深深的困惑并予以深入思考。此作亦可视为作者寻找精神家园的一次深层探索。对于永远行进在探索途中的杨杨来说，理想的精神家园既"完全属于自己"而"又远离自己"。一个成熟作家的标志，正是在不断的心灵扭结之中，对世界进行不倦的探寻。

杨杨的中短篇小说对世间的苦难与荒诞所进行的深入剖析与发掘，其内在的驱动力是对人类命运的忧虑和悲悯。此后，随着文学视野和气魄的拓展，他开始在长篇小说中进一步融入了这样的思考。《雕天下》通过对高石美这一形象的塑造，延续了短篇小说中的思考。杨杨没有像传统的同类题材写作那样，把高石美这一优秀的艺术家刻画成纯洁无瑕的圣人，而是充分展示了其自身的困惑与矛盾。在高石美身上，还有一种此前中国文学中艺术家形象少见的"恶魔性特质"。来自云南偏僻乡村的高石美，就是一个因对艺术痴迷与狂傲而被故乡流放的多余人。这一独特的形象，大大拓展并丰富了当代文学的艺术家谱系。这一令人过目难忘的人物，作品充分折射出现实生活与艺术世界的强烈反差，并深切传递了人类所面对的无所不在的荒诞困境。文本还通过对阴暗人性的发掘，呼唤人间的至情与友爱。《雕天下》聚焦于命运之谜的发掘，高石美的世俗与艺术人生，走向无比的迷茫与混沌，从而使得整个文本充满丰富、神秘、多维的色彩。

杨杨的长篇小说《红河一夜》，通过书写中越边境红河流域上演的传奇故事，对边地风云变幻的历史进行了新的想象建构。书中的传奇历史，在大幅度的时空自由跨越中得以重新组装，既迥异于传统的史传性历史小说，又对当代文坛曾颇为流行的新历史小说有所突破，体现出较为深刻的历史意识。文本为丰富和拓展当代小说的历史书写，提供了借鉴。

第三节　个体文学坐标体系的有效建立

有成绩的作家，善于发现与填补空白，建立个人的文学坐标体系。"每个作家，都需要找到自己的写作根据地。而写作，正是朝向这个根据地的一次精神扎根。"①围绕杨杨的创作历程，一个饶有意味的话题，就是如何敏锐地发现空白，结合地域资源与自身优势，建立个体文学坐标体系。

如果从文学地理学的角度来看杨杨的创作取材以及主题，除了《大学之光》等作品是书写昆明以及其他地区以外，其他主要是从故乡通海一直延伸到滇南中越边境的红河流域。如以昆明为中轴，杨杨迄今为止所开采的文学区域正是标准的滇南地区。在文学中寻找、演绎、开掘、发现滇南，已然成了杨杨作为作家数十年如一日的神圣使命。个体文学坐标体系的建立，对他今天取得的成绩而言是至关重要的。

滇南地区高山林立、大江纵横、民族众多、风俗奇特，无论从自然地理还是人文景观来说，都充满了神奇的魅力，也具有典型的云南文化风貌。从今天云南文学的整体情况来说，滇南一带有其值得发掘的重要意义。下面，不妨与云南其他地区以及文学书写情况对照来看一看。

以昆明为中心的滇中，作为云南长期以来的政治经济中心，久被汉文化浸染，昆明本身也被许多著名作家浓墨重彩地书写过。滇东北并不具有典型的云南文化特征，反而与巴蜀文化很接近，随着昭通作家群的创作蔚为大观，这一地区的自然

---

① 谢有顺. 散文的常道 [M]. 广州：广东人民出版社，2014：209.

与人文景观已有了诸多呈现。在滇东曲靖地区占据重要地位的爨文化，实际带有中原文化的明显印迹，并且随着曲靖作家群的异军突起，此处也早被纳入了文学书写版图。而滇西地区从北到南，包括大理、丽江、香格里拉、腾冲、普洱、西双版纳等地，自古以来就有徐霞客、杨慎、洛克、斯诺、李霖灿、马子华、曾昭抡、姚荷生、于坚、海男等名家不断书写。这些地区，近些年来随着旅游业的迅猛发展，游人纷至沓来，原初的神秘感已经大大消退。

从如上的大致梳理来看，滇南在云南文学的版图上，尚未成为被充分开垦发掘的重要地域。职是之故，杨杨将文学坐标置于滇南而不是其他地区，一方面源自对故乡一带乡土风物的亲切与熟稔，另一方面则出于深思熟虑后为云南文学开辟新的地理空间的气魄使然。他坚信，只有根植于这方水土，才能真正充分发挥自身价值，为云南文学做出贡献。迄今为止，杨杨坚韧、执着地扎根滇南大地的文学探索，已经有了丰硕的成果。他的探索并没有终结，据他本人讲，同样在文坛缺乏关注的滇东南的文山，将是其下一步探查书写的区域。

"作家要重返生活的现场，要重新认识思想的实践意义，首要的就是要让心灵扎根，让灵魂接通那些感官的血脉，让那些边缘的人群和生活，让乡野和书斋，一同纳入今日中国人的精神版图中。这不仅是思想对生活的重新介入，也是写作重获生命活力的重要途径。"[1] 杨杨的文学创作，正是一种切实的在场式写作。他迄今取得的实绩，首先来自真诚务实、为云南的开拓发展积极助力的文学理念。他扎根滇南大地，经常以田野调查方式，实地探访勘察，在此基础上得以深入把握云南历史文化的内在理路。其次，杨杨学识丰厚，他以个人丰富的藏书营造的萦绕着浓郁书香气息的"书林岛"，已然成为通海文化圈的醒目景观。在他心目中，那些说阅读太多会受别人影响、阻碍文学创作的说法十分浅薄荒谬，他认为，"一个人学会

---

① 谢有顺 . 散文的常道 [M]. 广州：广东人民出版社，2014：196.

了阅读，就成功了一半"。他还收藏有大量的云南文化文献资料，关于《阿诗玛》就搜集了上百种不同版本。[①] 有了这样的积淀，其对笔下书写对象了然于胸，构筑了写作的坚实基础。最后，杨杨一直具有颇强的创新意识，不断进行文体方面的实验与探索，这也使其创作气象万千，意蕴深厚。

总之，杨杨数十年如一日，以踏实、执着的态度积极深入生活，异常勤奋地搜集相关资料文献，勤恳写作，勇于创新，以数十本著作赫然成为云南文坛的实力派作家。对于杨杨的创作，至今还缺乏足够的关注，本书稿算是抛砖引玉，希望有更多人来发掘杨杨笔下丰富多彩的文学世界。

---

① 饶平. 一个人学会了阅读，就成功了一半 [N]. 玉溪日报，2015-05-05（A06）.

第二章
杨杨散文论

杨杨的新散文或者非虚构文学创作具有复杂多维的特色。在充分占有资料的基础上，他特别重视田野调查和实体踏访，其非虚构文学作品创作都是典型的在场式写作，具有强烈的时代精神。此外，他的作品具有很强的思想性和艺术性。目前，对于杨杨的非虚构创作的研究还很不够。实际上，他的非虚构散文创作，取得了有目共睹的成绩。也体现了新时代、新征程中，云南作家再现云南大地风貌的执着追求，这是值得充分总结和关注的。

第一节　杨杨散文论概述

长期以来，杨杨一直执着于散文创作。他以《小脚舞蹈》发轫，成为云南当代文坛新散文的开拓者之一，此后以丰富多彩的创作，成为云南散文领域的领军人物之一。他的散文创作，强烈地呼应了当代文学的热点即非虚构文学。迄今为止，杨杨以旺盛的创作精力，出版了数十部作品。除了一些小说，其大部分作品，都属于非虚构文学的范畴。可以说，杨杨是云南文坛非虚构文学创作领域的开拓者和重要参与者之一。

当代文坛的非虚构文学创作，始自《人民文学》在 2010 年开设的"非虚构"栏目。2010 年第 11 期《人民文学》，推出了"'人民大地·行动者'非虚构写作计划启事"。该启事可以说为非虚构文学提供了创作指南。这一指南，大略言之，包括以下要素：作者要出诸民胞物与情怀，以真挚的立场进行创作；以各种非虚构体裁和方式，深度表现社会各个领域和层面，以及人们丰富多彩的生活经验；同时要具有较高的文学性。此后，非虚构文学创作蔚为大观，至今仍是文坛的热点。

那么，这则启事当中所强调的非虚构写作的重要特点，即真实性和文学性，与以往最重要的非虚构文体，比如报告文学之间，到底有何区别？这是一个迄今为止众说纷纭、令人目眩的话题，且大有纷争不断、越演越烈之势。

对此，笔者认为没有必要把非虚构创作玄虚化、神秘化。为此要特别注意，非虚构的提倡乃至创作之核心要旨，即针对那些假大空式的、不及物的文章，矫正浮夸矫饰、凌空蹈虚的文风。中华人民共和国成立以来的报告文学或者纪实文学，便有很多类似的弊端。比如，作品中的人物塑造或者事件记述，有许多可谓"戴着镣铐的舞蹈"，即必须符合一定的规范要求而秉"意"为之，这就难免使创作成为模式化的样板文学。而《人民文学》所推出的启事，特别注重作者的在场写作，鼓励对特定对象、事件的深入考察和体验。此后不断涌现的大量优秀非虚构作品，都可视为有意无意地蕴含了根除以往文学创作积弊的针对性。

杨杨的散文或者说非虚构文学创作，取得了不俗的成绩。他创作的醒目特点在于，除了极为强调在场的田野调查工作，具有强烈的时代精神之外，还充分融汇了一个小说家的想象力以及浓烈的诗意，因此呈现出别具魅力的艺术风格。具体来讲，杨杨散文的创作特色有以下几方面。

一、典型的在场体验的传递

既然非虚构文学特别强调，要以真实的历史背景为依据再现人物与事件，并以此传递出时代独有的精神风貌，那么真实材料的获取，以及对核心人物的现场采访，便是决定作品能否成功的关键。这就要求作家立足于生活，热爱生活，扎根现实，致力于一种在场式的写作。非虚构文学的生命要义即真实。职是之故，求真务实的精神，热情真挚的态度，以及丰厚的知识储备，都是非虚构文学创作不可或缺的。

在这些非虚构创作的必要条件上，杨杨可谓非常突出。他的在场式写作之前提，首先是引人瞩目的积累。他重视阅读，图书储备丰厚，精心打造的"书林岛"已经成为通海当地一道靓丽的人文风景。涉及云南大地的历史文化、风土人情，杨杨都极为稔熟。这在很大程度上为他的非虚构创作提供了有力的保障。

杨杨的非虚构写作，更注重田野调查和现场访谈，为此他常年行走于云南大地。举例来说，《小脚舞蹈》有一半的篇幅，都用来书写六一村这个全国闻名的小脚部落的当事者。该书在做足了实证功课的基础上，对给广大妇女带来惨痛经历的小脚文化，做了一次全面的梳理和反思，在小脚历史书写中确立了不可或缺的重要地位。《通海大地震真相》是对通海大地震调查结果的一次全面总结，记述了许多不为人知的细节，披露了许多未曾公布的资料，使这一中国地震史上的典型案例得以全面呈现。严谨的科学态度与实证精神，使此书在中国灾难史、地震史上具有宝贵的史料与文献价值。《小脚舞蹈》《通海大地震真相》两部非虚构文学创作出版后，国内外不少缠足史和地震史研究领域的学者特地到通海拜访杨杨，就有关问题咨询请教，可见其非虚构作品的价值。

非虚构写作，还应该具有强烈的社会责任感和社会问题意识。"新世纪以来的非虚构写作是一种非常典型的介入性写作。无论是面对历史还是现实，作家都是聚焦于社会存在的相关问题，通过各种介入方式展开叙事。""作家作为叙事的组织者和参与者，本身也成为叙事的对象。这种创作主体对社会的全面介入，一方面是为了体现'求真'的目标；另一方面也是为了有效传达作家对历史或现实的社会认知。尽管这种社会认知带着作家明确的个人理解或思考，但它所触及的社会问题却具有历史或现实的普遍性，也体现了文学与社会之间紧密的依存关系。"① 在《小脚舞蹈》与《通海大地震真相》中，杨杨对小脚文化的反思，对女性不幸命运的揭示，对通海大地震的解密，对于瞒和骗的文化痼疾给整个民族带来的灾难予以的深刻反省，充分体现出一位知识分子应有的良知。这也可视为非虚构文学精神在场写作的折射。

在其他非虚构性作品中，杨杨求真务实的精神以及始终强调在场式的写作，也是令人过目难忘的。2010 年，他基于实地走访创作了《昆明往事》，抓住昆明独特的自然物象如阳光、彩云、鲜花以及标志性景点如西便门、金马碧鸡、滇池、西

---

① 洪治纲．论非虚构写作的社会认知价值 [J]．中国当代文学研究，2023（6）．

山、翠湖等，对昆明做了精彩的书写。另一部书写昆明的《街巷寻踪》，于2014年出版。这一次，杨杨并没有炒冷饭，而是从2013年秋天开始，用了十几天时间，与昆明的街巷进行了一次极为亲密的接触。不同于写作《昆明往事》，他这次选择街巷作为探视昆明的视角，显然是精心为之。纵横于昆明的街巷，宛如维系城市生命的一条条血管，最能体现这座古城的内在风貌。所以，《街巷寻踪》可谓深入昆明的内在肌理，在街巷书写中阐释发掘了昆明这座城市的深层意蕴，这也是对《昆明往事》的突破。

杨杨凭《大学之光》获得冰心散文奖，一方面离不开对资料文献的尽量占有和掌握，另一方面同样离不开对书中涉及的历史遗迹的实地踏访。比如，说到著名语言学家邢公畹的《红河之月》，他就把自己多年来实地踏访滇南红河区域的感受融入进去，可谓与邢公畹进行了穿越时空的一次历史对话，这就大大强化了非虚构写作的现场感。

强调以实地调查为根基的在场式写作，几乎在杨杨的每一部非虚构作品中都有体现。如《青铜古滇国》中古滇国遗址，《滇越铁路》中滇越铁路沿线所经之处，《圣水灵山》中阳宗海周边地区，乃至《泥塑大师黎广修》中远在四川的黎广修故乡，以及黎广修的代表作五百罗汉所在地——昆明筇竹寺，杨杨都留下了实地踏访的足迹。特别令人印象深刻的是，为了写好《天镜抚仙湖》中抚仙湖的不同风姿，他选择了不同的观测点。尤其是尖山山顶的艰险历程，十分惊心动魄，令人联想起大旅行家徐霞客在云南历险的经历。

以杨杨的资料储备和阅历，写作的时候如果偶尔偷一下懒，省去一些实地踏访调研工作，似乎也情有可原。但是，为了对笔下事物有更充分、深入的认识和体悟，给读者带来更直观的感受，杨杨在创作中总是精益求精，不辞辛劳，必到现场。所以，他的非虚构创作，是真正具有坚实根基的在场体验的传递。

二、注重思想内涵的开掘

优秀的非虚构写作，不能浅尝辄止，即仅仅停留于书写对象的表面，而应重视对思想内涵的开掘，这直接检验作家的思想水准和修养。在这方面，杨杨也有突出的表现。杨杨的非虚构创作，总给人带来书卷气，其中的文化气息与哲理思辨意味是非常浓厚的。其非虚构创作的思想深度，具体表现在以下三个方面。

（一）深入的历史探寻意识

杨杨的非虚构写作，始终有一种对历史做深入探究的浓厚兴趣，作品中的历史反思意味十分强烈，并且往往自出机杼，别开生面。

《滇越铁路》中的历史反思，表现在对围绕滇越铁路所发生事件的复杂性的认识上。作者自觉地挖掘和探寻历史的歧义性乃至神秘性，比如这样的话语："那是一段朦胧的历史，正因为朦胧我们才在想象中看到了遥远、清晰、动人的商贸影像。"可见，杨杨很少对复杂的历史现象进行武断的裁决，而是围绕滇越铁路的方方面面，在扎实的史料基础之上，做深入腠理的探讨，体现出开放多维的历史观念，从而自然引发读者对波谲云诡的历史进行多角度的反思。

（二）对文化与文明进程的积极反思

在文化反思方面，以《小脚舞蹈》为例，此书固然有明显的对畸形、变态、腐朽、堕落的文化的批判，但是不同于同类题材作品的显著之处，就是始终着眼于文化的深层发掘。

在扎实的田野调查基础之上，杨杨对造成小脚这种畸形现象背后的历史文化，从知识考古学的角度予以深入反思。法国思想家福柯在其名著《知识考古学》中，提出了知识考古学的要义，即在问题意识驱动下，对于既定的历史结论予以质疑，对历史现象进行重新组合，重建新的阐释空间，由此对历史予以重新发掘、审视、考量，从而催发新的理解。杨杨对小脚这种特殊的文化现象，可谓进行了一次知识考古学意义上的审视，从而建构了属于个人的对小脚文化的独到理解。他没有像有些作者那样故弄玄虚，或者以赏玩的恶俗趣味书写缠足历史，而是通过踏踏实实地采访几十位健在的小脚妇女，描述了她们的不幸命运和真实的生活样貌。

杨杨的批判立场与他的文化审视相辅相成，既把小脚作为男性畸形趣味的产物，又把妇女在缠足历史中作为男性的共谋这一无比悲哀的事实呈现出来——一代又一代的妇女主动给孩子缠足，她们是受害者，同时也是男权文化的帮凶。这样的昭示无疑是沉重的，也是深刻的。他还从女性角度出发，敏锐体察到脚的知识与畸形文化本身的关联，比如："我们一出生，就完全卷进这种知识里，在这种知识的历史和现实的各种表现中，去取得常数和变数，去表演自我与历史的戏剧。"习焉不察的知识，与人的命运息息相关，这种自觉的知识考古学立场，赋予了《小脚舞蹈》丰厚的文化意蕴。

在反思文明进程方面，《圣水灵山》一书一方面对文化的交流融合对促进文明进程发展所起的重要作用予以充分赞美；另一方面，对古驿道上的烽火台则表明了明显的拒斥态度，比如："因为如果烽火台真的一旦点燃，就意味着在绝美的火烟背后，边关将士正在与外敌进行殊死搏斗，血染疆场。那样的'风景'，是谁也不愿看到的。"对文明进程中导致生灵涂炭的战争的质疑，彰显了作家强烈的人道主义情怀。这种对生命的悲悯，在《青铜古滇国》中对青铜器上面呈现的血淋淋的祭祀仪式的书写中，亦可看到。

职是之故，杨杨的非虚构创作，对于文化与文明的反思，突破了二元对立、非黑即白的简单思维模式，呈现出复杂多维的、立体化的色彩。

（三）浓郁的思辨意味

杨杨的非虚构创作，哲学思辨意味十分明显。

《街巷寻踪》对于昆明众多街巷的描写，不是走马观花式的，而是把看似普通的街巷，纳入人的生存哲学层面予以考察。比如书中写到，行走在街巷中的每个人，无论是身处人流之中，抑或独来独往，都要面对前方的一切。在街巷中行走，就仿佛面对命运的展开。"所以说，每一个人都是街巷里的'流浪者'，在自己的城市里奔波不停，漂泊不定，这是固定不变的'身份'。"在他笔下，街巷似乎就是为了人们的身份而存在的，也可以说街巷是人的身份的确证。因此，街巷越来越像一张大网，让每个游走其中的人，既感到无比自由，又不得不小心翼翼。应该说，这样的书写，在此在意义上，把人与街巷的关系诠释出来，满载着浓郁的思辨性。

《圣水灵山》和《仙境抚仙湖》，也不仅仅停留于一般游记的风景书写，而是从传统文化角度，考察人与自然和谐共生的重要意义，阐释发掘了独特的山水哲学和山水管理学的观念。

浓郁的哲学思辨意味，令杨杨的非虚构创作，具有了相对厚重的思想含量。

三、杨杨的散文创作具有独具特色的艺术魅力

文学，怎么能离开想象力呢？非虚构文学的内核是真实，但绝不排斥必要的虚构。诺贝尔文学奖的重要标准之一，即"具有理想主义倾向的杰出文学创作"。这

个理想主义，无疑是对卓越想象力或者说合理虚构成分的彰显或者肯定。此外，非虚构创作也强调艺术性。虚构和非虚构创作，刻板僵化的文字都是不可取的，优秀的作品，一定会给读者带来美的享受。杨杨的非虚构创作，多是不可多得的美文。

茅盾文学奖得主刘亮程说："文学是做梦的艺术，以梦和虚构之力护爱这个世界的真实。"著名评论家张定浩说："杰出的致力于虚构创作如小说的作家，一定有能力写出杰出的非虚构作品。""因为所谓文体乃至才能的强硬分工只是一场现代性阶段的短暂潮流，在更为古老和正在到来的时刻，人都是不可分割的整全，而艺术就是这种整全的表达。"[①] 杨杨的小说与非虚构创作之间，具有密不可分的关联。他最初是以小说创作为文坛瞩目的，虽然数量不多，但其代表作《混沌的夏天》《巫蛊之家》《雕天下》《红河一夜》，都是云南当代小说的重要作品。小说创作的试炼，为杨杨的非虚构散文创作赋予了独特的魅力。

具体而言，杨杨的非虚构散文创作具有以下特色。

第一，通过充满诗意的想象，把小说家的虚构能力发挥到了极致。杨杨的小说，无论是早期的短篇小说集《混沌的夏天》，抑或后来的长篇小说《红河一夜》，都可谓典型的诗化小说，即"利用诗歌的特色手段来替换或转化散文性叙事的形式技巧——诸如强调关键词语、有意重复某个意象、富有暗示意义的细节、节奏等"[②]。这同时体现在充沛的想象力上，也充分体现于杨杨的非虚构创作中。比如《泥塑大师黎广修》，因为历史材料很少，杨杨一方面实地观察并体悟五百罗汉；另一方面，利用个人对艺术的精湛理解，不断展开想象，进而塑造了他心目中的泥塑大师形象。灵动的书写，并不违背历史的真实，甚至更符合传主的真实身份。因而，一位技艺高超的艺术大师，跃然纸上。

① 张定浩.张怡微的世情小说 [M].张怡微.家族试验.北京：人民文学出版社，2020：241.
② 张箭飞.鲁迅诗化小说研究 [M].南宁：广西教育出版社，2004：2.

第二，体现于文字之美。杨杨的许多作品文字都是美妙的，是典型的美文，即使像《泥塑大师黎广修》《青铜古滇国》这样取材于历史的非虚构题材，美妙的篇章也不断呈现，从而使容易枯燥乏味的题材，在他笔下变得耐读耐看，使读者产生美好的阅读趣味。

第三，在杨杨的非虚构创作中，求真务实的立场是一以贯之的，但是同时不否认他是一位理想主义者，也可以说是一位诗和远方的真正追寻者。在他的所有作品中，几乎都能看到对理想的精神家园的企盼和追寻。杨杨的非虚构创作，始终洋溢着一种诗意盎然的浪漫主义激情，充分体现了昂扬向上的时代精神，可谓充满了正能量。

第四，自觉地追求艺术创新。杨杨的创作，总有对主动创新的追求，既超越惯常题材的述说模式，又不断超越自我。

比如《小脚舞蹈》。关于小脚的作品数不胜数，其中既关涉文化的深层密码，比如残酷的男权宰制和女性的巨大灾难，亦折射出强烈的揭秘动机与窥视欲望。在这样的文学场域之内，想要另辟蹊径，开创一番新天地并不容易。杨杨创作《小脚舞蹈》，体现出摆脱模式化的良苦用心。《小脚舞蹈》采取了一种别具慧心的述说模式，以在地者即叙述主体"我"与外来者即受述者群体"你们"的对话形式展开，对于以往聚焦于小脚的一些关注点，进行了层层深入的质疑，进而展开了具有强烈主体意识的个人思考。此外，即使书写最痛苦的历史，杨杨也没有局限于单纯的渲染，而是不惮辛劳地经营着笔下文字。充满诗性的表达，与千百年来妇女苦难史之间，构成了一种充满张力的巨大反差，对读者具有强烈的震撼力。此外，跨文本或超文本写作，造就了《小脚舞蹈》重要的风貌，从而在全新的、立体的、多维的表现方式中，对一段沉重的历史给出了个人的独特思考。

再如《大学之光》。西南联大这段历史尽人皆知，想写好并不容易。杨杨另辟蹊径，以云南地方文化与西南联大的因缘际会为切入点，撷取了不同学者的个案予以考察，并采用互文方式不断与历史进行对话，对这段尽人皆知的历史做出了充分个人化的思考。

再如《滇越铁路》。杨杨融入了小说中常使用的现代主义手法，使作品颇具魔幻性和神秘色彩，与滇越铁路的传奇性相得益彰。结构上，也能体现杨杨的创新精神。每一小节都冠以独特的文体，即"随想""笔记""故事""调查""游历"。这些不同的文体各具特色，相映成趣，有机融为一体，造就了色彩斑斓的文本风貌。

最后，杨杨可以被视为云南当代文坛新散文或者说非虚构文学的先行者和重要参与者。

第二节　新散文的有力开拓
——《小脚舞蹈》解读

20世纪90年代末，云南《大家》杂志陆续推出了与以往散文创作风貌迥异的一系列散文，在当代文学史上被称为"新散文"。新散文作家的出现，是基于他们不满于长期以来散文僵化的模式，力辟新的散文天地。在他们心目中，以往的许多散文，都存在着构思僵化、行文刻板、抒情泛滥、议论直白等弊病。为打破这样的局面，他们开始探索新的写作路径。从总体上讲，新散文具有以下特点：跨文体写作，打破文体的界限，呈现出明显的开放性；长度明显增加，使散文的格局、气象更为开阔；破除散文一定要写真的观念，强化了文本的虚构色彩，既丰富了想象，又扩大了文本张力；特别强调驱除以往散文泛滥的抒情，一方面增强了叙事的分量，另一方面添加了更多的知性（智性）因素。总之，新散文作家力图改变过去散文创作的刻板僵化局面，强调差异性书写，力图重建散文文体的话语秩序，让这一古老的文体既有思想深度，又向文学性回归。

云南作家如于坚、雷平阳、海男，都是新散文阵营中的中坚力量，取得了不俗的实绩，为文坛所瞩目，相关研究也不少。而杨杨的新散文创作，则乏人关注。其实，他无论是在新散文兴起之时，还是在后来的创作中，都可谓这一领域的积极参与者，取得了较为突出的成绩，不容忽视。

杨杨的新散文创作，可谓出手不凡。2001年，15万字的《小脚舞蹈》由安徽文艺出版社出版。此书曾在当时引起不小的反响，先是由《南方周末》整版选载刊发，后来国内多家文学杂志、报纸、生活类期刊都争相转载，这在当时的云南文坛颇为罕见。从时间上来看，《小脚舞蹈》与新散文的出现几乎是同步的，与于坚、海男等云南著名作家的写作也是同时进行的。从特质来看，这是一部具有浓烈新散文风格的文本。杨杨通过对故乡通海县六一村的实地探访，对当代中国尚存的一个独特小脚群落，进行了深入的人类学、文化学意义上的发现和书写。可贵的是，杨杨的新散文探索，并非一味模仿名家，而是从开始就打上了个人的鲜明印记。跨文本或超文本写作，造就了《小脚舞蹈》重要的风貌。杨杨不满足于传统散文套路，而是熟练地融汇小说与散文创作手法，同时把新闻报道、田野调查、哲学思辨、学术探索等诸多质素，巧妙编织于作品之中，从而使《小脚舞蹈》在全新的、立体的、多维的表现方式中，呈现出浓郁的文化反思意蕴。在《小脚舞蹈》中，杨杨以博大的悲悯情怀，书写了一段饱含女性血泪的历史。一方面，《小脚舞蹈》具有云南学术考察记的特征，呈现出严谨的田野调查功夫与民族志色彩；另一方面，《小脚舞蹈》诗性与智性兼具的文字，呈现出浓郁的新散文风格。可以说，出手不凡的《小脚舞蹈》，使杨杨对于云南文坛的新散文创作既有开拓之功，又为其此后大量不凡的散文创作，奠定了扎实的基础。这是此作甫一发表，便引起较大反响的重要原因。

一、别具慧心的述说模式

说起小脚，这方面的文学作品与体裁可谓不胜枚举，其中既关涉文化的深层密码，比如残酷的男权宰制和女性的巨大灾难，亦折射出强烈的揭秘动机与窥视欲望。在这样的文学场域之内，想要另辟蹊径，开创一番新天地，并不容易。杨杨的创作，首先要面对这个问题，走出模式化的误区。《小脚舞蹈》在寻找一种新的述说模式方面的努力，已然令杨杨不知不觉地迈入了突破以往散文框架的新散文创作的行列。

关于文学创作，著名作家马原曾说过："形式本身就是内容。""新的形式一旦构成的时候，新的内容也就诞生了。"① 从《小脚舞蹈》首节的标题"我用什么方式进入小脚女人的城堡"，即可窥见作者有意识地寻觅一种文体范式的苦心，亦能体味到其重新打捞发掘小脚文化的信心。为此，文本别具匠心地以在地者即叙述主体"我"与外来者即受述者群体"你们"的对话形式展开，对于以往聚焦于小脚的一些关注点，进行了层层深入的质疑，进而展开了具有强烈主体意识的个人思考。

"你们，作为一群群外来的城市逃逸者或探险家，用古怪的眼睛，偷窥、叩问这座乡村城堡的秘密。"作者犀利地洞察到，以一种典型的外来者之窥视欲凝聚于小脚这种古老的畸形文化，这也是世俗所常有的畸形心理。作者进而质疑了现代人对待畸形文化的态度：

> 你们寻找的不是人间乐园，而是追寻一种即将殒没的关于女人脚尖上的生态文化，或者说，你们关注着一种边缘生存艺术——小脚舞蹈。
>
> 你们代表至今仍然狂妄的现代人，降低自己的生存姿态，低下高贵的头颅，摆脱飞快移动的躯壳，让本来古老、缓慢而笨重的灵魂，去靠近另一种更加沧桑、积满尘土和疑问的灵魂。

这里的意味是较为复杂的：一方面，都市文明所孕育的现代人，对于古老文明往往以狂妄的态度谛视，唯我独尊地得出自以为是的结论；另一方面，折射出同样

① 王尧. 在汉语中出生入死 [M]. 沈阳：春风文艺出版社，2001：303.

作为现代人的作者，在关注小脚之时的自我审视和告诫，即要以谦卑的姿态，真正深入了解这种复杂的文化生态。所以，正是窥视欲支配下的"你们"和自我审视的"我"之间的互文性复调叙事，使得作为小脚之探寻发现者的"我"，有了相对自觉的、从外来的现代人到内省的返乡者这一书写者身份的转变：

> 当你们正在叩开这座乡村城堡的时候，我也在竭力寻找进入它的时间和方式。其实，我是离开它之后，再回到这里。我离开故土，是为了寻找和证明自身的现代性，才与这座古老的乡村城堡决裂。许多年过去了。这一天，我回到故乡，走进这座乡村城堡，我才发现，我竟然两手空空，一无所有。自己既没有前进一步，反而回到了我的开始。这种返本归原的意味，使我感到乡村与我的和解，并带给我一种至真至诚的感动。
>
> 因此，我眼睛的手，我灵魂的脚，顺利地探入乡村城堡的肌理，继而又陷落在小脚舞蹈这个美丽的深渊里。

返本归原的意味，使"我"与乡村达成和解，并带给"我"至真至诚的感动，是意味深长的。在《小脚舞蹈》中，"我"是始终如一的分裂的存在，即既是作为现代人的小脚部落的探访者、发现者，又是作为原乡人的在场者、讲述者。这一身份，深深地刻画了一个现代人对于灵魂皈依的渴望，隐现了现代人内在精神的永恒困惑、撕裂与痛楚。也正是从这一立场出发，"我"对于家乡的小脚文化，有了深入探寻的动力。

不过，正如小脚女人与乡村城堡之间关联的神秘色彩，也正如杨杨小说中叙事者身上经常体现出的不安，《小脚舞蹈》的叙事者"我"一方面具有洞察故土独特文化现象的优越感，一方面则在重新发现小脚文化的过程中表现出强烈的犹疑，使得文本充满了张力色彩：

> 我突然看到一种怪异的影像：欲望的极致和极致的欲望，围绕着她们的肉脚旋转，肉脚从而形成一个尖形的符号，远离土地，远离自我，远离真实，进入虚妄的空间，在男人们的想象中，成为一种疯狂的挣扎。随后，她们又一次次被抛进陌生的时空。她们惊呆的面容和浸淫着血水的足印，成为因果联系着的历史叠片。

这种充满不安的书写，完全是现代性的——虚妄与荒诞的感受，正是残酷现实的扭曲变形。这再次表明，杨杨虽然始终恣意地沉浸于自身对历史的发掘中，但与此同时也不忘揶揄那些作为"他者"的外来者的僭越，充分体现出一个自豪的在地者对小脚文化予以深入发掘的决心，但是他本人还是对现代人过度膨胀的掌握世界的野心充满了警惕，体现出强烈的自我质疑精神。

福柯在其名著《知识考古学》中，对于知识考古学的要义这样理解：

> 我接受历史给我提出的这些总体，只是为了随即对它们表示质疑；只是为了解析它们并且想知道是否能合理地对它们进行重新组合；或者是否应把它们重建为另一些总体，把他们重新置于一个更一般的空间，以便在这个空间中驱除它们表面的人所熟知的东西，并建立它们的理论。[①]

---

① 【法】米歇尔·福柯.知识考古学[M].谢强，马月，译，北京：生活·读书·新知三联书店，2003：37.

这显然充分强调了对约定俗成的历史定论，在问题意识驱动下，予以重新审视和考量的作用。除了设定"我"与"你们"的对话模式，来强化对小脚的新的发现，杨杨对这种特殊的文化现象，可谓进行了一次知识考古学意义上的审视。对于云南历史文化他拥有极为丰厚的资料，还十分擅长利用田野调查，长期在云南大地游走、观察、思考。这都为他以知识考古学的方式来撰写《小脚舞蹈》打下了坚实的基础。这种方式，与其文体探索意识息息相关、相辅相成，即总是以发现的眼光去看待小脚。总之，杨杨通过福柯所说的"驱除它们表面的人所熟知的东西"，来建构属于个人的对小脚的独到理解。

福柯在《知识考古学》中，还从话语与陈述的维度，对历史观念予以重构。从而确定了一种新型的历史观雏形。他认为，传统历史观是在时间之外对历史进行考察，仍受历史目的论和历史决定论的支配。福柯强调以话语分析来重建历史，并引入权力概念，进而探讨社会历史的运行机制。这种知识考古学的立场，在《小脚舞蹈》中亦有鲜明呈现。杨杨追根溯源，特别重视话语分析，以及权力对于小脚形成与演变的规约。在"脚之概念与诱惑"一节，从脚本身入手，说道："其实，人的历史就是脚的历史，是由脚的移动，组合成目标、欲望、快感、绝望、死亡的历史。我们一生的知识，说起来让人惊诧，那不过是一脑子关于脚的知识。"强化了脚之作为人体器官的重要意义，进而为书写女性裹小脚使其肉体与精神上产生无限痛楚做了有力的铺垫。

杨杨还从女性角度出发，敏锐体察到脚的知识与畸形文化本身的关联："我们一出生，就完全卷进这种知识里，在这种知识的历史和现实的各种表现中，去取得常数和变数，去表演自我与历史的戏剧。""别人何妨不是如此获得这种知识和同感呢？"习焉不察的知识，与人的命运息息相关，这种自觉的知识考古学意识，使得《小脚舞蹈》具有丰厚的文化意蕴。

所以，《小脚舞蹈》固然有着明显的对畸形、变态、腐朽、堕落的文化的批判，但是不同于同类题材作品的显著之处，就是始终着眼于文化的深层发掘。正如著名作家范稳对《小脚舞蹈》的评论：

> 真实的写作杜绝了卖弄，它直接从血脉深处流出。于是我们随杨杨一起解读中国西南一个偏远小村庄的缠足史。杨杨没有玩味缠足史，也没有故弄玄虚。他踏踏实实地采访了几十个至今健在的小脚老太太，描述了她们的命运和生活的真实状态。他的批判立场与他的文化审视相辅相成。（《一个人的村庄——杨杨和他的〈小脚舞蹈〉》）

杨杨正是本着知识考古的态度，以扎实的田野调查工作，构建了一个他本人所发现的别开生面的小脚世界。这种田野调查是深入而彻底的。比如，"收购秘密动词"一节中，作者便对六一村男性对小脚的感受，竭尽全力地走访调查，把那些从未进入书面语的情欲与小脚之间的关联生动呈现出来。对六一村小脚女性的大量细致走访，更是充分揭示了当事者的真实心理。这种挖掘，不是从畸形的恶趣味出发，而是把千百年来小脚所扮演的特殊角色真实客观地予以还原。正是通过深入的个案调查，使读者可以充分了解到，小脚这种原本属于帝王的、极为私人隐秘的嗜好，为何会转化成普遍的、社会性的审美风尚。杨杨凭借有力的勘察走访，深入揭示了小脚文化的内在肌理，对于警示当世如何追求真正健康的精神生活，具有不可忽视的重要意义。

总之，杨杨正是经过扎实的走访、调查、考证、思索，对缠足行为做出了文化意义上的深入省思，由此发出了振聋发聩的呼吁："这种极致的美，导致一个民族和他的乡村，沉迷在一种高度发达和无限畸变的文明中，结果必然背叛自我，背叛我们的文化。"正是出于对这方水土包括母亲等亲人在内的小脚女性的悲惨命运予以无限的同情关注，杨杨饱含深情地写出了《小脚舞蹈》这部力作。在叙述模式上，独特的"我"与"你们"之间的主客复调对话，使得全书充满了张力。此外，杨杨自觉解构了千百年来一双双凝聚于小脚上的畸形窥视欲，从知识考古学的立场，以扎实的田野调查方法，进入了六一村这个神秘小脚部落，为全书奠定了不同凡响的基点。

二、女性悲剧的多重思考

有人不理解《小脚舞蹈》，以为杨杨本人在创作中，体现出病态的欣赏心理。其实恰恰相反，杨杨深深认识到：畸形的小脚文化是千百年来一种畸形心理的折射，也是男权机制的产物："你们对此没有冷漠，你们已有发问和想象。时间也没有了钟点，趁小脚舞蹈的表演还没有谢幕，我悄悄把你们引向一个乡村舞台的幕后，钻进黑黑的底幕，看看隐藏于小脚舞蹈之中的男人的张狂、欲望、龌龊和卑鄙历史的真相。"杨杨对小脚这种悲剧产物背后的畸形文化的发掘可谓入木三分，犀利无比。书中除了饱含对男性残暴、专制、自私、变态的抨击，也有对女性痛楚、愚昧、隐忍、配合的惋惜。这显然对那些认为《小脚舞蹈》沉湎于低俗趣味的评价，构成了有力的反驳。

对六一村女性造成巨大伤害的小脚，是外来文化的畸形产物。六百多年前，一群明朝士兵从南京来到通海，随军而来的便有小脚女人。久而久之，六一村女性也以缠足为美，并行之久远，以致打造了一个全国闻名的缠足部落。如同小说创作一样，杨杨在《小脚舞蹈》中的视野是宏阔的，即着眼于人类的命运——六一村这个小脚部落，深深折射出文明发展的永恒悖论。外来驻军对于处于边远地区的云南的发展，在某些方面如文化的传播、科学知识的掌握（如对田地的精耕细作），无疑是有所助益的。但是，某些文化，在云南大地上也仿佛开启了潘多拉魔盒。而小脚，就像沾染了无数污浊和血腥的巨大毒瘤，对当地女性的肉体和精神造成了不可弥补的巨大摧残。杨杨对故乡的热爱，对畸形文化对女性的巨大戕害的憎恶，是有机融为一体的，这也构成了《小脚舞蹈》这部长篇文化散文的主调。

小脚是对美好的人类爱情理想的巨大亵渎。六一村有这样一个美丽的传说：男人和女人在爱情方面遇到阻碍的时候，他们应该想到自己的双脚，一双忠实于美好事物的脚。于是，他们便去邀请月下老人，用红线系住他们的双脚，这样一来，爱情方面的所有障碍就都会消散。脚的意象因注入了爱情元素，本应该更加迷人。"但是，当男人的权力扩大到可以随心所欲地篡改神话、伪造真理的时候，他们把女性的脚，从这些意象的队伍中开除。""女人的脚从此在一个很长很大的时空里失去了本质的符号和美好的象征，终极意义让位于变质的审美文化，成为一个恶毒的寓言。"

作为小脚部落的儿子，杨杨与小脚女人有着宿命般的渊源，因此对小脚之感受也格外尖锐和痛楚。母亲的脚在五六岁的"我"眼里可谓触目惊心：只有一个大后跟和一个变形翘起的大脚趾，其余部分都不见了。四个脚趾挤作一团，反压在脚底下。这双脚不像肉长成的，里面如同灌满了不纯的白石灰。从那时起，"我"总觉得母亲的脚不是脚。在"我"的童年记忆里，关于母亲小脚的痛苦回忆不胜枚举。自尊心强的母亲无法像正常人那样干农活，"那双水蜜桃般的小脚，那被消解了脚的形象和功能的符号，无论如何也支撑不起她的志气和尊严。"

从最亲爱的人身上，杨杨感受到了切肤的痛，而母亲的脚，却是千百年来许多女性都曾经拥有的脚！他为此对小脚，对导致女性不幸命运的男权畸形文化，展开了激烈的批判。全书用大量的篇幅，对男性视小脚为玩物的畸形心理予以猛烈抨击。杨杨的矛头不仅仅对准外来者，同时对准了原住民。他以田野调查的方式，对六一村的男性进行访谈，竭尽全力揭示其心理动机。更可贵的是，甚至父亲乃至自我，也都成了质疑的对象。

"我"曾当面批驳父亲娶小脚母亲做妻子，说他仍是一名封建时代的小男人。父亲则说："你母亲生得漂亮，脸也漂亮，脚也漂亮，娶到这样双倍漂亮的媳妇，我在男人面前，时时可以抬起头来。"后来，"我"读到了一本外国人写的书，书中描绘了国人对小脚的变态审美心理："金莲小脚具有整个身体的美——它具有皮肤的光洁白皙，眉毛一样优美的曲线，像玉指一样尖……"这不由令"我"想到父亲说过的关于母亲漂亮的话："如果父亲真是持有这种态度的话，我为母亲感到屈辱，我甚至痛恨父亲的下流和无耻。""围绕着母亲的小脚，我开始暗暗展开与父亲的斗争。我窥视他的一切行为，只要能窥视到的，决不主动放弃。那时，我已经19岁，是个成年人了。"

这种以父亲为个案而对男性展开的声讨，是异常有力的。进而言之，还有一种耐人寻味的隐含意味——"我"在此过程中，是不是也扮演了欲望分享者的角色？"男性应该意识到自己也是男权话语的牺牲品。男性缺少这种自省，而且男性总认为自己是思想者。"[1]正如杨杨初登文坛所创作的"杞麓湖系列小说"那样，他对于男性罪愆的审视，是以书写儿童的自省意识开始的。在窥视父亲的小脚癖好中，这种男性的自省意识，以反讽的方式呈现，令人印象深刻。

格外令人深思的是，杨杨在批判野蛮变态的男权宰制的同时，没有忘记女性在受害过程中所自觉扮演的角色。尽管深受其害，但从南京植入云南的小脚，渐渐被六一村当地女性所青睐。她们为了打造小脚而开始变得疯狂起来，拼命加工自己和

---

① 王尧. 在汉语中出生入死 [M]. 沈阳：春风文艺出版社，2001：331.

女儿的脚，"让它变小、变尖、变软，妄图彻底瓦解它作为行走工具的原始意义，使之轻轻地脱离土地，飘进男人美好的欲望天堂。""这个过程，是血、脓、泪联合斗争女人的运动，是女人用自残手段去美化男人视觉的奋争，是女人成为天才艺术家的必经之路。"尽管小脚对于女性，不啻极致的酷刑，但是为了取悦男性，她们乐此不疲地自我惩罚着。一代又一代的女性，就这样"前赴后继"，被母亲逼迫过，又逼迫自己的女儿，走入了万劫不复的深渊！"六一村的大街小巷、堂前屋后、老宅深院里，三百多双小脚仍走在历史的圈套里和小脚舞蹈的血色黄昏中。""只有六一村这个古怪的空间，因逃避时间的教诲，无意成为一种畸形文化的最后城堡，或这种舞蹈的最后祭台。"腐朽的纲常伦理对于女性的压迫，以及她们加诸自身的枷锁，何其强大、坚固！

显然，杨杨一方面对女性是受害者加以同情，一方面为其裹小脚的无比主动而痛心疾首。如果说男性加诸女性的灾难，是女性长期以来作为弱小者不得不忍受的命运，那么女性加诸自身的痛楚，又该如何解释？这样触目惊心的事实，也是封建文化毒瘤酝酿繁衍的结果。长期以来，女性在被侮辱与被损害的过程中，也有自身的精神畸变。嫔妃在皇宫内苑争风吃醋，妻妾于大户人家挤兑倾轧，在历史中屡见不鲜。就是普通民间女子，也往往把身体作为留住男人的本钱，不遗余力地刻意修饰。《小脚舞蹈》对于女性把小脚作为取悦男性的玩物的细致描绘，可谓惊心动魄，令人深思。

《小脚舞蹈》昭示：小脚悲剧是多方面文化因素积淀而成的，通往奴役之路，是施虐者和受虐者共谋的结果。康德对于启蒙的言说，对于小脚这一畸形产物可谓振聋发聩——"启蒙运动就是人类脱离自己所加之于自己的不成熟状态。不成熟状态就是不经别人的引导，就对运用自己的理智无能为力。"[1] 六一村的女性，需要

---

① 【德】康德. 历史理性批判文集 [M]. 何兆武，译. 北京：商务印书馆，1990：23.

启蒙，更需要自我觉醒。总之，杨杨对于小脚文化的批判从传统文化、本地陋习、男权专制、女性顺从、自我审视等多角度逐步深入，呈现出丰富、立体、多维的色彩，对一种特定的文化悲剧进行了深入探寻和思考。

三、醒目的新散文文体风格

杨杨在创作《小脚舞蹈》时，正处于新散文崛起的时代。饱含思想含量的诗性与智性，是新散文的独特标记。《小脚舞蹈》便具有鲜明的新散文风格。

杨杨在《小脚舞蹈》中书写的，是一段不堪回首的惨痛历史。伴随着女性的不幸命运，尤其是诸多对裹小脚细节的惨不忍睹的描写，加之一幅幅触目惊心的图片，令读者难以摆脱剧烈尖锐的疼痛感。不过，即使书写最痛苦的历史，杨杨也没有以单纯的渲染为鹄的，而是不惮辛劳地经营着笔下文字。诗性兼具智性，诗与思交融，使得《小脚舞蹈》的新散文文体特征极其明显。

杨杨的诗性表达，与传统散文动辄泛滥的抒情，有很大不同。《小脚舞蹈》中的诗意，总是含有一种强烈的反讽力量。在"与土地接触的脚：象征力量与爱情"一节，杨杨不遗余力地歌颂了人类的脚。人生的许多理想，都是在脚的推动下才成为现实的。"正因为如此，我们对脚感恩不尽，我们把一切美好的事物都书写在它的历史簿上。尊严、高贵、圣洁、权威都包容在它的形象里，它成为人们最崇拜的一个意象：大地的艺术、人体的花朵、爱情的慧眼。"以此观之，小脚这朵为迎合畸形情欲而生长出来的"恶之花"，使得女性正常的脚成为巨大痛楚的承受对象，这不啻对健康美好的人性与生命的巨大亵渎。强烈的反讽意味，跃然纸上。

与对脚的书写类似，在"激情之村：流鱼和火把之肖像"一节，杨杨浓墨重彩地书写了六一村的历史以及村名的由来。六一村原名"流鱼村"，这与这里品种丰富、数量繁多的鱼类有关。精美的文字，烘托出一个山清水秀、风光旖旎的村落。"至此，你们应该明白了：从'流鱼'到'六一'的时空演变，就是关于它的村史的全部想象及诗意的证明。"充满诗意的笔法和美好的想象所建构的世界，传达了文本蕴含的巨大反讽和强烈隐喻。残忍的现实隐现在欢闹的场景中。大兵可以为流鱼感动，但这绝不妨碍他们对村庄里的女人肆意侵害。在拜请火神的狂欢仪式中，男性的荷尔蒙激素得到了空前释放，而女人的积极参与，也助长了男性加之于她们自身的苦难！"我"所要揭示的，是一段无比残酷的、令人震惊的历史，而文字所呈现的六一村之美，与内蕴的真实之间，构成了巨大的反差，反讽效果极为明显。

在"古怪的六一村：缠足史的尾巴蜷藏在这里"一节，杨杨又在对六一村缠足历史的寻踪追问中，呈现出诗性兼具智性的独特写作风格。在中国历史上，提起缠足的源头，便令人联想到昏聩帝王对女子之恶趣的一幕幕场景。杨杨对于丑恶现象的繁衍历程，予以独具个性的描述："它的过程，像条河：从宫廷到民间，从城市到乡村，从上流社会到普通百姓。我们看到事实的波浪，水流的浑浊，淹没的人群，呼救的声音。""这条河，逐渐成为时间的地下河，变窄，变黑，变死。"这样的书写，具象与抽象融合，诗情与哲思相伴，凝聚着作者对历史的独特思考。小脚折射出的古老文化中的畸形与腐烂因子长期存在，不由令人想起陈独秀、鲁迅、胡适等新文化运动领袖对此振聋发聩的批判。封建文化中有很多类似的腐恶现象，当然绝不只是小脚。《小脚舞蹈》在独特的智性兼具诗性的文字中，引领着读者对传统文化中的负面因素进行深入的思考。

海德格尔说："无论如何，语言是最切近于人的本质的。"[1] 为此，他视语言为存在的家园。杨杨智性写作的鲜明特征，即特别重视把小脚的存在与语言结合在

---

[1] 【德】海德格尔．在通向语言的途中 [M]．孙周兴，译．北京：商务印书馆，1997：1.

一起，从语言哲学层面探寻畸形文化的深层肌理，充分展示其理性思考的魅力。这也是新散文之独特追求的体现。在"乡村人认识小脚的水平"这一节，杨杨把小脚与话语的关联展示得淋漓尽致：

> 一个与小脚纠缠在一起的乡村，无论如何，它都应该在小脚历史的阴影中构建新的语言。它对小脚的发言，其话语就像指头按在肉体上：燃烧的、温柔的、生疏的、触动的、沉湎的、颤栗的、节制的、变化的、过失的、有理的、迷人的、单纯的、无力的、有价值或无价值的。
>
> 你们访问六一村，实质上是访问这个村子对小脚的言论，对小脚的迷恋与抛弃的历史。你们也许会跌入它的语言陷阱或暗道，你们千万要当心，即便与曾经缠足的女人及她的丈夫在一个黑夜交谈，她的话语也会使你莫名其妙地冲动和痛苦，你对男人的追问，往往得到一大堆平庸的辞藻的搪塞。他们对小脚的表述，只是对逝去的感官记忆和日常见闻的稚拙认识。

以上文字，把千百年来小脚文化的特性，机智而生动地诠释出来。小脚是欲望的发泄对象，同时又是"存天理灭人欲"语境中不能明言的物象。其充满肉欲放纵的所指，在顾左右而言他的能指中扑朔迷离，欲盖弥彰。这种言不及义、言不由衷、欲言又止、巧言令色的语言陷阱，构筑了长期的历史文化语境。正是这一语境，对于想要探寻真相的外来者"你们"，构成了巨大的迷障：

> 乡村人的应答，或者对你们的引导，有时是可笑的。他们每一句与小脚紧密相连的话语，无法传承与村史一样悠久、沉重、花哨的缠

足辞典。他们只能把小脚的某种絮语，一歪一正、颠颠倒倒地向你们陈述，你们因此不敢挪动脚步，以免回避了某一个错乱的词语，而造成发笑、发呆、发痒。因为那个错乱的词语，也许恰巧是一个意味丰富的场景，是小脚舞台的灯光或不可缺少的背景。

　　"你们"作为受述者，本来就作为文本的揶揄对象出现，而当其陷入六一村语言的巴别塔迷宫时，则会越发心智迷乱。这是对自以为是的现代人的巨大讽刺。"你们"的出现，还助长了小脚女性的畸形心理。她们盛装出行，"显示出艺术家的姿态和心理。你们热情的目光，恰恰是她们最需要的援助"。对痛苦的人生没有反省，却因外来者的注视而以此为美，这是怎样深入骨髓之人间至痛！负载着畸形因子的小脚，如果成为消费话语大潮中的展览品，无疑是极其可悲的事情。"你们"深陷乡村人编织的语词迷宫不能自拔，甚而在强烈的窥视欲支配下，与小脚女人的畸形心理形成了一种共谋，延续了对小脚的精神施暴。在浓重的悲剧氛围中，越发凸显"我"的智性叙述的力度。维特格斯坦说，面对不能说的东西我们必须保持沉默。"我"在审视围绕小脚现象的呓语、妄语、失语现象的同时，对于充满窥视欲而不能深入了解小脚部落，却跃跃欲试着要对其进行阐述的闯入者的心理，予以辛辣的嘲讽。"我"清醒地规避了对小脚的任何话语霸权，而是不断经过细致的田野调查工作，对小脚文化予以民族志式的阐释发掘。

　　法国著名哲学家、社会学家布尔迪厄认为，宰制阶层让语言的习性深刻地印刻在被宰制者的生活中，由此便可以轻易掌握话语霸权，既能完成自身的宰制行为，又能使被宰制者安于现状。[①] 在无论是男权的压制、女性的隐忍，还是外来者的介入中，六一村的小脚现象，成为一种约定俗成的话语符码，承载着沉重的历史悲

---

① 冯俊. 后现代主义哲学讲演录 [M]. 陈喜贵，等，译. 北京：商务印书馆，2003：277-278.

剧，折射出无所不在的宰制力量。通过话语与小脚的关联书写，杨杨充分展示了历史文化的多重魅影。

杨杨在《小脚舞蹈》中的诗性与智性的有机融合，使得笔下文字别具魅力，比如以下一些书写：

> 如同生活在一片废墟中，残酷的主题在心里旋转，带着脓血的腐臭气息刺激着我的嗅觉。这些被时间崩溃的仪式，她们还在有模有样地重复着，她们沉沦在时间的底层，干着被时间遗弃的事业。小脚，作为一种自我否定的符号，一种无声的语言、一种怪诞的法则，至今仍然每天与我相遇。我又被一种使命，一种寻觅出生时失去的东西的使命，抛入陌生的世界，推向未知的旅程，继续与死亡之语言合作，继续感受它们传达出来的信息和经验，这近似于一次死亡体验……我只能如此表述母亲的小脚，用第一性的眼睛和破碎的历史语言来注释小脚的幸与不幸，来识别小脚符号弥漫出来的血色、幽梦和黄昏。这是我逃避不掉的关口。除了我母亲之外，还有三百多双小脚行走在时间背面的泥泞道上。多少奇怪的目光向她们发问。小脚们默默无语……她们从问话那里通过，我便在那里与她们相遇。

在诗意哲思中徘徊穿梭，在语言迷宫中回旋叹惋，这是令人拍案叫绝且惹人深思的具有新散文文体特征的美文。浓郁的诗意烘托出巨大的苦难，锋利的智性彰显了深沉的思索，这便是兼具诗性与智性书写的《小脚舞蹈》的独特魅力。

第三节　历史褶皱中的深度发掘

优秀的作家，大多具有深刻的历史意识。历史意识作为观照历史与现实、探索人生与世界的观念方法，其重要意义在于能提供回溯过去、探索现实以及筹划未来的宏阔视野。优秀的文学作品，尤其是事关历史题材的创作，多将历史看作变动不居的开放体系，从中敏锐地理解叙述对象，发现其在历史发展中承上启下的价值、作用与意义，以此深刻地揭示历史发展的基本规律和趋势。杨杨是一个有着极强历史意识的作家，他在许多文本中，都对云南丰富多彩的历史予以深入探寻。他不是人云亦云地复写历史，而是善于在历史的褶皱中进行深度发掘。他通过书写历史题材，一方面深入解读云南大地曾经的风云变幻，并自觉地以古鉴今，思考历史带给今天的启示；另一方面，他以巨大的悲悯情怀，关注人类的命运，期待人类能够寻觅到理想的精神家园。扎实的史料基础，使历史在他笔下凝重丰厚；多彩的刻画勾勒，使一段段历史摇曳多姿。对于西南联大、青铜古滇国、通海大地震、泥塑大师黎广修等历史事迹和人物，杨杨都有精彩传神的书写。

一、别具魅力的联大书写——《大学之光》解读

2019 年，杨杨推出了 26 万字的长篇散文新作《大学之光——行走在云南深处的西南联大》（简称《大学之光》），对中国教育史上铸造千载伟业的西南联大在

云南的艰辛历程做了精彩描绘。此书既延续了《小脚舞蹈》的新散文风格，同时融入了新的个体性思考与文本创新意识。关于西南联大及其意义，已经有了太多的阐释和书写。《大学之光》别开生面，既诠释联大对中国文化的守护，深入诠释大学之魂魄所在，又注重个案发掘，塑造了不畏艰险、活跃在云南大地上的各类知识分子形象。文本从强烈的历史意识出发，在充分占有史料的基础之上，充分发挥自身的想象力，另辟蹊径地解读了联大精神。此外，《大学之光》一方面真实准确地记述了师生们在云南的艰辛工作；另一方面，发挥了想象力，为这些人物增添了诗意色彩。全书的一大亮点，就是对费孝通等知识分子的生动刻画。由于根据他们的不同背景来准确传神地加以描写，杨杨笔下的联大师生色彩鲜明，别开生面，给读者留下了过目难忘的印象，也不由让人增添了对西南联大人的敬仰。《大学之光》还巧妙地使用了互文这一修辞手法，大大增强了文本的内涵与张力。2021年，《大学之光》为杨杨赢得了"冰心散文奖"的殊荣，这是对他多年丰厚散文创作的最高褒奖。

（一）诗笔镂刻大学魂

《大学之光》是一部别开生面的西南联大史。迄今为止，联大有着公认的卓越历史地位，尤其是在中国文化的保护与传承方面："西南联大在当时的作用就是护卫中国文化。""凡联大所在处就代表着中国自强不息的文化，他们在护卫着我们民族的灵魂。"① 西南联大早已成为科学研究与文学创作的热点，要想出新并不容易。《大学之光》之所以引起关注，主要在于作者另辟蹊径的创作立场，即在注重联大对中国文化卫护的同时，以诗意笔法诠释联大的大学之魂，在文本的各个篇章，都令读者真切领略到有着无穷魅力的"大学之光"的发散、折射与传承。

----

① 苏智良，等.去大后方——中国抗战内迁实录[M].上海：上海人民出版社，2005：203.

杜兰特说，历史绝大部分来自猜测，小部分则源自偏见。克罗齐说，一切历史都是当代史。他们无不在强调，后人对历史的解读，难免掺杂着主观成分。文学中所呈现的历史，伴随强烈个体性的主观色彩更是不可避免。想象与虚构，对《战争与和平》这样的巨著固不可少，以重现历史为旨归的文化散文，又岂能缺失缪斯女神的浸润？《大学之光》的独特魅力，主要就在于作者从强烈的历史意识出发，在占有大量史料的基础上，充分发挥想象力，独树一帜地挖掘、开拓、解读了联大精神。同时，充满诗意的笔触，也成为此书的亮点。

对于杨杨来说，从事西南联大题材写作，可谓得其所哉。他于 20 世纪 90 年代初登文坛，30 年来创作了大量小说和散文，曾获"云南文化精品工程"作品奖等许多奖项，是一位正当盛年的实力派作家。他善于田野调查工作，足迹遍布云南大地，对于云南历史文化、人文地理、民族风情等领域，都有丰厚的知识储备。近来，杨杨利用丰富的个人藏书所开辟的"书林岛"，已经成为通海一道靓丽的人文景观。纵观其创作历程，从本质上讲，杨杨又可算一位诗人，无论是小说抑或散文，无不从字里行间，洋溢着浓郁的诗意。

诗人兼具学者的气质，使杨杨与西南联大精神具有了天然的契合，于是便有了这次跨越时空的美丽"邂逅"。一束辉煌的"大学之光"，由此得以熠熠生辉。

《大学之光》开宗明义："可以说，在中国最不幸的紧急时刻，云南'宿命'而'幸运'地成了中国抗日战争的'大后方'。"此中意味，是令人回味的。联大落户云南，为中国学术保存了极为可贵的火种，云南也因联大而得以成为现代历史上不容忽视的文化重镇。联大精神因云南这块土地而彰显，云南因联大而增添了人文气息——冥冥之中，二者难道不具有异常宝贵的缘分？

"历史是一种最奇妙的东西，不仅具有无穷的力量，也会创造无穷的机缘。"全书把联大与云南神奇结缘作为切入点，体现出杨杨独辟蹊径的历史探求欲望。这也彰显了杨杨独特的创作个性，即使知性与诗性密切融合在一起。即使在叙事性较强的小说创作中，他也会自觉地以诗意思维切入对历史的深切反思。《大学之光》通篇以强烈的历史意识，着意挖掘西南联大与云南的深层关联。按作者的理解，这种关联，既是现实性的，又是浪漫性的。即一方面属于特定历史时空的因缘际会，有其必然性；另一方面，由此衍生出浓烈的诗意色彩。总之，杨杨充分发挥了自身特长，在尊重史实的前提下，以浓墨重彩的诗意笔触，精彩地发掘阐释了联大与云南的契合无间。

在第一节"战前的彩云之南"中，作者便以充满诗意的语言，描绘了美丽的云南已张开双臂，期待着颠沛流离的师生的到来，颇有"灞桥烟柳，曲江池馆，应待人来"之韵味。在作者笔下，云南彩云不但是美丽的自然意象，还凝聚着浓厚的人文气息。在历史传说中，云南因彩云而得名，正是有了彩云的庇佑，这方水土才平添了福瑞祥和之意。在风烟弥漫的战争年代，正是在这样相对美好安谧的环境中，联大才有了继续传播文化火种的安身立命之本。

此节还重点呈现了抗战爆发前昆明居民的悠闲生活。他们津津有味地散步、烤太阳、吃茶，把自己的思想长时间聚焦于日常生活的每一个细节上。对他们来讲，不急不躁地对待一切，每一天都备显质朴天真，生命亦因此而饱满起来。"我们也因此看到了他们的真正的表情、姿态、脾性、风格、观念和智慧，人们身上那些焦躁不安的东西也会被他们有力的'历史'冲走一些。我想，在相对闭塞的环境里，昆明人比外省人更自恋，也更自信，他们心中一定时常涌起对云南更赤忱更深厚的爱。"这看似不经意的叙述，暗含着联大与昆明之间的精神契合——对一所大学来说，稳定、踏实、自由、自信等诸种宝贵质素，不是极为重要吗？

"大学所需要的民主精神是公平与无偏无袒。"[①] 联大延续了思想自由、兼容并

---

① 【美】欧文·白璧德. 文学与美国的大学 [M]. 张沛，张源，译. 北京：北京大学出版社，2011：51.

包的老北大精神。教授在联大可以自由流动，把学术自由作为第一要务。教授还支持学生的民主革命运动，以对抗反击腐朽黑暗的政治环境。据汪曾祺等多位昔日联大学生回忆，在联大最讲自由开放的精神，学生可以凭借兴趣自由听课。教师对学生也能做到不偏不倚，因材施教，充分发挥学生的主观能动性，注重其创造力的培养。正是由于学校民主、开放、自由的学术环境，使得学生既汲取了知识的养分，又充分发挥了个人的才华。正因如此，联大才能人才辈出，对未来中国文化建设影响深远。

在此节中，作者还通过对滇越铁路的书写，挖掘了云南虽地处偏隅，但在近代以来的中国却较早接触现代文明的史实。正是由于有了超越古老马帮的现代化铁路，昆明才能潜移默化地接受西方先进思想的洗礼，渐渐成为具有现代历史文化内涵的边地名城。这无疑为联大在此落户生根做了文化方面的铺垫。

"这一切，也许就是长沙临时大学选择昆明的'现实性'，那些学贯中西的教授们，来到这样一个偏远的'世界里'，等待他们的是各种不熟悉的'新生活'和'新知识'，这将让他们获得更深刻的感悟和更深厚的学术领地。当然，也有他们所熟悉的一面，那就是'西风东进'之'风'，在这里也可沐浴几分。"从这样的叙述中可以明显看到，文本的结构、运思、文笔都是诗意的，但又不乏厚重的史实根基。正是"诗与思"的水乳交融，让《大学之光》巧妙传递出云南与联大神奇的缘分。

全书时时在诗意的语境中诠释大学精神，即那束光照千秋、泽被后世的"大学之光"。同时也着眼于云南这方神奇土地本身具有的诗意，与联大师生之间所产生的奇妙感应。

初次踏上云南土地的师生，为令人目不暇接的美景所深深陶醉，亦为难得一见的种种奇观而惊叹。"那时的师生们，似乎才感到真正进入了神奇的云南，找到了他们需要的冒险之地，又似乎被这里的风景彻底征服了。他们依然睁大着眼睛，期待着更新奇的风光和事物出现。""毫无疑问，这确实是一片有魔力的地方。谁来这里都会被其中的高山、森林、河谷、农田与弯弯曲曲的铁路和气喘吁吁的火车所吸引，被现代文明和原始风貌、神话传说和历史沧桑杂糅在一起的画面所陶醉，尽管车内一片喧嚣，但人们依然能感受到窗外浓郁的诗意和天籁之音，能感受到大自然的力量、永恒、严谨、巍峨、静默、愉悦和生动，所以很多师生在这一段历程里都常常眼望窗外，露出惊讶或若有所思的神情。"

师生当然不是为了猎奇而来到云南，对他们来讲，云南大地不再是蛮夷之地，而是一座有待开采的富矿。独特的自然景观、民族风情、文化内涵，与醉心研究的教师、求学若渴的学子，有了奇妙的对接。联大师生以强烈的使命感与责任感，对这片全新的土地予以利用、开采、阐释，促动教学、科研、学习等方方面面工作的践行开展，从而收获满满的果实。

全书还以充沛的激情，描绘了联大师生与云南人民的互动。比如在蒙自，师生积极开展抗战救亡宣传工作，到街头演讲，散发传单。他们发现，当地民众非常乐意接受宣传，并且与师生们十分亲近。百姓对于师生的卫生常识宣讲也积极配合，没过多久，这里街上的许多餐馆便都用纱布罩子罩住饭菜，以防落上苍蝇等传播疾病的昆虫。这里的百姓，还盛情邀请师生们参加当地的火把节。看到群众燃起熊熊的火把，朱自清先生抑制不住内心的激情予以赞颂。在诗人的眼里，火把象征着光、热、力量、青春，火把节则寓意着伟大的生活，所以是非常有意义的风俗。可见，云南需要知识的浸润，知识分子在云南则被激发出灵感与活力。

联大还通过成立师范学院对云南的教育事业做出了巨大的贡献。师范学院的成立，不啻给云南学子带来了福音。因为学院在招生方面，给予云南籍学生更多倾斜。这对于教育在师资极为匮乏的云南大地的普及意义重大。

首任师范学院院长黄钰生，对于学院发展有自身的清晰规划。他要让每个选择师范之路的人心中有一束光，即薪火相传的大学之光。学院为此每年都要举办一次以"传播光明"为主题的营火晚会。这的确是一个光明而神圣的时刻。老师先点燃自己手中的火把，接着用火把去点燃学生手中的火把。然后，师生共同朗诵："光和热是教育工作者的原动力。中间的营火，象征着光源，有着无比的光明和热力。老师们把光源的光和热，传播出来，照亮和温暖了每个同学……大家努力进取，各尽所能，增加光源的强度，去传播更多的光明。"通过这样的活动，每个学生都对自身所承载的伟大光荣的使命有了清晰的认识。文化的火种，由此得以在云南大地蔓延。

联大不但保留了文化的血脉，而且延续了革命斗争的传统。自20世纪30年代开始，北平各大学便有不少左翼文学社团。"当时左翼思潮在大学生中影响甚大，已成为时人普遍注意到的现象。"①联大在云南继续播撒下革命的火种，为推进民主政治事业的有效开展做出了巨大贡献。《大学之光》生动刻画了一些革命者的形象，正是在他们的带领下，联大的地下革命活动开展得如火如荼：一些文学社团，学习和讨论毛泽东《在延安文艺座谈会上的讲话》《新民主主义论》；左翼剧社上演进步戏剧；一些同学开展轰轰烈烈的"劳军"活动。"只有当灵魂有了信仰，有了使命感之后，才会走上一条闪烁着'星星之火'的光明之路。"联大的热血青年，正是有了党的光辉路线的指引，才在中国现代历史的关键时刻，找到了正确的人生方向，把课堂所学积极有效地融入报效祖国的行动中。

正因为有了联大，"可以说，抗战时期的昆明是一座名副其实的'科学之都'和'文化之都'"。作者自觉地把昆明在中国现代大学历史上的重要意义纳入观照视野："由此可见，一座城市的最普通的一条小巷，在那个时期借助历史文化研究

---

① 季剑青. 北平的大学教育与文学生产：1928-1937[M]. 北京：北京大学出版社，2011：166.

和教育、学术的力量表现出来，那将是一座怎样'巨大'和'迷人'的巷道？谁若想写一部完整的中国'精神史''文化发展史'或'学术史'，就无法回避那个特殊时期昆明的这一条普通街巷，它像一个惊叹号，永远存在于中国乃至世界'大学史'的某一页。"

从教育史的角度考察联大与昆明乃至云南的关联，便有了学理意义上的升华。西南联大所映射出的"大学之光"光耀千载，也必将在今天为中华民族的伟大复兴之路增光添彩！

（二）个案书写显魅力

联大在云南取得的光辉成就，实在令人不胜感慨："其环境之恶劣与成绩之显著，形成极为鲜明的反差，以至今人看来，有点'不可思议'。"[1]这"不可思议"，也许可以从两个方面给出答案：一方面，云南环境恶劣，但这也意味着具有宝贵的发掘潜力；另一方面，联大师生因对科学虔诚的热爱而激发出超人的意志与勇气。

云南拥有高耸入云的山峰巨岭、汹涌湍急的大江激流、品种繁多的飞禽猛兽、多姿多彩的民族风情。云南的奇妙自然、丰厚文化、无尽宝藏、生命活力，无不深深吸引着联大师生。师生们充分利用这里的学术资源，积极开展田野调查、科学考察、教学实习。他们克服重重困难，走进偏僻村寨，跨越高山峻岭，渡过险滩激流，足迹遍布整个云南大地。每到一处，师生们都积极地体察风土民情，走访当地群众，收集丰富样本。他们的研究领域涉及边疆经济、人口、地质、矿产以及少数民族语言、历史文化、宗教习俗等方方面面。在专注于教学学习和学术研究的同时，他们也深入了解了中国的现状，时刻不忘心系国家命运和民族前途。总之，联大师生始终把理论与实际密切结合在一起，在以教育促进民族富强方面做出了卓越

---

① 陈平原.中国大学十讲[M].上海：复旦大学出版社，2002：242.

的贡献，为此后的大学办学树立了光辉的榜样，这便是泽被后世的"大学之光"。

作者把联大师生深入云南的学术调研工作与大学精神联系在一起，予以高度赞扬："他们用一种博大、深邃而热切的大学之光，去热爱云南，思考云南，竭力摈除民族偏见与猎奇心理，努力以正确的思想和审美眼光，揭示云南边地的文化、科学、地理秘密，聚合云南的各种资源，还原它们，提升它们，让这片高原山水显露出应有的科学文化价值。"《大学之光》除了对著名学者在昆明所取得的学术成就进行记述，还单设"行走在云南深处"一章，以费孝通等10余名学者为例，以生动的个案呈现诠释了他们跋涉云南边疆的艰辛之旅。这一部分内容，也是此书有别于众多同类联大题材作品的优长之处。

杨杨一方面结合相关学者的著作，真实准确地记述了他们在云南筚路蓝缕的辛勤工作；另一方面，以史料为根基，以卓越的虚构与想象能力，为笔下人物的行动平添了充满诗意的传奇色彩。由于对学者的刻画，是由他们不同的学术背景来完成的，因此，在杨杨笔下，这些学者可谓生动形象，色彩鲜明，给人留下了过目难忘的深刻印象。下面以三位不同领域学者的实地考察经历，来透析"大学之光"在云南大地五彩斑斓的折射。

1938年，费孝通在伦敦大学经济政治学院取得人类学博士学位，其博士论文《江村经济》，被其导师著名学者马林诺夫斯基誉为"人类学里程碑"。随后，他从英国启程，辗转来到昆明，加入新创建的云南大学社会学系，后到西南联大执教。

费孝通认为，在偏远的中国西南大地，虽然农村较为封闭落后，但农民与土地保持着最直接密切的关系，从中折射出的物质文化和精神容量，应是复杂而丰富的。在他看来，中国的乡村才是自己真正的工作室、图书馆和实验室。所以，他认定其一生的学术目标，就是了解中国的社会，尤其是中国农民的真实情况，找到一条真正的"富民之路"。抱着这样的信念，1938年11月，费孝通风尘仆仆地走进了楚雄禄村。在走访、调查中，费孝通感到自己面对着的是一本硬邦邦冷冰冰的"大书"——千百年来农民与土地签订的终生"契约"。在这种"契约"之下，许多农民摆脱不了贫穷落后的生活。而他，正是要在这里翻动它，读懂它，帮助农民改善在物质与精神方面与土地的关系，从而提高生活水平。

费孝通经过调查得知，禄村农民的全部生活几乎都由农田来负担，众多的人口靠土地的生产来维持很低水平的生计。在这里，有一半以上的劳动力是剩余的，他们整日无所事事，闲散游逛于村中。面对这片丰厚大地上农民的贫弱与绝望，费孝通陷入了深深的思考：怎样才能使他们找到一条希望之路呢？他认为，禄村的经济重心全在农田，而没有手工业。所以，这里经济发展的关键，是解决劳动力的出路。禄村要走出困境，必须发展乡村手工业。

回到昆明后，费孝通一方面忙于教学，一方面忙着整理禄村的调查报告，在此基础上写出了《禄村农田》，对像禄村这样的云南偏远山村，如何发展经济，使农民摆脱贫困的处境，做了深切的思考。此书还把禄村与江南的土地制度类型予以比较，为当时人们理解现代工商业对农村经济的影响提供了全新的视角，也为制定适当的农村政策提供了更宽广的视野。

在当今云南，许多古老的村落都发生了翻天覆地的变化。费孝通先生曾认为：我国没有走把农民集中到城市里发展工业的路子，而是让农民把工业引进乡村来脱贫致富，这是在一定历史条件下的正确选择。在党的正确路线指引下，中国的乡镇企业异军突起，以强大的生命力，推动了农村和小城镇的发展。如今，我国农村正在发生根本性的变化，亿万农民已经脱贫致富。费孝通先生的主张和预言，已变成了辉煌的现实。

费孝通是社会学方面的杰出学者。在《大学之光》中，对于他在云南考察的描写，是贴近社会学的较为严谨的写法，主要突出了他不断进行理性思考的行为。

袁家骅是著名的语言学家，《大学之光》主要记述了他对彝族史诗"阿细跳月"的研究整理，这部分文字洋溢着诗意的光芒。例如开始的介绍："'阿细跳月'是一个最诗意的词汇和最浪漫的意象。这个词语的存在，对云南弥勒来说，已不仅仅是一支歌舞的存在，而是地域、时光和心灵的史诗在大地上以最欢乐的方式无限传播。"

"阿细跳月"这一词汇的命名，其实与联大人密切相关。据说当年闻一多先生和一群学子来到弥勒，在优美的月光之下，欣赏阿细人美妙的歌舞。学生梁伦通过细心观察发现，跳舞的队伍开始呈月牙形，后随着音乐的变化而变成圆月形，所以他把这种乐舞取名为"阿细跳月"。这一命名本身就充满了诗情画意。

袁家骅来弥勒最初的任务，是要为该地编修一本县志。不过，当看到诗人光未然在此地记录整理的阿细人的民族史诗时，他觉得尚有意犹未尽之处，便转换了调研动机，从自己的本行语言学出发，对当地民歌进行重新考察。走遍了弥勒的村村寨寨，袁家骅真切感受到彝族阿细人是一群无比开朗的同胞，是最懂得和最热爱歌舞的人。虽然生活贫困，但他们在歌舞中寻觅到了精神慰藉，也在歌舞中寄托了追求美好生活的心声。

袁家骅在考察过程中，如同发现了燃烧着艺术精神的"新大陆"。他发现，阿细人一生下来就进入了"诗生活"。他们的民间叙事长诗《阿细的先基》，令其日常生活像诗一样，充满了梦想与情趣。此"书"不是有形的书，而是活着的生活、声音、历史，是一直流传在阿细人口头的"诗经"。它传递给每个阿细人历史演变、天地起源、民族由来等方方面面的知识。袁家骅充分领略到，《阿细的先基》处处都是发光的诗句，关乎一个民族的集体记忆、梦想和智慧。也可以说，阿细人就生活在这部史诗里。

由于每个阿细人从小就受《阿细的先基》"诗教"一般的影响，其内容不需要背诵，而是可以直接从他们的心灵中生发出来。阿细人从不照本宣科地吟诵史诗，因为"本"就活在他们心中。他们依照心中之"本"，可以把历史讲得活灵活现、津津有味、生动感人。他们又常常会即兴创作，把故事传说与现实生活有机结合在一起，使人觉得妙不可言，回味无穷。

作为语言学家的袁家骅由衷敬佩阿细人的语言天赋——"当他们开口说话时，随口而出的就是'先基'，那种语言在他们嘴里，如琼浆玉液，既滋养着自己，又美化着别人。"甚至在他看来，每个阿细人终生都与史诗相伴，便自然而然地成了一个个隐身乡间的"历史学家""民俗家""语言学家""音乐舞蹈家"。

袁家骅深度挖掘了阿细人诗歌的语言传统，不但在我国少数民族语言学领域做出了卓越的贡献，对阿细民间史诗的不同解读与传播方式，还引领着民俗学、比较文学、民族学、社会学、人类学等学科纷纷介入，让《阿细的先基》这部民族史诗更加深邃，更加迷人。

可见，《大学之光》关于袁家骅考察经历的记述，处处跳跃着诗的音符和节奏，与史诗研究的基调可谓契合无间。

而写到在滇西北考察的人类学家陶云逵，则突出了一个"险"字，以此来烘托为了科学事业，不惧一切艰难险阻的伟大学者形象。

"可以说，陶云逵走得太远了，他应该是那个时代中国学者在云南走得最远的一个人。他的经历和所见所闻，极像一部历险小说或一部具有西部拓荒色彩的电影。"众所周知，滇西北由于地形复杂、交通不便，自古以来人迹罕至。这里的金沙江、澜沧江、怒江三江并流之处，山峦起伏，峡谷交错，急流险滩，惊心动魄。陶云逵在迪庆、怒江的考察，可谓备尝艰辛。

在德国柏林大学获得人类学博士学位回国之后，陶云逵就决心用实地田野调查方法，发展中国特色的人类学、社会学和民族学。他知道，对滇西边疆独龙族、怒族、傈僳族的考察，是一条充满艰难险阻甚至生死考验的崎岖之路，但是他没有退缩。

20世纪30年代，陶云逵开始了滇西北之行，他先后翻越了云岭雪山、碧罗雪山、高黎贡山。雪山之高，山路之险，即便在今日，也可以充分想象得到。有时候被云雾笼罩，只有在峰回路转之间，陶云逵才能瞥见山的真容。座座山峰，往往高不见顶。而深不见底的山谷，则给人天在下方的错觉。在横断山区特有的向下"仰视"的体验，不由令陶云逵充分感受到大山的神奇和伟大。

相对于翻越雪山，过江更是艰险无比。那时，在滇西北过江只能采用最原始的方法——溜索，即"过溜"。而这一行动，显然有生命的危险，外来者必须有相当胆量才敢于尝试。陶云逵第一次"过溜"时，望着怒江上飘荡的溜索，也是犹豫了半天。溜索是用竹篾编绕制成的，长约200至250米，两端缠绕在河两岸的木桩上。陶云逵俯视波涛汹涌的江水，再望向细若游丝的溜索，真有"命悬一线"之感！虽然也不免胆寒，但责任感与使命感驱动着他冒险尝试。当终于跨越怒江天险之后，陶云逵依然充满恐惧，感到一阵阵后怕。

不过此后，这位以学术研究为毕生使命的学者，不但对溜索不再恐惧，反而产生了浓厚的兴趣。"他先后16次用溜索过江，一次次强化了他对外在现实的感知能力，不但完全消除了恐惧感，还发现了他体内的某种潜质，也就是在江面上那种特有的风中，他感受到了身子的轻盈，一个简单的动作，就能让他到达彼岸，这种感觉何其美妙！"应该说，没有对科学探索的执着与热情，以苦为乐，以险为美，是很难产生如此神奇美妙之体验的。

此后，陶云逵的足迹遍布云南大地。1943年底，他患上了"回归热"，全身发烧并口渴，这是此前在高山峡谷考察中所患疾病的复发。1944年1月，他在昆明病逝，年仅40岁。可以说，陶云逵把自己的生命都奉献给了云南大地。用另一位学者曾昭抡的话讲，在云南考察，辛苦和快乐、干净与肮脏都不是问题，最重要的问题是随时要面对死与活。是的，这些伟大的知识分子，正是用生命，践行着报效祖国的伟大使命！

联大学者作为当时学界的主力军，从书斋走向户外，以艰苦卓绝的实地调查工作，组织了对许多学科问题的攻关，对中国学界变革具有先驱性的重要作用。联大学者通过自身的行动，既为云南边疆开发做出了重要贡献，又促进了中国边疆学术研究走向成熟，由此形成了现代史上中国民族学、社会学、人类学等多学科发展的第一个黄金时期。

除了以上学者，《大学之光》还对姚荷生、邢公畹、吴征镒、李霖灿等人在云南深处的行走予以了细致的个案考察。这些精彩的篇章，既丰富了和还原了一段充满艰辛而又多姿多彩的学术史，又为今日大学学术发展提供了有益的借鉴。

（三）互文世界增奇趣

"互文性"是在文学理论中经常遇到的专有名词，不过对其阐释却是众说纷纭。"比起这个专业术语，人们通常更愿意用隐喻的手法来指称所谓文中有文的现象"，"它囊括了文学作品之间的相互交错、彼此依赖的若干表现形式"[①]。除了文学作品的互相借鉴，从广义层面来看，人生体验与文本形式之间，也可能发生奇妙的互文现象。在《大学之光》的行文中，巧妙使用的互文手法，可谓无处不在，这大大增强了文本的张力和内涵。

首先，互文性体现在"我"与历史之间的对话中。"以我观物，故物皆着我之色彩"的有我之境，在杨杨的历史文化散文创作中，是一个非常明显的特征。杨杨使用这样的互文方法，令读者并不觉得生硬。恰恰相反，由于凭借思接千载的诗意

---

① 【法】蒂费纳·萨莫瓦约 . 互文性研究 [M]. 邵炜，译 . 天津：天津人民出版社，2003：1.

想象，在对历史深层的透视中，充分发挥善于思考的"我"的介入功能，所以，历史往往有了灵动的思辨性，平添了更为丰富生动的质素。

在《大学之光》开篇，"我"与联大师生的视角，便由"彩云之南"的感召而自由地融为一体："在我的想象中，那些选择了云南的师生们，一定会顾名思义，紧紧抓住这个'无比诗意的名字'而展开联想，他们遐思无限，浮想联翩，一切都因为云南的偏远而似乎与世隔绝，也因云南的'与世隔绝'而显得缥缈神奇，令人神往。"这就为联大师生在云南传播"大学之光"的神奇之旅做足了铺垫。

再如，"近几年来，我总是在昆明寻觅这些'标记'后面的历史记忆和传奇故事，我试图阅读他们的'心灵史'，我因而走近了他们苦难而诗意的现实生活中，从他们留在昆明的那一部部厚重的'生活史'里，我找到了那些意义丰沛而光彩灿烂的史诗一般的杰作，我甚至站在'俊园'门外，'看到'了大师们在靛花巷里工作和生活的情景。""我"所孜孜以求的，正是云南与联大之间的契合之处。正是这种有意识的探求，使得全书思路、笔墨集中，总是回环于这样的主题诠释——联大选择云南、云南成就联大，具有神奇的必然性。其中的深层意味，读者是随时可以感知到的。

由此可见，一方面，作者在写作的时候，带着强烈的问题意识。这使得《大学之光》始终在探寻的视角下展开叙述，很好地诠释了现代教育史奇迹的发生。另一方面，作者对写作对象充满热爱。"倘若作家没有真挚、深厚、热烈的爱，没有这种爱所产生的强大的亲和力，艺术受孕是不可能的，艺术生命的诞生是不可想象的。"[①] 这种爱，既是作者对西南联大的爱，也是作者对云南大地的爱。

"我"不时介入文本，时而与先贤展开对话，时而对联大师生的行动给出自己的阐释，融入了本人多年在云南的行走体验。为了更好地体察写作对象，增强写作

①　杜书瀛. 文学原理——创作论 [M]. 北京：人民文学出版社，2001：127.

的真实性与现场感，杨杨以田野调查方式，足迹遍及云南许多地区。也正是在此过程中，他充分培养了对这方土地的深厚情感。正是因为对当年学者的科学考察活动有了感同身受的个人体验，他才能真切地把普惠云南乃至神州的神圣不灭的"大学之光"，精彩地诠释出来。

总之，"我"的融入，既能为历史题材文本增添强烈的主体性，又使得通篇都隐含着当代知识分子与先贤的潜在对话。文本的思想意蕴和张力，也由此得以大大增强。

其次，互文性来自杨杨本人的创作经历。他的长篇小说代表作《雕天下》，因成功地塑造了一个命运多舛的著名民间艺人高石美的形象，在文艺界彰显了大国"工匠精神"，获得了第五届"云南文化精品工程"作品奖，并入选国家新闻出版署第二届"三个一百"原创图书出版工程项目。写作《雕天下》的储备，被巧妙融入了《大学之光》的创作之中。

著名植物学家吴征镒的学术活动，就呈现出典型的"工匠精神"。由于日本侵略者的频繁空袭，吴征镒的研究室迁到了昆明北郊的一座古庙里。就在如此艰苦的环境中，吴征镒与同事们用了整整3年时间，对珍贵的药学典籍《滇南本草》进行了一次全新的考证。埋头在故纸堆里，迷失在时间之外，阴森的古庙成了一群特殊"隐士"研究、探索的绝佳场所。这些学者深知，学术关涉到身体健康甚至生命安危，所以对每种草药的辨析必须精益求精。"因此他们用工匠的精神，做着小学生一样的'作业'，每天摘抄文献，翻阅标本，绘制图画，似乎枯燥极了。但他们几乎是本能一样投入工作，勤奋，持续，坚韧，紧张，就像作家在描述人类生活及精神状态一样，他们也在用最朴实、最准确的语言和线条，描述各种植物的一生。"

经过3年"苦修"，吴征镒与同事奉献出重要的植物学、医药学研究成果《滇南本草图谱》。此书是中国"植物考据学"开端的历史见证。也就是在这一段时间，吴征镒孜孜不倦地从事植物文献和标本照片的整理工作，制作卡片达 3 万张。这些植物标本的科学价值，至今依然在植物分类和植物志的编写工作中发挥着重要作用。新中国成立后，吴征镒以卓越的学术成就，当选为首届中国科学院学部委员。

《大学之光》还有一小节，提到了冯至先生与学生们游览昆明龙门西山的场景，与《雕天下》传递的"工匠精神"的互文意味颇浓，值得仔细品味。

冯至建议同学发表自己的游览观感。一个同学认为，这里的石窟比起云冈石窟、敦煌莫高窟，可谓小巫见大巫，不值一提。而第二个更了解昆明掌故的同学则不以为然，发表了一番长篇见解。他认为，像云冈石窟、敦煌莫高窟，是众人参与且经历了几个世纪才取得的成果。而西山龙门虽然规模小，却是石匠吴来清凭个人之力开凿而成的。可以说，西山龙门石窟是他用坚强意志完成的杰作。

对于吴来清面对石壁孤独地"斗争"的细节描写令人难忘："可以想象，他的感觉是极其美妙的，仿佛从时间之外，一步一步进入时间之中，今天慢慢打凿，明天还是慢慢打凿，在阳光灿烂的时候打凿，在阴雨绵绵的时候打凿，在一种从容而无所畏惧的状态中，他已完全忘记了自己的年龄，忘记了自己的朋友，甚至忘记了自己的目的。他在他所能理解的时间中，寻找到了雕刻的内容、语言和密码。""虽然没有一个人与他说一句话，但他突然听到了声音，有了力量，把他的铁錾用力打入到石头的肌理神经，同时也把他的生命感、宗教感和神秘感以及他们的梦想，深刻地注入石头之中，让它们生长并显示出各自的奥秘、魅力、形象、个性及色彩。"

吴来清在造完西山龙门石窟之后不久就去世了。这个同学所讲的，看似突兀，但是熟悉《雕天下》的读者，会马上想到木匠高石美苦心孤诣，造出传世国宝通海格子门这一杰作的场景。高石美为建造格子门，同样付出了生命的代价。同学的讲述，显然源自作家本人对"工匠精神"的深切体验。

这群具有诗人气质的学子的感言，最终在认知上获得了高度的统一，即他们在一个人、一双手于大自然中表现出来的惊人力量中，充分领略到大国的"工匠精神"。其时，昆明城内常遭敌机轰炸，家破人亡的悲剧不时发生。这次西山游历，使同学们更好地认识了自然，同时也认识了自我。可以说，在抗战最艰苦的时刻，联大学子在"工匠精神"指引下，充分发挥着自身的积极作用，奉献着火热的青春。

总之，在吴征镒的古庙研究与冯至师生龙门西山行中，杨杨把《雕天下》的创作体验提炼出来，升华为特定时代大国"工匠精神"的重要意义。这样的互文，可谓恰到好处。

最后，还有一处互文，是关于沈从文先生与学生之间的互动。这堪称绝妙的互文中的互文，令人回味无穷。

"对于大学来说，'大师'之所以至关重要，不只是因其学识渊博，智慧超群，更因其可以为学生提供追慕的目标。"[①] 沈从文曾对许多联大学子有过重要影响，其中就包括来自国立艺术专科学校"高原文艺社"的学生画家李霖灿。沈从文的《湘行散记》等游记名篇，不单凭出众的文字取胜，悠游美好的自然世界，亦令无数青年读者神往。

正是在沈从文那里，李霖灿了解到美丽的丽江，不由对那里心驰神往，决心去丽江考察，并为中国山水画开辟一条新路。在沈从文的支持下，李霖灿来到丽江，后把经历写成《神游玉龙山》一书。此书是对玉龙雪山予以精彩描绘的经典游记。面对美丽的雪山，李霖灿仿佛做了一场"奇梦"，并时常感叹万分：这样的景致，出现在尘世，是不是误会？在他心目中，玉龙雪山呈现出一种超然而纯洁的美，任

---

① 陈平原. 中国大学十讲 [M]. 上海：复旦大学出版社，2002：35.

何一点凡尘气息，都是对它的亵渎。面对只可意会不可言传的如此美景，一切语言、文字、图画，都失去了效用。李霖灿在丽江收获巨大，不但在绘画领域有了新的领悟，还深入研究了东巴文字，成为这一领域的著名学者。

后来，李霖灿与同学李晨岚又共赴丽江考察，并陆续发表有关丽江的文章。有趣的是，沈从文这位大作家的灵感，也渐渐被二李的丽江之游和写作所激发。他虽然没有去过丽江，却抑制不住冲动，以二李的经历为蓝本，开始创作小说《虹桥》。这篇具有强烈寓言色彩的小说，书写了几位青年跟随运送砖茶等货物的马帮到丽江后发生的故事。文中的主要意象是丽江一座美丽神奇的虹桥。青年欲通过图画，把虹桥的影像留存下来，可是他们无论怎么画，都觉得难以充分传递出其神韵。在美丽的大自然面前，他们最终不得不承认失败。

《虹桥》显然与李霖灿的玉龙雪山书写异曲同工。具有高度艺术修养的沈从文，对李霖灿的丽江"奇梦"颇有共鸣。在他看来，纯洁无瑕的玉龙雪山一定会给观者带来全新的审美理想，并给其人生带去宝贵的启示，盖因人唯有在崇高的大自然面前，才能去除狂妄的心理，更好地发现和认识自我。

李霖灿和李晨岚都感到自己幸运极了，因为能成为沈从文先生小说中的人物，简直有了"不朽"的感觉。可是，他们虽然苦苦等待，但始终不见《虹桥》的续篇。这还是与沈从文对丽江的认识有关。沈从文书写玉龙雪山的感觉与李霖灿一样，觉得丽江之美远远超越了其想象，所以就再也不写《虹桥》的续篇了。"沈从文对丽江的印象，似乎不需要用任何普通的文字来表述，也无法表述。那就只有一个办法——抛弃绘画和文字，变成哑人，用眼睛向云南大地说话，用身体向云南大地亲吻，用心灵向云南大地致敬！"

一方面，沈从文的小说与李霖灿的游记，构成了互文；另一方面，沈从文小说中的人物与现实中的二李的经历，构成了互文。这无不昭示着，人在大自然面前，一定要谦卑。直至今天，人与自然的和谐共处，对于美好家园的营造，仍意义深远。

总之，互文的巧妙应用，令《大学之光》妙趣横生，意蕴悠长。

西南联大在特定的时代，完美地体现出大学的惊人力量，为中华民族保存文化火种做出了巨大贡献。联大师生很清楚，无论何时何地，大学都应该自觉为时代服务，为人民服务。西南联大艰苦卓绝的道路，辉映着抗战之路、革命之路、文化之路、科学之路、教育之路、前进之路和光明之路，永远激励着中华民族走向繁荣富强。

在西南联大师生身上所折射出的"大学之光"，可以概括为报国情怀、奉献精神、科研热情、育人至上等。而这些，对于今天的大学教育同样至关重要。当今大学，最大的一个问题，大概就是过于追求功利，而忽视了对学生人文精神的培养，所以对于当代大学生人文教育的重视刻不容缓。"因为国家政策的价值非常清晰，目的就是要通过加强人文教育，培养全面发展的新人，而关系到我们民族的伟大复兴和国家现代化建设目标的大局，也一直是我们为之奋斗的崇高的教育理想。"①重新回顾西南联大的光荣历史，其对如何有效提升今日大学的人文教育水平，显然具有重要意义。

在《大学之光》中，杨杨饱含对西南联大的由衷敬意，用充满激情的诗意笔触，复现了中国现代教育史的一段辉煌篇章。一方面，全书从宏观视野，有力把握了联大在文化建设与传承方面的重要意义；另一方面，文本从微观角度，生动塑造了行走于云南深处的师生形象。互文手法的巧妙应用，大大扩充了文本的思想意蕴。相信全书所散发投射出的"大学之光"，既会令读者对中国大学教育的辉煌历程有深入的体会，又会令读者对新形势下教育发展所昭示的美好明天充满信心。总

---

① 张力.素质教育作为国家政策：回顾与展望[M]//甘阳，陈来，苏力.中国大学的人文教育.北京：生活·读书·新知三联书店，2006：45.

之，《大学之光》不但以 26 万字的巨大篇幅，对西南联大在云南艰苦卓绝的历程做了细致而独到的精彩描绘，并且讴歌了这所战争促成的高等院校在中国教育史上彪炳千载的伟业。此书对于今日大学如何继承联大精神，弘扬人文教育的真谛，让真正的"大学之光"光照千秋、泽被后世，具有极为重要的意义。

二、遥远青铜世界的多维敞开——《青铜古滇国》解读

云南曾经存在一个神秘的古滇国，即司马迁在《史记》中称之为"滇"的遥远的古国，从战国一直延续到两汉时期，共有 500 多年的历史。不过两汉以后，古滇国就像多彩的梦幻一般，在云南大地上消失了。从 20 世纪 70 年代至今，考古学家先后从全省 70 多个县市，即古滇国主要领地——石寨山、天子庙、羊甫头、江川李家山和澄江金莲山等处，发掘了数以万计的青铜器，令古滇国的珠宝、建筑、服饰、兵器、饮食、习俗等，比较完整地呈现出来。这证明了滇中一带是中国青铜文化的一块"新大陆"，具有夺人心魄的独立文化品质和丰赡的历史价值。杨杨的《青铜古滇国》（云南人民出版社 2022 年版）围绕古滇国的发掘工作，使一段极富传奇色彩的历史，生动形象地展现在读者面前。

《青铜古滇国》以"总—分—总"的方式来结构全书，共分 14 小节。前面、后面两个小节是对古滇国的概述，中间的 10 个小节分述云南大地不同地区青铜器文化的发掘历程。这样的结构脉络清晰，线索分明，便于读者加强对古滇国以及青铜文化的理解。

首节"在彩云飘飘的地方"，以云南美丽的云彩引出了战国时期楚国人庄蹻的故事。无论庄蹻以何种形象在云南的历史中出现，他在云南的存在确有其事。另

外，他在这里创建了一个属于自己的政治中心，并与多姿多彩的青铜器有内在关联，这也是没有争议的历史事实。

在"一个古国的诞生与消亡"一节中，作者对古滇国的历史进行了勾勒。庄蹻当年入滇，是云南开发史上的一次关键性事件：来自外部的军事和社会力量，迅速改变着这片古老的高原，从此拉开了外来文化开发云贵高原的序幕，西南地区的封闭状态被打破，云南从此和内陆直接建立起政治、经济和文化方面的联系。庄蹻和他的将士们不断与滇人改善关系，教滇人学会了农耕，学会了冶炼青铜，使其较之以前过上了更加美好的生活。庄蹻也受到将士和滇人的拥戴，享有崇高的威望，最后被推举为滇王。古滇国一度十分繁荣富强，但是至西汉末年，滇国政权逐渐被汉朝的郡县制所取代，滇王之名早已黯然无光。此时，史书上关于滇王和滇国的记载越来越少，滇国似乎已不复存在。从东汉初年开始至东汉中叶，辉煌了500多年的滇国逐渐在云南大地上消失了。

梳理了这段历史以后，杨杨展开了关于古滇国的想象：

> 他们的国王、珠宝、建筑、饮食、服饰、交往、兵器、巫师、观念、习俗已完整地埋藏于滇池地区的一座座小山之上，这一切将给人们现在看似平淡无奇的现实生活，增添多少豪情、自信、启示和诗意的联想啊！事实上，人们固有的关于"未来无限"的意识，其实是一个错觉。人们的生命是一代一代传下来，又要一代一代传下去的。人们的"未来"是从"过去"的土壤中生长出来，又要埋入地下的。

"如果把人类漫长的早期活动归结为朝着相对富足的方向努力，那么，我们就有可能会使'集体'的冒险经历变得贫乏无味。"① 杨杨的历史观，剔除了黑格尔式历史哲学浓烈的单线条色彩，显然是多维丰富的，也正是在一种强烈的探寻历史奥秘的思路支配下，作者开始了个人的古滇国"发现之旅"。由于云南大地每一处青铜文化遗址的发掘过程都很不同，杨杨努力诠释了地域的不同特色及其文化景观。

在"中国古代青铜器文化的'新大陆'"一节，书写了对石寨山遗址的发掘。从解放前古滇国青铜器被外国人发现、购买、销售、研究写起，再叙述解放后这些青铜器渐渐受到国内学者关注，以及此后青铜器被挖掘出来重见天日，一段神奇的历史逐渐展开。由于设置了多重悬念，加之生动曲折的故事扣人心弦，该书对读者具有很强的吸引力。有了这些铺垫，石寨山青铜器的重要意义阐释也就水到渠成了——"他们即将在这里揭开一个古国的神秘面纱，将在这里改写云南历史，将在这里书写云南古代青铜文化考古的辉煌篇章。"

非常有意思的是，杨杨本人像写作《大学之光》作品一样，也以见证者和发现者的角色，到这些奇妙多彩的历史遗迹中实地踏访，使得其历史书写获得了极强的现场感。"大波那的'金房子'"一节，写的是祥云县的大波那青铜器遗址。作者以诗意的语言描绘了他亲临现场的感受："'大波那——大波那——大波那——'我轻轻地呼唤三声，立即有一种被特殊的气场催动的感觉，其中还蕴含着一种确实存在的节律，像潮汐一样，滚滚涌来，又悄然退去，未免让人感叹，又让人肃然起敬。"大波那是一个白族词汇，读为"岛勃弄"或"岛勃"，在白族语言中的本意非同一般——"岛勃"是大脑壳之意，引申为"大首领"的意思；"弄"字有"所在之地"的含义。这个地名已经明确地告诉人们：此处是曾经居住过大人物的地方。但这位大人物究竟是谁，曾经开创了什么伟业，却一直无人知晓，充满了神秘

---

① 【法】雷蒙·阿隆. 知识分子的鸦片 [M]. 吕一民，顾杭，译. 南京：译林出版社，2005：196.

感。"我"的感受，无疑是向古老文化的一种致敬。

围绕大波那青铜器发掘的一些描写，也无不紧扣"我"的感受展开。比如，在这里发掘的大波那铜棺，重量几乎是素称"中华第一大鼎"的后母戊鼎的三倍，与大波那的地名可谓名实相符。棺盖外表铸有鲜活的鸟兽纹，并非完全脱胎于大自然的某种动物，许多都是将自然力量拟人化而想象出来的，具有明显的原始宗教意味，散发出无与伦比的艺术气息和魅力。棺壁外表两侧布满了灵动的云雷纹、涡纹和水波纹。云雷纹既富有规律，又富于变化，并不是刻板绘制而成的，而是多种纹饰，如燕纹、虎纹、豹纹、鹿纹、水鸟纹等交叉融合在一起。如果仔细分辨，可以发现组成每个云雷纹之回纹中心的均为一个蛇头，显得神秘诡异，气势逼人。铜棺上，还有一种周代特有的装饰纹样饕餮纹，看上去像一个抽象的面具，一种让人敬畏和恐惧的气息迎面扑来。在"我"的视界中，大波那的出土文物具有扑面而来的鲜活感，主观印象与客观历史之间，形成了巧妙的呼应。

杨杨还随着行文的展开，自然而然地介绍了一些关于青铜古滇国的历史文化背景，令读者得到丰富的知识启迪。比如在"铜鼓的'老祖宗'"一节，就介绍了中国与周边地区的宗藩关系。中国历代王朝对藩属国多采取怀柔政策，很少干预其内政。即使对于藩国的贡物，也是把它视为一种礼仪象征，这正如走亲戚一样，一般都按照"薄来厚往"的原则礼尚往来。这就使得中央与地方和睦相处，完全有别于那种占领与被占领、奴役与被奴役、掠夺与被掠夺的关系。也正是由于这种关系的存在，西南边疆有了独特的"西便门"。

也就是从那时起，中国西南地区变成了一道由各种各样的"路"交会而成的"西便门"。有了路，有了门，各种稀奇古怪和形形色色的人、文明、文化，从很远的地方走来，又走到很远的地方去。各种文明在山坡上、河谷里、城镇、乡村……影响着一切，提升着一切，孕育着一切。不是吗？古滇国大墓中精美绝伦的青铜器上，有一些豹咬鹿、虎吃野猪、战争、骑士、狩猎等令人惊心动魄的图像，以及那些穿兽皮长裤、佩青铜短剑、深目高鼻、蓄长须、盘发髻的"异乡人"形象，还有汉式铜器、五铢钱和摇钱树等等，都表明中亚文化、中国北方草原文化和中原文化的"脚步"已走到了这里，走出"国门"，在那里生长出多彩迷人的"神话"或"寓言"。

这样的书写，使人读起来易于感受枯燥的关于考古学的文本，深具美文特征，充满了灵动的意味，令人过目难忘。而读者在这样的"悦读"中，也会自然而然地受到历史知识的感染和熏陶。至于本节中对铜鼓功能的介绍，同样颇富感染力。比如，在介绍了铜鼓在古滇国的功用之后，如此绘声绘色地书写"我"听到铜鼓时的感受："'咚咚咚''当当当'的声响，带着金属所特有的音律和巨大的力量，冲击着在场的人。仿佛有一支雄壮的军队，踏着强烈的节奏走进了战场。虽然这种声音似乎有点单调，但那些极有规律的节奏，却是世界上最古老的声音，成为主宰大地的最强音。"不由令人感同身受，心潮澎湃。

杨杨不是狭隘的地方主义者，他充分注意到古滇国青铜器融汇各种文化的特点。比如面对个旧黑蚂井的"胡人灯"，"我"就想到了那个时代的黑蚂井偏安一隅，有大量的土著文化因素存在，青铜铸造工艺已经达到了相当的高度，独立性很明显。但云南在文化上却并不封闭孤立，早在汉王朝统治深入云南之前，西南地区各民族文化已然显示出了极大的开放性与包容性，不断吸收其他文化的优秀成果。特别是自西汉在云南设置郡县开始，汉文化以国家力量为支撑迅速在云南各少数民族中传播，无论是器物还是思想文化，云南都深受影响。大量具有汉王朝特征的文化因素渗入边疆地区，文化互动和融合变得突出和明显。"个旧黑蚂井墓地作为文化交流的一个历史遗存，明显吸收了汉文化、滇文化、西南土著文化，甚至外来文化的多种元素，其多彩的文化之光，照亮了中华文明多元一体的光辉之路。"这就从历史往往是多种文明融汇的宽广角度，对古滇国青铜器予以了深层阐释。

值得注意的是，面对发掘出的古滇国青铜器，杨杨的观感并不都是愉快的。在石寨山出土的一件青铜器上，出现了猎取俘虏人头的场面，以及血淋淋的祭祀仪式。"这是滇人宗教生活中最残酷、最野蛮、最可怕和最欢乐的杀殉，散发着恐怖的血腥异样的欣喜。我的眼前似乎飘来一片血红的云彩，太阳穴突突突地跳起来。"这无疑是作者深挚的人道主义情怀的彰显。

刻画剽牛活动的青铜器，也令"我"感到震惊。这些青铜器让"我"对先民的精神世界有了深刻的认识：

> 先人的精神世界已经非常复杂了，他们进行血淋淋的杀殉，恐怕是为了处理好人与自然的神秘关系，以便解读这种关系里扑朔迷离的寓意。可以说，在他们的日常生活里，种植、打鱼、狩猎、战争等等，既给他们带来征服的喜悦，同时也在他们的心灵深处笼上了一层更大的不可知的恐惧，他们因而变得小心起来，不得不用动物和人的生命，不断去与大自然沟通，去与大自然融合，谨慎地维护着他们与天地万物的和谐关系。这样看来，他们是一群感天动地的自然之子。

这种诗性的描述和分析，为古滇人艰难的生存之路，似乎增加了一点哲学意味和悲壮色彩。确乎如此，杨杨是擅长用诗意构建文本的。对于传统文化，他并没有一味赞美，而是在诗的眼光中，看到了古老民族的历史文化中更真实、更丰厚、更复杂的意味。

书中格外令人深思的是，许多古滇国青铜文化遗址的发现，是盗贼盗墓的结果，杨杨对此也进行了针砭，表现出强烈的现实主义批判精神。民族文化的传承与保护，离不开每个公民的自觉。只有全民都善于珍视民族宝贵遗产，才能更好地促进民族文化复兴伟业的实现。

《青铜古滇国》是对古滇国青铜器考古发掘的记述，具有一定的专业性，但是与其他历史散文作品一样，杨杨举重若轻，用诗意的笔触，普及历史文化知识，把一本小书写得情趣盎然，惹人深思，这体现出作者不凡的艺术功力。

三、与艺术巨匠的真诚对话——《泥塑大师黎广修》解读

祖籍四川的泥塑大师黎广修，以塑造昆明筇竹寺的五百罗汉闻名，并由此构建了一个属于云南更属于世界的艺术殿堂。一百余年过去了，黎广修在云南人心中已完成了从川人到滇人的嬗变，甚至在云南历史上，他已被视为一个永恒的滇人。而在历史中，关于这位大师生平的真实材料却十分罕见，其确切的生卒年月已无从考证，其真实相貌也无人知晓。只是在云南大地上，留下了关于他的种种传说。杨杨在《泥塑大师黎广修》（云南人民出版社 2015 年版，简称《黎广修》）一书中，以充满想象力的诗意方式，追寻了黎广修为艺术而执着追求的人生历程，融汇了作者本人对艺术创作的独到见解。

（一）充满想象力的人物传记

杨杨在《题记》中写道："事实上，《旧约全书》早已认为，人是需要传说故

事的，我们都是从传说故事中'走来的人'，如果我们现在听不到关于自己的传说故事的话，我们是会生病和绝望的。这是个非常有趣的观点，让我在寻找黎广修的过程中得到了真正的安慰和力量。"正是基于关于一代艺术巨匠的资料的匮乏，杨杨另辟蹊径，结合黎广修的有关传说，并且通过实地探查走访，对黎广修的艺术作品进行了别具慧心的体悟，以讲故事的方式，追寻并传递了他充满传奇色彩的艺术人生。

文本开篇一节便以"寻找黎广修"命名。杨杨不辞劳苦，以田野调查方式来到四川，溯源黎广修的人生旅程。"2012年夏天，我沿着黎广修忽明忽暗的人生轨迹，开始了对一个伟大'传说'的寻访。这也是我为了'破解'黎广修的精神之谜而踏出的第一步。"如果说，在长篇小说《雕天下》中，杨杨通过高石美这一形象，探析了其坎坷的艺术人生与传统文化和人类命运之间的关联，那么人物传记《黎光修》中的黎广修，则汇聚了杨杨对伟大而神奇的艺术创作的独特思考。

结合《合川县志》，杨杨对黎广修早期的艺术轨迹有了翔实的掌握。得到父亲的真传，正值壮年的黎广修，泥塑技艺已经非同一般，凭借艺术才华、组织能力、吃苦精神，他被妙胜禅师看重，成为修建成都宝光寺罗汉堂的领班人。他在整个工程中，初步展示了聪明才智。比如，"田字形"的罗汉堂格局，就是充满奇妙构思的一大发明。他把五百罗汉置于内柱与空档之间，避免了平柱的遮挡，使堂内塑像纵横交错，走道互通，宛若迷宫。另外，黎广修亲手雕塑的罗汉像，神态各异，无一雷同。

杨杨以对艺术家的无比景仰之情和对艺术的无比热忱，在宝光寺的观摩浏览中，有了个人独到的心得体会，并由此得以充分自由地追思泥塑大师的艺术之旅。他感受到了南北两派泥塑工匠在泥塑艺术上的不同风格，更领悟到黎广修不凡的艺术追求和趣味。他认为宝光寺的泥塑是南北艺术完美的交融，以及有益的交锋，它们各有继承，各有发展，各展其长，又各具其态。

与其他历史文化散文一样，杨杨充分发挥想象，体味黎广修创作之初的心路历程："我一直隐隐约约地感到，黎广修似乎走着一条与众不同的艺术之路，他一直在神性与人性之间徘徊，他的才华和激情似乎被某种力量压抑着，以致他没有勇气完全彻底地走进活生生的现实之中，以便实现他更大的艺术理想。""现在仔细算来，那时的黎广修应该已有45岁了，但他依然身处人生的迷途，甚至有几分危险，这是我的猜想，也是可以肯定的。而此时他离自己未来在云南所创造的那个伟大'传说'，好像还很遥远。"这样，通过踏访大师故地，揣摩其早期创作，杨杨把黎广修的艺术创作，与其在云南所要完成的伟业串联起来，对于没有过多资料依凭的创作难题，予以巧妙地化解，水到渠成地呈现了一位泥塑大师的传奇人生。

筇竹寺作为昆明的著名佛寺和风景名胜，到了清代光绪九年（1883年），已破败不堪，难以为继。当时的主持梦佛禅师决定对其进行大修。此次大修可谓翻天覆地、费尽周折、历尽艰辛，从1883年开始至1890年结束，长达7年之久。而黎广修最终能与云南发生直接关系，就源于在筇竹寺长达7年的大修经历。

对来到昆明的黎广修之书写，杨杨继续发挥着他的想象力："在我的想象中，黎广修进入昆明古城的时候，天空魔术般地发生了变化，太阳平静地显现在蓝天上，一种均匀的艺术一般的光线，轻抚在他们每个人的脸上、手上和身上。黎广修突然感到自己说话的声音也发生了变化，就像包含着春天的气息。而且，他们越深入昆明，阳光却一刻好过一刻，每一分钟都让他们从变化的阳光里领悟到微妙的感觉。""当时的黎广修一定会产生这样的想法，在云南之外的地方，再也找不到一个阳光如此新鲜、温馨、虚幻的城市了。与此同时，黎广修还敏锐地感受到昆明的水土和气候中似乎暗藏着某种不为人知的'定律'，使得这里的花气十足，每走一步，都可以看到鲜花的存在。这里的万事万物仿佛浸泡在永恒的春天里。"优美的语言，既强化了黎广修与昆明的内在生命关联，又令人物传记平添了艺术含量，非常易于打动读者。

在杨杨笔下，昆明所显示出的吉祥平安、栩栩如生、永远充满活力的气象，是黎广修艺术创作的强烈的催化剂：

> 我竭力想象着，黎广修那些天是怎么过来的？他一定发现云南大地上充满了各种古老的知识和新鲜的事物。他每走一步，都似乎能寻找到让他的心灵越加充实的迷人元素，寻找到有关他的生存和泥塑所需要的传统、习俗、人物、故事和材料，它们恰恰是云南大地的产物。当然，这一切也让他迷惑，让他不安，让他苦苦思考和探求这里的精神气象和文化厚度。这是一个真正的艺术家必然要遇到并加以解决的课题。

正是云南特有的文化氛围，启迪了黎广修，既馈赠了他奥妙无穷的知识，又赋予了他神奇的艺术想象力。黎广修的精神与思想，不知不觉地得到了升华，他产生了罕见的创作冲动，决心在这里大干一番，用手中的泥巴更好地去雕塑和传播这块土地的价值和秘密。黎广修正是在充分重视云南文化历史的基础上，结合个人的艺术天赋，打造了完全属于个人的艺术创作空间。他在云南大地上完成了从一个泥塑工匠到一位雕塑大师的转变和提升，正是源于建构了一个属于自己的人文地理谱系和精神谱系。

就这样，杨杨从匮乏的资料中充分发挥想象力，去还原黎广修的生平经历和艺术追求，自然而然地传递出云南文化对黎广修艺术人生的塑造意义。

（二）与艺术家的心灵交汇

杨杨在想象力的基础之上，思接千载，与艺术大师充分进行心灵交汇，完成了一次跨越时空的潜在精神对话。"我从关于黎广修的传说故事走出来，又从昆明的筇竹寺中走进去，我的身体又进入了一个艺术化的空间。""我更加坚信，艺术品是人类活动中登峰造极的伟大成果，它使我们人类的一切苦难、辛劳、曲折、希冀、梦想、快乐得以再现，并最终影响着人类的情感、思想和精神。"杨杨以宝贵的个人艺术修养，自由揣想着黎广修的艺术创作，涵泳于大师精湛而广阔的艺术天地，也不由令读者对艺术的奥秘有了深入的领悟。

黎广修在筇竹寺遇到的挑战是空前的。五百罗汉的造像，千百年来已逐渐形成了固定的模式，即威严庄重、超凡脱俗、合掌端坐、不露感情，它们俨然都是神圣和智慧的化身。而且，黎广修在雕塑宝光寺的五百罗汉之前，对约定俗成的塑像模式已经了然于胸，特别是吸收了大足石刻罗汉造像的优点，不仅使宝光寺的罗汉堂与北京西山碧云寺、湖北汉阳归元寺、江苏苏州西园寺的罗汉堂齐名，成为中国最著名的四大罗汉堂，而且在人物表现手法上，千姿百态，真实细腻，妙趣横生，技高一筹。因此，这次来云南雕塑五百罗汉，对黎广修来说，本应是驾轻就熟的事情，很快可以交差了事，返川回家。但黎广修却有更大的梦想，他要使新的罗汉雕塑超越宝光寺的五百罗汉。这也意味着他必须首先回到原点，一切从头开始。

概而言之，黎广修决心打破千佛一面的常规，在筇竹寺里完美地表现出五百罗汉的生命秘密。或者确切地说，他想让五百罗汉真正富有生命，展示鲜活无比的生命世界。在记述黎广修在筇竹寺的伟业之前，杨杨追溯了其从小就呈现出的不同寻常的艺术禀赋。黎广修小时候看过一些志怪小说，自己悟出了一个道理，人有时要变成神，而神有时又要变成人。人有人的神性，神也有神的人性。他由此深入体悟了"人人皆可以成佛"的禅理。这种极为自由的创作理念，使其在今后的艺术之旅中，常常把人雕塑成神，把神雕塑成人。人神一体，令其作品既有扎根现实的人间烟火气，又有了灵动缥缈的神迹。这种人神合一的想法，无形中成为黎广修雕塑筇竹寺众佛像的基石。正是因为在佛像中注入了人性，黎广修雕塑的佛像有血有肉、栩栩如生，不再是不食人间烟火的神祇，欣赏者极易与之产生共鸣。

黎广修还在佛经故事中寻找创作的灵感。一个个精彩的故事、生动的场景，出现在他的想象中。他仿佛于曾经见过的佛像中，听到了寂静中的喧嚣，佛像在他的脑海中刹那间鲜活起来。于是，在他的眼前，一切都可以用自己的双手转化为实物，转化为丰满而迷人的图像。正是因为有了身临其境的感觉，黎广修找到了雕塑的灵感。准确地说，这是全新的发现。正是因为对五百罗汉充满了生动鲜活的想象，黎广修每当面对佛陀的时候，那种端庄宁静、恬淡从容、豁然睿智的气度，都会让他感到天地间充盈着罕见的浩然之气。正是这种气象的存在，天上人间、苍茫大地、万物生灵才融为一体，显现出应有的生机、和谐、淳厚和热烈。而黎广修自己，就是要用普通的泥和水，把这种气象或宇宙人生塑造出来，入乎其内，出乎其外，展现出无限的丰富性。

在雕塑中，正是基于天人合一、万物一体的构型策略，黎光修认为：佛法就在人世间，而凡人的习性和模样，也就是罗汉的形象特征。因此，要生动雕塑罗汉像，就必须到人世间去采集形象。为此，他与徒弟不辞辛苦、不遗余力地在芸芸众生中采集佛像的"原型"。也正由于不知不觉地秉持艺术来源于生活的理念，黎广修师徒们打造的罗汉形象，在容貌、形体、气质、神态上，无不生动传神，而且绝不雷同。

在黎广修看来，手艺不仅仅是一种技术，更是一种"心艺"，近似于禅，即对自己所雕塑的内容要有心悟，有理解，有发现。他甚至对待每一件工具都像敬奉神灵一样，充满了敬畏之心。他要求徒弟也是如此。师徒们在做雕塑的时候，态度极其虔诚，每一个动作都异常缓慢，每一个细节都精益求精。"为了接通精泥与大地的气脉，他们在捶打过程中，还要在夜间把黏土移到室外，让它们感受星星、月亮、清风的抚爱，以保持它们应有的灵气。"这些细节，莫不昭示：艺术是联结着生命的。艺术家在创作作品的时候，一方面要充分发挥自由精神，一方面也要永远葆有对于世界的谦卑姿态。只有真正谛听自然的声音，方能与创作对象之间产生可贵的"神会"，这大概也是黎广修雕塑佛像时特有的"禅悟"之体现吧。

对于塑像最后的也是最关键的工序——上精泥的精彩描写，可见作者对艺术独到的体悟。这一步是只属于黎广修的绝活儿，关系到塑像能否活起来、动起来，关系到塑像是否能够产生应有的精神气质，甚至关系到整堂塑像的最终成败。为此，黎广修知晓：要对每个动作都灌注心血和热情，才能让塑像中的禅杖、钵盂、书卷、拂尘、数珠、木鱼等生动显现，才能让每一个塑像的体态、肌肉、动作、衣纹、飘带、线条更加精准，更加自如，更加洗练，更加流畅，才能表现出罗汉们应有的喜怒哀乐、惊惧怀疑、沉静思考等鲜活而微妙的表情，才能让每个罗汉的个性和身份更加突出。总之，杨杨笔下的黎广修，像女娲造人一样，让自己手中的泥巴具有声音、气息、思想、灵魂。在这个最为关键的阶段，黎广修带着徒弟们时时刻刻与精泥为伴，与精泥对话，"与精泥建立起一种只有他们自己能够理解和感触的和谐而敏感的关系。""即使在他们吃饭、睡觉的时候，精泥也未曾片刻离开过他们的情感、记忆、目光、语言和身体，他们自己的一切似乎也变成了精泥，变成了令他们感动的图像、场景、故事和细节，他们要把精泥的个性品质发挥到极致，这是他们最坚定的使命和目标。"总之，师徒们在手中的精泥上，灌注了无限的生命和活力。

从杨杨的细致书写中，可见他对笔下人物有了精神的共鸣：

因而，每当他们的双手与精泥接触，无论是使用镂空和圆雕等哪种手法，都是一次诞生、创新、考验和精确的表述，他们的每一个动作似乎并不塑什么，也不刻什么，而是在努力改变着精泥的本来模样，改变着人体和环境、器物的关系，甚至可以说改变了精泥的本质，使精泥不再是精泥，而成为一个既陌生又新鲜，既温暖又丰硕，既精灵又脱俗的东西。

这很能道出艺术创作的奥秘，只有神与物游，产生独特的交感反应，创作灵感方可在瞬息间产生。

黎广修的创新意识，还体现在最后完成的佛像的"装饰"上。他打破了"佛要金装"的俗律，采用五彩技术，对全部罗汉进行彩绘。在底色的处理上，他花了很大工夫，这样既便于在彩绘时让塑像表面容易吸收颜色，增强颜色的附着力，又可以使颜色显现得更加完美。在具体的彩绘过程中，黎广修充分发挥了自身具有的绘画优势。他将中国画中的线条优势与雕塑的形体变化巧妙而自然地结合起来，对于涂、染、描、刷、点等各种绘画技法，都能运用自如，娴熟无比。更让人惊叹的是，在罗汉身上那些七弯八拐、起伏不平的部位，他的画笔也可以一气呵成，穿越一切障碍，从而达到行云流水、疏密有致的艺术气韵。黎广修在彩绘时，不仅把国画的整体优势充分发挥出来，并且使塑像在色彩方面更加协调和淡雅，极大地增强了塑像的文雅之趣，从根本上杜绝了一般寺院中彩塑的刺目、虚浮、堆砌、臃肿等庸俗气味。与此同时，黎广修还适当吸收了工笔重彩技法，在一些罗汉身上施以浓烈的色彩，使人们从衣服和皮肤的色彩上，就可分辨出那些罗汉的身份、年龄和性格特征。

虽然总体上破除了"佛要金装"的俗律，但黎广修并未完全排斥为佛像贴金，为了适当增强罗汉的华丽之感，他决定在人物的衣饰、工具和动植物的某些部位进行贴金。打造金箔的艰苦历程在杨杨笔下同样生动鲜活。在杨杨的想象中，黎广修望着那些细金，有种入迷的感觉："要凭着他心灵的密码和手上的秘密，从总体上来认识它的个性、温度、色彩、厚薄，把它变成另外一种更加辉煌、更加富有天性、更加动人心弦的图景。"贴金的细节，传递出黎广修把艺术视为生命的苦心孤诣："他如同在一个孤岛上，呼唤着万事万物悄然无声地来到自己手下，用独特的语言与它们交流，用成熟、纯正、结实、饱满的色彩改变着罗汉世界的气象。"精彩的描绘，使一位艺术大师的形象呼之欲出。

罗汉塑像大功告成。杨杨融入自身体验，以想象还原了当时观者的感想：当人们涌进筇竹寺见到这些塑像时，都不由惊呆了。他们隐约感到面前的五百罗汉充满了某种神秘的东西，一切既熟悉又陌生，既世俗又神圣，既好像离他们太远，又好像出自他们的心灵一样。不管怎样，观者认为五百罗汉非同寻常，仿佛是在他们翘首企盼时，神灵悄然送到他们面前的某种贵重、神奇的礼物。虽然有所夸张，但是却传递了观者与创作者某种共通的心灵感应，体现出艺术的神奇魅力。

"历史学家的工作，最重要的就是先理解过去发生的事情，然后解释给读者。"①对于以探求历史奥秘为乐趣的作家杨杨，何尝不是如此？全书的结尾，与开头巧妙照应。作者来到筇竹寺，体味大师的艺术魅力，与此同时，彰显个人对艺术的独特理解。"我"一直对关于黎广修的人生的记载材料稀缺而感到失落，但又坚信大师的人生就浓缩在他的艺术作品里："只要凝视着他那些真实存在的作品，那么我对他的有关传说的收集、联想、想象和叙说，就不会是空泛的、无根据和无意义的，因为他所有的作品都与他各式各样的生活细节有密切的关系。""昆明筇竹寺的五百罗汉至今保存完好，那就是他的日常生活和完整的艺术世界，而对其成长

---

① 【美】柯文. 走过两遍的路：我研究中国历史的旅程 [M]. 刘楠楠，译. 北京：社会科学文献出版社，2022：247.

轨迹、生活习惯乃至日常癖好，已经无法考证和追溯了，或者说已显得不那么重要了。我套用一句话来说，就是作品胜于雄辩，胜于事实，胜于过去，胜于未来。"其实，正如克罗齐的名言"一切历史都是当代史"，后人书写的历史，充满了建构的色彩。杨杨在书写黎广修的历史中，显然抓住了其人生的核心词汇——艺术。与创作长篇小说《雕天下》中的高石美这一人物类似，作者对艺术家的创作予以充分阐释，通过他的作品解密其艺术人生，更接近了真实的历史人物。可以说，杨杨不仅仅着眼于黎广修的生平经历，更在对其创作的深层透视中，将其人生充分升华了。

所以，当"我"面对黎广修的五百罗汉时，就等于面对着他本人，面对着他最真实的一生。"我常常猜想，他的内心深处一定有一个至真、至善、至美的世界，他是一个捕捉细节的高手，能把自己和别人在日常生活中司空见惯的东西表现出来，为人们打开一扇扇生命何其美妙的窗子。"在黎广修的时代，许多泥塑工匠仅仅是年复一年地重复着同样的动作，把复杂的工作变得模式化了。而黎广修与一般工匠截然不同，他虽然也是日复一日地做着同样的工作，却把简单的工作变得复杂了。因为他每一天都在创新，每一个动作不仅改变了泥巴的外观，也为泥土灌注了人的生命。在艺术的旅程中，黎广修不惮劳苦，沉浸其中，乐此不疲，堪称世上最快乐的工匠。

"我"最后对罗汉的观感格外耐人寻味："任何一个罗汉，任何一个场景，都永远是鲜活的，充满细节的，如同我们的现实生活，又如同我们的梦境。我在接受这些画面的时候，有一种看不见、摸不着而又实实在在的美好气息向我汹涌而来。我知道，那是黎广修最现实和超现实的心灵图景，蕴含最深邃、最纯正、最博大和最浪漫的精神气息。""黎广修创造现实世界的同时，也为我们创造了一个缥缈、奇妙、神秘的魔幻世界，那些带有神话色彩的罗汉人物也被他雕塑得出神入化，亦真亦幻，风生水起，简直就是一个超现实的梦境。"这是深得艺术堂奥的知人之言。

"艺术杰作的现实性也许与'真'（le vrai）的现实性是对立的。后者之所以具有一种永恒的意义，是因为它以某种方式具有一种明确获得的独特的意义。而前者之所以具有永恒的意义，则是因为它具有一种取之不尽的意义，以及它向每个人显示了它自身的另一个方面。"① 黎广修的艺术来源于生活，并且超越了生活，他塑造的佛像既有人性又有神性。可以说，黎广修不停留于形似，而是追求神似，入乎其内，出乎其外，完成了虚实相生的伟大艺术，这使其与一般的工匠有了质的区别。今天，"只要还有机会面对伟大的艺术作品，我们在审美上就不会一无所有"②。可以说，杨杨凭借得天独厚的艺术修养，完成了一次与艺术大师的深层的精神交流，精彩地诠释了艺术创作的奥秘，与读者一起共享了一次美妙的审美之旅。

（三）丰厚的文化意蕴

三人行，必有我师焉。黎广修海纳百川，善于从不同的人那里学习。这对他从事罗汉雕塑具有启发意义，令其如鱼得水，左右逢源。艺术与文化探寻的交融，使这本传记增添了丰富的文化蕴意。

筇竹寺的罗汉雕塑，凝聚着诸多文化的因子。在历史上，儒、释、道三教既对立又相互融合，相互吸收，几乎达到了水乳交融的地步，这在云南地区表现得格外突出。同小说《雕天下》一样，杨杨具有广阔的文化视野。他特别强调了三教即儒、道、释文化的交融，对于黎广修雕塑佛像的重要意义。

---

① 【法】雷蒙·阿隆.知识分子的鸦片 [M].吕一民，顾杭，译.南京：译林出版社，2005：193.
② 王晓明.思想与文学之间 [M].北京：人民文学出版社，2004：26.

自小便深结佛缘的黎广修对佛像的塑造，时时流露出别具慧心的禅悟，以佛像自身来展现一种只可意会不可言传的无言之美。与此同时，他的泥塑作品，亦表现出道家哲学自由驰骋于天地自然的"逍遥游"特征。佛道文化对黎广修艺术创作的影响，在前文中已经得到了很好的印证。

　　文本还特别强调，黎广修深受儒家文化影响，对于《论语》等儒家经典十分痴迷。他认为泥塑这门手艺，其实是心神之气与万事万物结合的结果，这与中国关于"生"的传统哲学息息相关。孔子所说的"天"，便是生育万物之意，他还以"生"作为天命和天道。《易传》继承发挥了孔子思想——"生生之谓易""天地之大德曰生"，无不强调天地以"生"为道、以"生"为德。此后的儒家文化又把孔子思想与《易传》传统发扬光大，把"生"与仁心、善心紧密结合起来。朱熹就曾说过："仁是天地之生气。"意味着人与天地万物，隶属于同一个生命世界，所以儒家文化既重视生命与创造的可贵，又强调仁爱精神，把"仁"从亲亲、爱人推广到爱天地万物。"民吾同胞，物吾与也"的"民胞物与"情怀，延续至今。在这样的精神烛照之下，中国文化向来强调人与万物的平等，并常常警醒人类不能过分僭越，视自身为万物的主宰。儒家文化传统在艺术领域得到了发扬光大。真正伟大的艺术家，向来普遍具有仁爱情怀，总是谦卑自省，以造化为师，警惕堕入愚妄迷途。比如，清代大画家郑板桥最反对"笼中养鸟"，并说："我图娱悦，彼在囚牢，何情何理，而必屈物之性以适吾性乎！"儒家文化的显著影响，无论在黎广修的日常生活还是艺术创作中，都历历可见。

　　儒家文化强调"天行健，君子以自强不息"，中国绘画充分吸收了儒家哲学传统中的"生"之要素，特别重视气韵生动。许多画家因极为重视表现天地万物的"生机""生气"，作品明显具有一种活泼的机趣，充满了生命的活力。与此同时，包括雕塑家在内的中国艺术家的丰富多彩的意象世界，总是一个人与天地万物有机融为一体的生命世界，体现出中国人可贵的生态意识。黎广修虽然是一个卓尔不群、极具创造力的艺术大师，但是他对世界万物的仁者情怀，对自然宇宙的谦卑姿态，也在雕塑佛像的过程中展现得淋漓尽致。他的塑像气韵生动，充满了无限的生机活力，在博大的仁爱精神中呈现出独有的"生机"和"生气"。

儒家哲学十分重视参赞化育，而这直接与艺术中的创造精神相连——"参赞化育，意即天地造化发育，无时无刻不在创造，时时处处都在变易，人最高的道德境界，就是划归于这一流衍变化之中，与天地相融相即，参与赞襄天地的生物化成。天地的精神在创造，人也要牢牢抓住这一创造之轴，与创造同在。"① 这种参赞化育的意识，在黎广修身上极为明显。黎广修善于观察、思考、发现，在创作中别具慧心，对艺术创新每有独到心得，这与儒家传统文化艺术的熏陶密不可分。

中国哲学和美学十分注重创造和发现，更重视原创的精神。与西方艺术重视严格写实不同，中国艺术家特别注重写意的情趣。而这种取向，与艺术家注重自我精神境界的提升是密不可分的。黎广修的塑像，其实是个人内在宇宙的呈现，也是这位艺术大师个性、学养、心灵等禀赋的汇聚。日本著名学者池田大作，则如此概述生命与艺术的关联："生命的丰饶、深广是无限的。因此，透过艺术追求生命本质，这样的人生是没有终结的，是不断、无限上升的，是前进的、开创性的。"② 黎广修塑造的筇竹寺五百罗汉，正体现出以艺术建构理想人格的追求，折射出灵魂高贵、生命昂扬的精神自我。

中国美学强调生命的和谐，这也是儒家和谐思想的演化。儒家和谐思想的核心在于这是一种德性之和。"仁"既是儒家文化的根基，也是和谐思想的内核，它不仅仅强调人在物理世界中与世界和谐相处，更着重于人在生命体验与内在超越中，

① 朱良志. 中国美学十五讲 [M]. 北京：北京大学出版社，2006：60.
② 饶宗颐，【日】池田大作，孙立川. 文化艺术之旅 [M]. 桂林：广西师范大学出版社，2009：21.

实现与天地人伦的和谐。在雕塑五百罗汉的过程中，黎广修忘怀自我，忘怀尘世，忘怀时间，整个心灵与大自然融为一体，真正获得了灵魂的解放，精神的超越。可以说，在如此美好的生命体验中，黎广修真切感受到了天人和谐的至高境界，这样的体验对其创作产生了深远的影响，也会显著提升其人生境界。

《黎广修》还体现了杨杨可贵的历史意识。以往历史哲学的历史意识，过于强调确定性，具有一定的局限性。"不管我们是回顾过去，还是试图神化未来，我们都不可能达到一种确定性，因为这种确定性与我们在信息上的空缺以及发展变化的本质是不相容的。" 在山水游记如《青铜古滇国》中，杨杨已经体现出一种把历史复杂化的历史意识。尽管材料稀缺，但是杨杨在《黎广修》中，以丰富的想象力，难能可贵地塑造了一位卓越的艺术大师形象。作者本人的艺术修养，使得他在品味黎广修的艺术作品的时候，与传主产生了深深的共鸣。杨杨的文学创作维度，诸如对大千世界的悲悯、对高尚人格的向往、对无限自然的敬畏，对精神家园的企盼等等，其实也都可以视为对黎广修这样卓越艺术家的致敬。

四、良知驱动下的灾难解密——《通海大地震真相》解读

如杨杨的《小脚舞蹈》这样的新散文，还在纪实性的非虚构创作方面有新的拓展。他创作的《通海大地震真相》（安徽文艺出版社 2010 年版），就是长篇纪实文学领域的一项硕果，自出版后一直引起极高的关注。

1970 年 1 月 5 日发生在云南省通海县的 7.8 级大地震，受灾面积达 8800 平方公里，造成 15621 人死亡。以死亡人数而论，这次地震仅次于 1976 年的唐山大地震和 2008 年的汶川大地震。然而，由于发生在特定的时代背景下，这一巨大的灾

难，没有得到准确与及时的报道，此后一直湮没在历史的长河中，鲜有人了解。杨杨作为此次地震的亲历者，不惜花费十几年时间收集资料，采访当事人，陆续撰写、发表了一系列有关地震调查结果的文章。在 2008 年汶川大地震后，他曾做客凤凰卫视《口述历史》栏目，以亲历者和调查者的双重身份，详述通海大地震发生时的情形，引起了广泛的关注与反响。《通海大地震真相》一书，是杨杨对地震调查结果的一次全面总结，书中记述了许多不为人知的细节，披露了许多未曾公布的资料，使这一中国地震史上的典型案例得以全面呈现。严谨的科学态度与实证精神，使此书在中国灾难史、地震史上具有宝贵的史料与文献价值。

　　杨杨在不同体裁的创作中，都很注意思维方式与表现手法的创新，而且始终有一种对历史做深入探索的浓厚兴趣。在《通海大地震真相》一书中也不例外。如皮赢所说："还没有人像杨杨这样口述和调查过这次地震，他不仅如实地记录了灾难的史实，而且表达了这样一种观念：历史是多元的，它不仅是用政治的、经济的、社会的眼光看到的历史，同时，具有更多的侧面、更为复杂纷繁的内涵。"全书没有采取平铺直叙、按部就班的写作方式，而是采用了较为丰富的体例来统构全篇。"口述"是作家在凤凰卫视的访谈录，记述了作为一名见证者，地震给自己留下的独特印象。"发现"是以今天的视角发掘地震真相，对这一众说纷纭、迷雾重重的历史事件进行了一定程度的解密。"调查"是对地震进行独自调查的记录。"笔记"则与"调查"互为补充，除了一些相关的发现，着重于在"调查"基础之上，记叙一些个人心得。"资料"是把地震发生时的一些宝贵的文献资料，比如当地主办的《抗灾战报》，完全客观地呈现在读者面前。这种生动而灵活的网状叙事结构，使得全书颇具回环复沓、一唱三叹之妙，不但能引领读者全方位、多角度地进入那个特定的灾难场景，也使读者不由自主地随着作家的感悟与体验不断激发出情感与思想的波澜。总之，严谨地遵循"纪实"的态度，又在"文学"层面精心构撰的《通海大地震真相》，既具有纵深的历史感，又散发出动人心魄的艺术魅力。

杨杨一直自觉地对人类的苦难与灾难进行不懈的书写，其整个创作，都隐含着博大的悲悯情怀。这在《通海大地震真相》中，有了直观的呈现。全书笼罩着巨大的历史悲剧感，这首先体现为：相关部门未能充分利用已勘测到的地震征兆。在地震前夕，西南地质地震大队经过考察，对曲江断裂带的异常情况有了较为正确的判断。但是，由于全国地震预报工程还没有正常启动，最终未能及时预报这场突发的灾难。另一层面的悲剧，则是来自人类自身对自然征兆的疏忽。天气的骤然变化，生物的异常反应，可以作为地震来临的警讯。对于通海地震前的这些明显征兆，人们却并未在意。为此，书中有这样的感叹与记述："人类啊，作为地球上的'万物之灵'，是不是主动适应环境的能力太强了？在动物们惶恐不安、纷纷大溃逃的时候，竟然感到莫名其妙、无动于衷。只有少数几个孩子或极个别被称为'疯子'的人焦急地说：地要动了，墙要倒了。"这不由引发了人们关于人与自然关系问题的思考——长期以来，人类的确太怠慢自然了！今天，人们又以一种极其傲慢的态度对待自然，这显著地表现在无节制地开发、征用与侵蚀自然的恶行上。疏忽与傲慢，都不是对待自然应有的态度，人类应该学会敬畏自然，从而与自然和谐共生，为自己、为后代打造一个适宜生存的环境。杨杨的生态环保意识由来已久，这在《红河一夜》《雕天下》等作品中都有鲜明呈现。

全书的历史悲剧感，更明显地体现在地震发生后的"人祸"中，也更令人无比痛心！在浓厚的备战状态中，许多人都把地震的来临视为日常所宣传的"核战争的爆发"，认为地震是"原子弹来袭"的后果。所以，就发生了如此令人心碎的事情：一位民办教师举着火把去搜救妻儿，竟遭到了这样的呵斥："谁点的火？快熄灭，不怕敌人来空袭吗？"火把被强行熄灭，让教师无法完成搜寻工作。等到天亮，他在废墟中，只找到了妻儿的尸体！当时，还鼓励先保护和抢救生产队的牛马等公用物资，然后再救人的行为；还有把"精神食粮"放在第一，"不要救济粮，不要救济款，不要救济物"的举动。以宣传来对抗灾难的现象，更是所在多有。比如在抗灾指挥部的《抗灾战报》中，有这样的动员口号："为有牺牲多壮志，敢教日月换新天。""一面学习，一面生产，克服困难，敌人丧胆。"还有这样的记述："在我县遭到空前未有的严重地震灾害的情况下，各级革委会、共产党员和广大革命群众……向严重困难进行英勇顽强的斗争。"书中还配有地震时忙于开展各种学习活动的宣传画，进一步加深了读者的感性认识。总之，通海大地震既是一次巨大的自然灾害，也折射出一个特定时代民族的悲剧。今天看来，对人的生命如此漠视的"人祸"是那样的荒诞，那样的不可理喻，但毕竟真实地发生过！这些客观而真实的细节展示，无疑会促进读者深入历史场景，并对其予以深切的思考。

此书所呈现的关于地震长期被遮蔽的情况，以及关于地震本身的讲述史、发现史，也是足以令人反思的历史现象。书中披露，当时的抗震救灾指挥部传达了上级的两项指示，"一是不准宣传死了多少人，二是不准向外透露震级是多少。"此外，还有许多不能触碰的忌讳，比如："新闻记者不准进入灾区，只允许科技工作者和医疗队进行拍摄，而且只能拍物，不能拍人。"究其原因，"好像这种重大的自然灾害，发生在我们社会主义国家，也是一种'家丑'，一种羞辱，不应该宣扬。因为在当时的人们的印象中，天灾人祸全部是西方国家的，是资本主义社会才会发生的事"。一位接受杨杨采访的当事人，曾经负责统计当时地震的死亡人数。"他一直强调不允许我在文章中说出他的姓名。""直到通海大地震 30 周年前夕，也就是 1999 年的时候，我让他讲述一下当年统计死亡人数的情况，他说这个东西不能说吧！说了就犯法的。"为此，杨杨在比较的框架中，对关于汶川大地震的报道进行了描述，同时抒发了自己的感受："这才是我们真正需要的新闻，这才是我们共同面对灾难的姿态，这才是我们对生命负责及尊重的态度。追昔抚今，我真诚地感谢这个伟大的时代，感谢这个美好的社会，感谢这个日益强盛的国家，一切都在变化，一切都在进步，包括我们每一个人。"对于历经艰辛写就本书的作者，可谓真正的肺腑之言了！今天，经过杨杨的辛勤发掘，通海大地震早已不是秘密。在通海大地震30周年到来之际，中共通海县委、县人民政府及云南省地震局等有关部门，在通海联合举办了关于大地震的新闻发布会、纪念大会、学术交流座谈会等，首次在正式场合披露了地震的死亡人数与财产损失等情况。这样的活动，来得太晚了，可是毕竟来了。确如杨杨所说，这是国家日益强盛的表现，也是时代进步的表现。

杨杨在书中记叙了创作此书的初衷：当他还是一名18岁的高中生的时候，来自29个国家的地震学专家来到通海考察，他们此行的目的，就是试图破解通海大地震的真相，这在当时显然是无法实现的。为此，杨杨的地理老师对他说："希望将来有一天，你经过仔细调查，能写出一本书来，把通海大地震的真相原原本本地公之于世。"显然，杨杨本人作为地震的直接亲历者，是以高度的使命感和知识分子特有的良知来创作此书的。《通海大地震真相》这部令人读后无比震撼、足以掩卷长思的纪实文学，彰显了杨杨念兹在兹的创作主题——对人性的深度剖析，以及对人间至善的不懈弘扬。

总之，长篇纪实文学《通海大地震真相》，以严谨的科学态度与详实的资料呈现，还原了通海大地震的真相，具有很高的史料与文献价值。独特的写作手法和强烈的反思意识，使全书能够多角度、全方位地揭示灾难的根源，呈现出历史的纵深感，既具有很强的艺术感染力，又充分体现出知识分子应有的良知。

第四节　斑斓多姿的云南大地风情

云南边地，以其独特的自然与人文景观，一直是作家偏爱的书写对象。云南游记，是中国游记文学的重要组成部分。魅力无穷的云南，在徐霞客、杨慎、斯诺、丁文江、施蛰存、邢公畹、姚荷生、马子华、于坚、雷平阳、海男等人笔下，都有浓墨重彩的描绘。读万卷书，行万里路。学者气质突出的杨杨，绝不是一个闭门造车的人。在云南大地行走，已然成了他的生活情态。行走、观察、思考、写作，对他而言是浑然一体的生存样貌。通过行走考察，尊重最直观原始的感受，结合掌握的文献资料，云南大地的奇幻与丰饶，便不时生动地呈现于他的笔端。游记是杨杨散文创作的一个主要题材。他不满于以往游记创作的刻板模式，而是自觉追求新的写作方式。"20 世纪 80 年代中期以后，传统价值观念的解体与临近世纪末的精神困惑，驱使着游记散文作家更为紧张而焦灼地寻求生命的意义。"① 杨杨一方面在游记中融入生命体验，追寻生命的意义；另一方面，力避紧张而焦灼的心态，往往洒脱自由地强调自我，追求创新。这在杨杨的游记中，常体现为打通文体界限，主体叙述者"我"与笔下风物紧密结合在一起，心游万仞，放飞生命，驰骋遐思。云南大地的自然景观、风土人情、历史遗踪、文化风貌，常常以诗性与智性有机融合的别开生面的方式，呈现在读者面前。

---

① 徐慧琴.百年游记散文研究（1900-1999）[M].太原：山西人民出版社，2012：147.

一、传奇铁路的魔幻讲述——《滇越铁路》解读

《滇越铁路：在高原与大海之间》（云南人民出版社 2019 年版，简称《滇越铁路》）是杨杨的一部长篇游记散文力作。由于作者对当地历史文化、自然地理、民族风情等都有较为丰厚的知识储备和感性认识，加之在艺术上精心营构，《滇越铁路》具有较为丰厚的思想内涵与别具一格的艺术魅力，荣获了 2019 年度云南省优秀作品奖。这部作品对于云南近现代历史文化的发掘和阐释，具有重要意义。引人注目的是，杨杨是以游记的方式，对一段具有历史意义的铁路进行独到的书写。

（一）独特的历史呈现

《滇越铁路》延续了杨杨深广的历史意识，他一方面深入解读了围绕滇越铁路上演的云南近现代历史的风云变幻，自觉地以古鉴今，思考历史带给今天的启示；另一方面，以巨大的悲悯情怀，关注人类的命运问题。文本因对历史进行了深切的反思而具有了颇为厚重的思想含量。

铁路在中国的出现是现代历史上的大事。伴随着铁路进入中国，一些现代事物才开始慢慢渗入古老的文明。而在此过程中，必然也有古典与现代文化的激烈碰撞。杨杨在《滇越铁路》中，对中国第一条国际铁路——滇越铁路进行了多层面的思考。滇越铁路是法国殖民者为了达到殖民入侵目的而修建的，在修建的过程中，无数劳工遭受了惨无人道的虐待，甚至有许多人付出了生命的代价。这条铁路，无疑是中国近代以来饱受侵略者凌虐的历史的缩影。《滇越铁路》对此做了深入的钩沉。作者在大量占有史料的基础之上，写出了一条用白骨铺就的铁路的惨痛史实，令人感受到了殖民者的罪恶。

不过，铁路毕竟是现代性之体现。随着滇越铁路的出现，古老闭塞的云南大地上，有了医院的修建、饮水的净化、卫生的改善，以及西方商品经济乃至先进管理方式的渗入，这是积极进步的。另外，铁路的运行促进了旅游业的发展，吸引了许多外来游客来到云南。美国著名记者埃德加·斯诺，正是在 20 世纪 20 年代末期，乘坐火车沿滇越铁路进入云南的，由此开始了一段著名的"马帮旅行"。这段充满传奇色彩的云南历程，大大深化了他对中国的热爱，为日后写出经典名著《红星照耀中国》奠定了坚实的基础。从滇越铁路的修建可以看出，在一个特定的时代，即便被迫输入先进的文明因子，对于古老中国向工业化、都市化迈进，走出中世纪、迈向新社会，也意义重大。

《滇越铁路》在谴责殖民者野蛮行径的同时，亦充分总结了铁路对促进云南与外界的联系、当地经济的发展，以及此后在抗战中运送军用物资、西南联大师生顺利进入云南所发挥的积极作用。作者认为，这条铁路是促进沿线地区觉醒进步的"发展之路""经济之路""文化之路"，和事关民族安危的"抗战之路"。在获得"冰心散文奖"的《大学之光》中，杨杨对滇越铁路的重要性也有深入的解读。

杨杨在 20 世纪 90 年代中期以小说创作初登文坛。他的小说文本，总是萦绕着一种独特的神秘氛围。这种氛围的营造，实际上是为了更好地发掘隐秘的人性。这同样体现在他的散文创作中。杨杨在《滇越铁路》中的深切的历史反思，就表现在对围绕滇越铁路所发生的事件之复杂性的认识上。他自觉地挖掘和探寻历史的歧义性乃至神秘性——"那是一段朦胧的历史，正因为朦胧，我们才在想象中看到了那遥远、清晰、动人的商贸影像。"职是之故，他很少对复杂的历史现象进行武断的裁决，而是围绕铁路的方方面面，在扎实的史料基础之上，做了深入腠理的探讨，体现出开放多维的历史观念，也自然引发读者对波谲云诡的历史进行多角度的反思。

选择独特的游记的视角，令《滇越铁路》的历史书写别具一格。"我这次出游几乎没有目的地，也没有时间限制，我只是带着追踪'滇越铁路'这个符号的目的，从昆明出发，走向一个更有象征意义的地理空间……它甚至让我更加混沌，更加模糊，更加暧昧了。"这样的表述，表面上看似混沌、模糊、暧昧，实则强化了对历史探寻的自由独立的维度，丰富了对历史的解读。这已然包含了颇具新历史主义质素的独特体验，因为现代生活经常被瞬间性所主宰，并分裂成偶然的碎片，进而构筑成永不枯竭、色彩缤纷的印象之流。在新历史主义者看来，历史并非铁板一块，而是从不同角度叙述的，叙述者的主观印象有时起到了决定性的作用。

　　其实，杨杨选择这样的历史反思方式，有其目的。他在 2000 年出版的首部小说集即名为《混沌的夏天》，以醒目的"混沌"为标记，来透视色彩斑斓同时又难以把握的人性。此后的小说如《飘来飘去的那条金路》《巫蛊之家》《雕天下》《红河一夜》等，都具有很强烈的象征色彩，很少对万花筒般复杂多变的大千世界给出明确的结论，而是彰显了对人性深邃、神秘、复杂性质的不倦探索。杨杨在《滇越铁路》中，无疑延续了这种探索，大大强化并丰富了对历史多维层面的叩问。

　　杨杨的历史意识，从深层来讲，是对历史本质主义或者排他主义的解构。本质主义与排他主义蛊惑人心，提倡两极分化，为世界的和平稳定带来了巨大隐忧。此外，某些西方国家的霸权主义思想依旧根深蒂固，对少数族裔采取仇视态度，已然成为世界动乱不安的重要根源之一。

　　在全书结尾，作者依然表示无法对滇越铁路予以准确的概括。"它好像是无形的，又是可走的；是有起点和终点的，又是无限漫长的；是古老缓慢的，又是现代飞翔的……"保留了文本独具魅力的张力和开放性。不过与此同时，作者也对新时代"一带一路"总体规划中将要出现的高速"滇越铁路"寄予了美好深情的展望——它即将以更博大的气象，携带云南高原特有的浩荡气韵，与一切与海洋相关的世界文明交流融合。"它们是云南高原上最神奇的风景，是云南历史文化中最优秀的组成部分之一，是云南近代化与现代化历程中最为厚重的历史佐证。"杨杨在大气磅礴的视野中，对中华文明的繁盛兴旺予以无限的寄望。

总之，杨杨一方面具有开放多元的观念，一方面满怀爱国热情，由此书写了滇越铁路丰富多彩的"前世今生"，充分赋予了其在云南历史坐标体系中的独特魅力。

（二）浓郁的抒情特色

从广义来说，优秀的文学作品是离不开诗意的。只要人类对崇高生命境界的向往不停息，对美好精神家园的追寻不止步，诗意的缪斯就永远不会远离。纵观杨杨创作的鲜明特色，就是诗意的永恒驻存。他曾经引起广泛关注的小说创作，虽然具有浓烈的现代主义"恶魔性"质素和鲜明的世纪末色彩，但是对人类的巨大悲悯使得他的文本总是伴随着盎然的诗意格调。这在《滇越铁路》中，亦有精彩呈现。

在诗意的笔触下，历史有了如此飘逸灵动的韵味："在我的文学感官世界里，滇越铁路就是一段屈辱的历史带来的一种疼痛记忆，一种文明火花，一种科技逻辑，一种地理宿命，一种文化遗产，它如同一部关于时间、技术、文明、国家、民族、现实与未来的寓言，一幕令人惊叹的大地之舞，一幅本真的木刻版画，或者就是回荡在山谷里宛若古老音乐的鸣叫声。"如此优美生动的意境，与杨杨丰富多维的历史意识相得益彰。

面对古迹，作者亦以诗意的笔触，营造出独特的历史沧桑意味，比如书写碧色寨老屋上的植物："这些植物无论在繁茂的夏季，还是在阴冷的冬日，都紧紧抓住老屋不放，它们与墙壁共生共存，如同一种热情的游戏，又如同一种复杂多变的舞蹈，带着某种感性的记忆，让老屋有了一些幽冥的信息——斑驳、深厚、残缺、凝练、沉郁，仿佛一座千年古堡，使我们的到访，犹如一次惊心动魄的探险活动。"无论植物也好，老屋也好，显然都具有了见证历史的灵性，有力地烘托出沧海桑田的氛围。

而对于铁路沿线景色的描写，更能凸显杨杨的诗性才华。他坦言，对于铁路所经过的滇南世界充满了喜爱。矗立在南盘江、南溪河和元江（红河）两岸的群山重峦叠嶂，绵延不绝。一座座山峰，"要么森严壁垒，气势磅礴；要么苍莽深远，神秘莫测。我一进入它们的腹地，就如同诗人隐居一样，诗意地栖息在溪水汩汩、草木葱茏的地方。"怀着对这一魔幻世界的无比向往，作者展开了探访滇越铁路整个线路的"魔幻之旅"。

在杨杨笔下，充满诗意、如诗如画的美景简直数不胜数，比如对南盘江的描写："抬头望去，几乎见不到太阳，只见山花浪漫，枯藤倒挂，一些兰科植物缠绕在树上。更多的是一棵棵木棉树，站在河谷中，与江水相映成趣。一些尖利的蝉叫声在丛莽之中鸣叫。甚至还有瀑布犹如天河一般，从山腰飞泻而下，变幻无穷，如絮似锦，清爽的水雾倏地飘过来，让人精神为之一振。"这充分体现出作者对祖国大好河山的无限热爱。

对于铁路沿途的风土人情，杨杨同样予以浓墨重彩的诗意描绘。在弥勒参加过的阿细人祭火活动，给他留下了如此难忘的印象——"那一幕幕场景是如此原始、古朴、粗犷，而又如此充盈着诗意和浪漫情怀。"祭火活动中，阿细人用热烈奔放的舞蹈，张扬着火热的激情和生命的强力。"火成了他们的灵魂，支撑起了阿细人的思想和世界。"作者仿佛身处早已远逝的洪荒时代，"忽然感觉到自己回到了人类最初的生活现场，回到了最初的目光，回到了最初的习俗，人性中已缺失的天真、质朴、旷达、豁亮，一种近乎原始的激情和感动，又忽然回归到了我们的体内"。如此诗意的描写，彰显了作者对旺盛生命力的赞颂，以及对淳朴自然的心灵家园的向往。

诗意风格同样表现在主观印象的变形化处理，以及对滇南大地神秘色彩的渲染上："面对这些展布于滇南大地上的无限丰富的视觉图景，以及有形或无形、已知或未知的各种意义存在，我的脑海深处好像正在发生着一次'核裂变'，在瞬间获得了一种几乎不能自控的精神张力，似乎只有如此强大的内心世界才能与这片魔幻大地邂逅和契合。"这也是一个谦卑的历史与自然的探访者，在伟大自然面前的本能反应。作者在全书的许多场合，都表现了对无言却神圣的自然的崇敬，以及对驱除人类狂妄心理的诉求。面对美好的自然，也是自我确证与发现的契机——"我们仅仅发现了世界，就完事了吗？为什么不会是世界发现了我们呢？难道不可能，恰恰因为我们被认识，所以我们才从事认识？"①

总之，细腻入微的情感体验、优美动人的景色描写、朦胧缥缈的神秘氛围，以及极为强烈的抒情笔调，使得《滇越铁路》充满了浓郁的诗意氛围。可以说，对历史的思考，始终是与诗意相伴的。浓郁的诗意风格，使杨杨的创作具有很强的辨识度，并体现出深切的生命体验、精神追求与情感投入。这在需要诗与远方的时代，是格外宝贵的。

（三）新颖别致的结构

一直以来，杨杨都特别强调自由的创作精神，甚至在他的心目中，传统的文体界限都是可以打破的。这在他的创作中突出表现为：一方面，其小说与散文之间的互文性表现得十分突出；另一方面，他很早就以《小脚舞蹈》这部力作，加入了"新散文"的创作行列，为其此后的散文写作奠定了坚实的基础。《滇越铁路》在结构上，就颇能体现杨杨"新散文"写作的创新精神，这令这部游记别具魅力。

① 【德】吕迪格尔·萨弗兰斯基. 来自德国的大师——海德格尔和他的时代 [M]. 靳希平，译. 北京：商务印书馆，2007：28.

全书的每一小节都冠以独特的文体，即"随想""笔记""故事""调查""游历"。这些不同的文体各具特色，相映成趣，有机地融为一体，造就了整个文本的多彩风貌。

"随想"主要着眼于对历史的反思。作者对滇越铁路在历史上的地位，法国殖民者对铁路的美好构想与微薄收获之间的巨大反差，以及铁路对西南联大师生在云南大地播撒文化火种的重要意义，都进行了深入思考。"笔记"是对滇南一带自然地理、文化风貌简明扼要的概述，以强化读者对此地风土人情的认识。"故事"则把一些相关的著名历史人物，比如法国探险家、国歌作曲者聂耳、著名作家萧乾，以及黑旗军领袖刘永福等在滇南的有趣经历，予以生动形象地呈现。

"调查"这一部分十分引人关注。杨杨一直以来的散文写作，除了注重思想性与文学性，还具有较强的纪实特征。这种纪实性，规避了某些报告文学或新闻写作浅尝辄止、浮光掠影之弊，而能够令读者窥见作者试图从纪实性向学术性跨越的良苦用心。杨杨一直勤劳地建构着属于自己的云南文化资料库，以个人丰富的藏书为基础的"书林岛"，已然成为通海文化圈的醒目景观。有了这样的积淀，其对滇越铁路的历史了然于胸，因而构筑了写作的坚实基础。虽有这种学术性的体现，但他仍旧不乏诗意的表达。《滇越铁路》的"调查"部分，便可以看出知识考古与诗意传达之间的水乳交融。比如，通过对铁路所促动的滇南"近代化"与"工业化"的深入调查，得出了这样坚实有力的结论：在全国很多地区依然保持和迷恋着自己的"速度"时，滇南各地却神奇地接受了各种有利于自己生存和发展的新生事物。滇越铁路沿线城镇，"在铁轨的震颤中迅速成长起来，有了自己的新学校，有了自己的新市民，有了自己的新科技，有了自己的新思想。云南人似乎通过一条在史书上始终'荒诞'的铁路，最早体验和享受到了'开放'与'敢为天下先'所带来的实惠"。

把充满学术性的追问融入诗性文本的追求，在杨杨的很多散文中都有体现。在这方面，似乎可以看出他向以著名人类学家列维－斯特劳斯的《忧郁的热带》为代表的经典文本致敬的诚意。可以看到，在《滇越铁路》自觉设定的不同文体版块中，充满智性的随想思考、富含知识的背景介绍、妙趣横生的故事情节、充满诗意的意境格调，以及深入坚实的调查结论，有机融为一体。这就使得以讲述历史为主旨的《滇越铁路》毫不呆板，而是颇富情趣地把理性与感性结合在一起，大大增加了可读性。

全书最为出彩的部分，当数作者充分继承发扬善于田野调查的优势，踏访滇越铁路原始线路的五篇"游历"。这种身临其境的循线追踪，充分融入了自我的主体感受，既大大强化了诗意叙事的成分，又令全书有了穿越历史时空的厚重感。

首篇游历，题为"我的魔幻之旅开始了"。可见作者对围绕铁路的一段颇富传奇色彩的历史具有很强烈的神秘体验。这部分主要写与滇越铁路的首次接触。在出行的那一天，明明知道自己并不出国，但也许是因为看到"国际列车"四个字，"我"感觉有点怪异，即有种要告别故土的离情别绪。当小火车慢慢摇晃着穿过昆明市区时，"我"紧张地盯着车窗外面，"希望与我想象中的人和事物相逢。可是，那时的我恰若一个梦中人，已无力想象自己想见到的人与物究竟是什么"。这显然具有强烈的隐喻性，为"我"探寻历史的旅程涂上了一层梦幻般的神秘色彩。

接着，"我突然之间产生了一种时空交错的感觉，似乎身体在现实中行走，而心灵早已在梦幻中沉沦"。这就不同于受到各种限制的模式化的历史思考，而是彰显了具有强烈个性色彩的主体精神。"对于海德格尔来说，我们处在世界中的日常状态同时就是在世界中的沉沦。我们消失在世界中。"[1] 在海德格尔看来，对于人生此在的深刻体验，是与虚无分不开的。而虚无往往与焦虑，乃至沉沦息息相关。

---

① 【德】吕迪格尔·萨弗兰斯基.来自德国的大师——海德格尔和他的时代 [M].靳希平，译.北京：商务印书馆，2007：254.

这当然不是寓意人生应该在虚无和沉沦中度过，而是在形而上层面彰显人类追问生命意义的永恒困惑。杨杨的创作之所以在当代云南文坛日益引起关注，在很大程度上，正是源于其不倦地对人类命运的终极反思。

接下来的书写，这样的色彩越发明显。"我"感觉火车似乎既在往前走，又在往后走，既好像离开昆明，又好像回到了昆明。"我思前想后，车速实在太慢了，但慢就慢吧，因为我无须去追赶什么，传播什么，获取什么，但我好像又是在追赶、在奋起、在传播、在贡献、在获取、在验证着什么。一切的一切，答案一个一个地出现，又一个一个消失了。"作者的魔幻之旅，其实与这些迷离的感受密不可分。在追寻历史的过程中，既有力刻画了人类参与历史建构的重要作用，又真切传递出人在旅途很多时刻难免的迷惘感觉。这其实也是人内在矛盾的传神写照。

作者在游历中的感受是多重的。南盘江大峡谷、南溪河大峡谷美妙的风景，凶险异常的地貌，既为作者增添了探险的无穷乐趣，也不由令读者感受到铁路修建的艰难程度。而从玉林山到碧色寨之旅，既传递了粗糙、质朴、幽暗、模糊的隧道之原始玄奥意味，又凸显了碧色寨在历史上的重要地位与今日凄清落寞样貌之间的巨大反差，不由令人产生"逝者如斯夫"的浩叹。而在越南境内的旅行，则通过走近滇越铁路的起点，直接触摸一段传奇历史的源头。总之，作者的游历既是对滇越铁路的亲身体验，又始终融汇着对历史的深切反思和对人类命运的终极叩问。

读万卷书，行万里路。一个成功作家的思想，永远离不开实践，离不开生活的介入。杨杨的游记，是典型的"在场"写作，他总是真诚务实，不惮烦劳，以田野调查和实地勘察的方式，游走于滇南大地。正是在此基础上，他可以深入把握云南历史文化的内在发展理路。并且，他一直具有颇强的创新意识，不断进行文体方面的实验与探索，这使《滇越铁路》气象万千，意蕴深厚。

"中国历史上那些优秀的散文大家，他们大抵既是思想者，同时又是学者和诗人。这样，他们的创作也就较好地达到了诗、思、史三位一体的化境。"① 杨杨当然还未达到如此境界，《滇越铁路》还有弊病，比如有些章节的文字繁冗拖沓。但是，他的历史题材创作，是明显向着诗、思、史有机融合的方向努力的。通过发掘史料以及亲身踏访，杨杨以浓郁的诗意笔调，复现了中国一条极富传奇色彩的铁路的历史，并对云南在"一带一路"建设过程中的美好前景进行了展望。而在颇具魅力的意境中，他既融入了对历史的深切叩问，也展现了对人类生存境遇的终极思考。总之，在诗与思的水乳交融中，《滇越铁路》凝聚着作者对滇南乃至云南这方神奇水土深挚的爱，以及对人类命运不倦探寻的精神。

二、饱含深情的春城巡礼——《昆明往事》《街巷寻踪》解读

（一）关于昆明的"灵魂漫记"

杨杨的长篇游记散文《昆明往事》（花城出版社 2010 年版），是一部被纳入"名城往事记忆之旅"丛书的长篇散文。该丛书以地方历史的记叙书写为宗旨，所以此书着重于对昆明的历史文化予以考证发掘。不过，杨杨在写作中，强化了游记的主体介入功能，可谓把诗意化的写作发挥到了极致。作者以细腻的个人感受，加以充满诗意的笔触，把一座名满天下的春城，美妙地呈现出来。此书的一大醒目特点，是充分发挥了"我"的主体介入功能，在对昆明过去、今天的不断探访与深入对话中，呈现出厚重的历史感与深邃的文化意蕴。

在第一部分"历史与现实中的光与影"中，杨杨立意高远，抓住了昆明的几个核心标记着手书写。其一便是阳光，阳光作为普泛性的自然存在，在作者笔下生发

---

① 陈剑晖. 诗性散文 [M]. 广州：广东教育出版社，2009：54.

出了别样的意味，成为与昆明共在的艺术符号，且看这样的描写："好像这座古老的城邦与太阳签订了某种协约，让阳光以一种独特的姿态、色彩、温度和力量，来亲和自己的肌肤，让每个有机会进入这座城邦的男女老少，都能产生种种难以形容的美妙感觉，而且没有人会对自己的感觉无动于衷。那就是，大家都会深深爱上这座城市。"随后，在对中国海拔较高的两座省会城市昆明和拉萨的对比中，突出了前者阳光的独特之处："昆明的天空，虽然没有拉萨那么深邃，那么干净，那么赤裸，但昆明上空的阳光，却是一种醇厚味道，可以品尝的；是一种和谐的音调，可以感知的；是一种适度温柔和妩媚的形象，可以抚摸的；是一种迷人的色调和气氛，甜丝丝的，暖洋洋的，金灿灿的，简直能让一个清醒的人陷入无限陶醉。"而后，又用兼具哲思与诗意的语言予以概括："是的，生活的意义是从陶醉和梦想开始的，而太阳给世界、给人类带来了光和热，带来了果实和鲜花。这样也就带来了快乐，带来了陶醉和梦想。"层层深入地把阳光充足的自然景观，以及由此产生的人文魅力呈现出来。以我观物，故物皆着我之色彩。充分凝聚着个人情感、具有强烈主体关照的诗意书写，在《昆明往事》中比比皆是，具有极强的艺术感染力。对那些未到过或者不熟悉昆明的读者而言，想必也会在这样优美而深情的文字召唤下，被这座"阳光之城"所深深吸引吧。

第一部分，昆明的另外几个核心标记——彩云、鲜花、西便门，无不在诗意盎然的情感观照下得以呈现。其间所传递出的颇具哲理意味的思考，更是一大特色。比如写云："彩云或云彩只是昆明最优秀的自然成果之一，人们望之心旷神怡，遐思万种，心灵如被荡涤一般清爽、自在、畅快。"再如写鲜花："难怪到过昆明的许多现代作家、诗人和游客，都近乎偏执地热爱、羡慕和赞美昆明这个令人迷醉的'花海''花市'和'花城'，都近乎痴迷地在昆明这个巨大无比的'后花园'里漫步，放飞自己的思绪，放纵自己的情感。"写西便门则是："昆明是由各种'路'交汇而成的一道'门'。有了路，有了门，我们才能看见各种稀奇古怪和形形色色的人、文明、文化，在这里'走来''走去'。"伴随自然景观的独特性，生发出对昆明人独特精神面貌的书写——作为"生活的艺术家"，"他们不但把吃、穿、住、玩等四事，'经营'得绝不会发生问题，而且像一道风景一般长久和迷人。""他们能不骄不躁地对待一切，每一天都显得很质朴，很笨拙，很天真，很静默，很平常，很缓慢，很慵懒，甚至有几分接近古板和原始，但他们的生命却因此饱满起来。"这种人生境界，何其令人神往！

在接下来"一座城市的几个关键时刻"这一部分，作家独辟蹊径，以时间为轴选取几个特定时刻来建构属于昆明的独特历史。"我就像法国作家莫迪亚诺的小说《暗铺街》里的主人公一样，一直在寻找过去的记忆……似乎我坚硬的心只有在祖先的故事里才能被完全融化。"作家果真如一位走入历史的漫游者，在古滇国的遗迹中徜徉、冥想，由此"直接进入真实的古滇人的历史生活画卷"。而在博物馆里，面对古滇人的形象，作家再次展开了诗人一般的神奇联想，力求还原他们的生活场景，以及那时人与人的关系、人与自然的关系。作者对主体高度介入的写作有着清醒的认识："我这种诗性的分析，为古滇人艰难的生存之路，似乎增加了一点哲学意味和悲壮色彩。"随后，在"人，才是城市的灵魂"这一独特认知中，作家从部落群体深入个体，在郭沫若的著名剧作《孔雀胆》的基础之上，对发生在元朝的一段历史进行了进一步的独特发掘。一段令人震撼的历史故事，激发了作家的无限慨叹："我甚至觉得昆明在600多年前就'创造'了这么一个人间最绝美的爱情悲剧，赋予了这座城市如此动人的关于时代变故、政治冲突、民族交往、爱情与阴谋、战争与复仇的文学想象。昆明有了这么一个'伟大'故事，就有资格成为莎士比亚笔下的一座爱情城邦，如同罗密欧与朱丽叶的故乡维罗纳一样，理应成为青年男女膜拜的爱情'圣地'。"这似乎呈现出有些失控的、过于浪漫的理想主义色彩。

可是想想，对一个本来就很神奇，尤其是被投入了如此深情的城市，产生这样充满人文情怀的寄望，又有何不可，又何必苛求？而在对创造了现代教育史奇迹的西南联大师生进行缅怀时，"我试图阅读他们的'心灵史'，因而走进了他们苦难而诗意的现实生活中，从他们留在昆明的那一部部厚重的'生活史'里，我找到了那些意义丰沛而光彩灿烂的史诗一般的杰作，我甚至'看到'了他们工作和生活的情景"。于是，作者不但呈现了冯友兰、钱穆、沈从文、闻一多、朱自清、穆旦等文化名流的光辉事迹，更融入生命体验的感怀，如评价闻一多："他的一切已与诗融为一体了，或者说他本身就是一首诗。"再如评价穆旦："为什么会在昆明出现这么一个穆旦？……野人山加穆旦等于'一个中国新诗人'的诞生和升起，野人山嵌入了穆旦的诗歌，穆旦的生命也因野人山而嵌入了中国诗歌史。"这些，都可谓情之所至、切中膝理的知人之论。

随后，杨杨又移步换形，从时间之流与历史场景中抽身，进入对具象空间的描绘。在"城内的诸多生动细部"这一部分，他带领读者尽情遨游了金马碧鸡、滇池、西山、翠湖等昆明的标志性景点。这里，作家以一支气象万千的彩笔，把美不胜收的景致描写得令人无限神往。不过，令人印象最深刻的，还是作家的深情体验。比如在描写翠湖时，"海鸥老人"的故事感人至深：从西伯利亚飞来过冬的红嘴鸥，对一位长年喂养它们的老人产生了深深的依恋。老人去世后，红嘴鸥"多日四处探觅，声声呼唤，不见老人，非常急切"。一位曾拍下老人形象的青年摄影师把老人的照片放大，放在翠湖边上，红嘴鸥又围着"老人"雀跃不已了！这具有传奇色彩的故事，何其伤感而温馨！民胞物与的博爱情怀，为昆明增添了多少人文魅力！对滇池的描写，传递着同样的意蕴。看到各种水禽飞临，"我们似乎感觉到，它们的姿态、声音好像混合着各种色彩、晨晖、薄暮、风声、水色和夜幕。那时，我们高兴极了，也模仿着它们的叫声，与它们'对话'，与它们'联欢'"。这是怎样天人合一、万物和谐、令人神驰的一幕！作家关爱万物与热爱生命的情怀，跃然纸上。

正如杨杨所说，他"对欣欣向荣的当代建设成就很'漠然'，而对古老的事物却一往情深"，也对越来越多的工业污水排入滇池忧虑不已。显然，他对现代文明对传统文化与自然生态的侵蚀，流露出浓重的忧患意识。这在全书的最后一部分"'新昆明'的声音"中，鲜明呈现出来。"我越来越相信传统房屋是有生命的，它们远离了钢筋混凝土、马赛克、瓷砖、塑料、胶合板和铝合金，与大地上生长出来的草木、泥土和砖瓦亲密结合，成为一个生命体系，成为一个永恒的整体。"而在远离了高楼大厦的小巷，"徜徉其中，我好像找到了回家的感觉"，"每一条巷道都明显散发着与我们的肉体和心灵有关的气韵，这是我们极其需要的东西，是我们在其他时空里无法捕捉和体验的信息"。我们分明倾听到了一位有良知的作家，对保护传统文化与自然生态的真切呼唤。

总之，《昆明往事》中呈现在读者面前的昆明及其历史，既真切厚重，又气韵生动。著名作家海男这样评价此书："这同样是一次灵魂漫记。沿着作家追溯的往事，那些逝去的时间以饱满的、悲郁的、集体的灵魂重现于我们眼前，这正是《昆明往事》的写作意蕴。"也可以说，在一次对城市灵魂的探访中，杨杨充分融入了自己的灵魂体验。也正因如此，阅读《昆明往事》，既享受了绝美的文字风景，又不啻经历了一次灵魂的洗礼。

（二）深入肌理的昆明透视

《街巷寻踪》（云南人民出版社 2014 年版）是杨杨继《昆明往事》后对昆明进一步探寻的长篇游记。杨杨这次写昆明，没有自我重复，而是重返现场，用心体悟，寻求新的发现。作为昆明真正的热爱者、漫游者和关注者，从 2013 年秋天开始，他用了十几天时间，与昆明的街巷进行了一次亲密的接触。杨杨选择街巷作为探视昆明的视角，显然是精心为之。那些纵横于现代昆明的街巷，宛如维系城市生命的一条条血管，最能体现这座古城的内在风貌。此书可谓深入昆明的内在肌理，在街巷书写中阐释发掘了这座城市的深层意蕴。

《街巷寻踪》构思巧妙，共分"街巷，一座城市最迷人的肌理""城市生活最完美的容器""向古典时光里的街巷致敬""街巷，现代人失落的梦境"四部分，逐层深入，步步为营，对昆明的街巷做了深入巡礼与文化反思。

"街巷，一座城市最迷人的肌理"这一部分，对于街巷之于城市的意义，予以深入阐释："街巷是城市最重要的组成部分，是城市躯体里最迷人的肌理，甚至可以说，是城市历史画卷上最生动的线条、色彩和细节，决定着一座城市的内涵是否丰富，一座城市的风景是否引人入胜，一座城市的未来是否打动人心。"面对着一张张昆明的旧地图，杨杨展开了种种遐思。构成城市深层肌理纵横交织的街巷，在他的心目中是独特的领地，既是纸上的世界，又是生活的现场。在杨杨心目中，街巷可谓居民的心灵之乡，它包罗万象，多彩多姿，趣味无穷，在独特的气质和氛围中，孕育滋生着人们生长和生活所需的多种元素。

杨杨的思维是广阔的，他把对街巷的寻踪与人类的生命归属紧密结合在一起。"在这些恍如梦境的史迹里，我们逐渐明白一个简单的道理——人的精神从这一时空到另一时空，是非常重要的流动。从某种意义上说，寻找过去与规划未来，同等重要。""在不知不觉中，我似乎变成了一个刚刚学会说话的婴儿，趴在昆明的大地上，正呼喊着我们这些表面强大而实质上却脆弱无比的生命体，踏上了诗意的归途，缓缓走向生命的精神本质。"可以说，在深入探寻构成城市肌理的街巷之时，也是对人类自身灵魂栖息地的寻觅。

杨杨别具慧心地考察了昆明的"山水哲学"。他特别强调，自古以来，昆明像一件迷人的艺术品，暗自契合了人类生存发展的基本原则，在物质、精神、文化等方面，都有自身的光彩和魅力，蕴含着一种夺人心魄的山水哲学。正是美丽丰盈的山水，有力地滋养了昆明这座城市："这种'诗性'的分析，似乎能为一个地方的生存发展增加一点哲学意味的智慧，而当我们用这种诗意的哲学眼光来打量昆明的山水时，无疑让我们看到了其中更真实更丰厚的人文价值，也让我们感到自己正在一种深厚而光辉的古今文化中成长，这种感觉何等美妙和快乐。"

杨杨进而认为，昆明正因为有了这种深远而亲密的山水关系，才有了自己独特的风光和文化，才有了自己的精神高度和厚度，才有了伟大的人文品质。昆明由此而成为一个妙不可言的生长着梦境的地方，而昆明人也就成了山水之人，具有山水的天性，即心态、理想、气质与这里的山水很相似。

在寻访昆明街巷的每一天，杨杨都真切感受到了这个古城蕴含的力量、色彩、温度、气息、声音和形象，并发现每一个细节都那么生动迷人。"为此，我们决不能忘却了这种山水之力对昆明的塑造之功，决不能拒绝这种山水哲学对我们的启示意义。""这一切给我带来了真实而美好的物质和精神生活，给我带来了各种想象，也因为这一切，我们更加自尊自信，更加热爱和依恋昆明，更加明白自己的使命。"实际上，学会与山水，乃至整个自然和谐共生，是每一个当代人的光荣使命。

杨杨强烈的历史意识，使其在追踪街巷之前，就对昆明的历史进行了较大篇幅的追溯，并将其与山水结合在一起予以叙述。这些看似枝蔓的闲笔，有着不可替代的意义。"历史学家并没有提出一种每时每刻皆在起着支配作用的无所不包的决定论。他力图寻求的是最终发生过的事情的深层次的原因。"[①] 仁者悦山，智者悦水。作为作家的杨杨，把山水蕴含的人文精神与昆明的历史交织在一起书写，是在中国

---

① 【法】雷蒙·阿隆. 知识分子的鸦片 [M]. 吕一民，顾杭，译. 南京：译林出版社，2005：173.

文化的源头意义上，探寻街巷的深层意义。

儒家经典《中庸》特别强调"中"与"和"。"中也者，天下之大本也，和也者，天下之达道也。"喜怒哀乐等情感尚未抒发的时候，人处于平静的状况，心寂然不动，没有过犹不及之弊，即为"中"；这些情感抒发出来了，需符合一定时空条件下的社会伦理、规范的要求，合于中道，恰到好处，绝无偏颇，自然而然，即为"和"。如果人们的自我省察达到尽善尽美的"中和"境界，天地便安于其所，运行不息，万物各遂其性，生生不已。儒家思想的"和"，不仅仅关乎社会的和谐，还强调人与自然的和谐平衡、人与人之间的和谐平衡，以及人与自己内心的和谐平衡，即身体与心灵之间的内在的平衡和谐。孔子说的"和而不同"还强调宽容即多样性的统一，这与仁爱思想史紧密相连，也被后世大儒所继承——"亲亲而仁民，仁民而爱物"（孟子），"民吾同胞，物吾与也"（张载），"仁者以天地万物为一体"（王阳明），都是"和而不同"的体现。儒家观念中的宇宙和谐、推己及人、仁民爱物意识，在世界动荡不安的今日，正发挥着日益重要的作用。

儒家与道家、释家文化在这方面有相通之处。儒释道文化强调世界整体的和谐和物我的相通。中国哲学家把自然看作整体和谐的体系，不仅争取社会的和谐稳定、文化之间的互尊共存、人际关系的规范有序，而且追求天、地、人、物、我之间关系的和谐化。可以说，儒释道文化表达了自然与人文和合，人与天地万物和合的追求。中国哲学关于天、地、人、物、我之间的"和谐""宽容"思想，不仅为人类自然环境的生态平衡提供了无穷的睿智思想，而且是现代社会国与国、人与人之间维持稳定和平关系的重要资源。杨杨浓墨重彩地书写自然山水与昆明之间的关联，以及对于人应该感恩于自然和美好人性的企盼，无不折射出对宝贵的中国文化传统的致敬。

在"城市生活最完美的容器"这一部分，杨杨进一步诠释了街巷对于城市的重要性，在哲学意义上深入探寻了人与街巷之关联。纵观人类的生活史、心灵史和精神史，无不与街巷融为一体。人们在街巷里行走，从一个空间到另一个空间过渡，也在践行着对物质文化的需求和对精神梦想的营造。人的生命因此对街巷产生了亲切感和依赖性。人创造了街巷，街巷又包容了人，丰富了人的生命记忆。"当世界上许多美丽的事物与我们渐行渐远之时，我们最难忘和最不愿放弃的就是城市里那些神奇的街巷。"人无论高低贵贱、男女老幼，在街巷中都是平等的。街巷成了每一个人最早的路，最密切的路，最离不开的路。在街巷行走成了每个人生命的常态，成了每个人永恒的动作。人们的分别、重逢、渴望、挣扎、收获、喜悦、无奈等等，都在街巷里上演。一切如同戏剧一样，既充满悬念，又暗含着种种规律。

行走在街巷中的每个人，无论是身处人流之中，抑或独来独往，都要面对前方的一切。在街巷中行走，就仿佛面对命运的展开。"所以说，每一个人都是街巷里的'流浪者'，在自己的城市里奔波不停，漂泊不定，这是固定不变的'身份'。"可以说，街巷似乎就是为了人们的身份而存在的；也可以说，街巷是人的身份的确证。因此，街巷越来越像一张大网，让每个游走其中的人，既感到无比自由，又不得不小心翼翼。这样的大网，就是为步行者准备的。应该说，这样的书写，在此意义上，把人与街巷的关系诠释出来，满载着浓郁的思辨意味。

杨杨还对街巷的声音极为敏感：

> 可以说，任何一个城市的街巷都是充满声音的地方，而老昆明的脚步声、马蹄声、牛蹄声、车轮声是最清脆、最动听的。当我们发现这些声音所蕴含的某种人生秘密时，就会开始聆听其他声响……似乎冥冥之中有一种声音将他们引向另一个更加为之惊奇的世界。从那时起，我们开始思考、领悟人生的真谛，开始关注自己周围的事物，开

始懂得爱情，开始迷恋自己身处的这座城市，也就在那个时候，我们不再是一个旁观者，而是一个生活者，任何一种日常情景都会启迪我们的智慧，让我们想得更多，走得更远。

如同只有听到电车声音才能入睡的张爱玲对市声的迷恋，杨杨对街巷声音的描绘，在对点滴细节的把握处，既体现了对生活的无比热爱，又以独到的视角传递出昆明街巷的无穷魅力，乃至生活于街巷的人的生存哲学。

以上书写的哲思意味是十分明显的。街巷似乎编织了人的命运之网，构筑了人的"此在"境遇，其意义自然不同凡响。秀丽山水、怡人气候，锻造了昆明人安然、闲适、知足、洒脱等诸多美好的个性。他们安居乐业地穿梭于街巷中，并与他者在或远或近的距离中保持着关联。在某种程度上，昆明人类似波德莱尔笔下"完美的漫游者"形象："对热情的观察者来说，安居在人群中间、时涨时落的运动中间、易逝与无限中间，这是莫大的快乐。""我们可以把他比作一个与人群本身一样广大的镜子。或是一个有自觉意识的万花筒，对人群的每一运动都有回应，重新创造着复杂的生活，以及所有生活因素中闪现出的优雅"（《描绘现代生活的画家》）。适宜安居乐业的昆明街巷，滋养孕育着特有的祥和气息，这也是《街巷寻踪》所传递出的独有的人文气息。

杨杨还深入街巷民居内部去体味街巷的深层魅力。在他的心目中，这些民居老宅才是街巷最别致的风景。当走进一座四合院，见到古色古香的天井、花砖、木雕格扇门、木匾、诗画、楹联，"就像走进了内心世界，历史的质感和文学的美感从老房子各个角落源源不断地显露出来，像梦境一般地叠落在记忆里"。在思古的幽情中，作者表达了对逝去文化的敬意。

就这样，杨杨像一个文物工作者或探险家那样，几乎走遍了昆明中轴线一侧的一个老城区，把 20 多幢保存完好的私宅、庭院漫游了一遍，并深深爱上了这些古老的建筑。他越来越相信这些老房子都是有生命的，它们远离了钢筋混凝土的现代建筑，而与大地上生长出来的草木、泥土亲密结合，成为一个永恒的生命体系。在杨杨的眼里，每一幢老房子都是人性、灵性与诗性交融而成的空间，每一幢老房子都有自己的历史和故事，都传达着自己的理想，都有一种令人拒绝不了的魅力。

当徜徉在街巷中，"我"好像找到了回家的感觉。当代人充满疲惫感之后，寻觅到心灵家园的意味跃然纸上：

> 每一条巷道都明显散发着与我们的肉体和心灵有关的气韵，这是我们极其需要的东西，是我们在其他时空里无法捕捉和体验的信息，它与山野、森林、田间、雪地里所产生的意境有相似之处，又有所不同，它在车马喧嚣和滚滚红尘中，出人意料地为我们营造出如此纯真、祥和、静穆的气象或意境，让我们平日的劳顿、思虑、苦楚在瞬间烟消云散。

美妙的文字，彰显了杨杨特有的诗意气质。这样的文字，与守护家园的文化意蕴是水乳交融的。当欣喜地面对着一片老城区，面对着一幅幅古老的画面，"我"觉得自己好像已经领略到了昆明的独特个性和魅力，好像找到了让古老事物继续在新时代生存下去的理由——"我们现时的新生活，其实是离不开那些貌似陈旧的东西的，因为那是我们生命的'根'，是我们的'文化基因'。"

从老房子走出来，面对人流与车流如织的无比喧嚣的"新世界"，"我"不禁如此发问和思考：

在城市里，还有什么东西能像这些老房子一样表现了文明与自然之间的最亲密的关系呢？它们不仅是人栖身的场所，更与人的思想、历史、习俗、绘画、雕刻有关，是一个妙不可言的完美世界，而且它本身就是自然的一个重要部分。我们是否可以这么说，这些青砖白墙的老房子是昆明这座古城把乡村与城市融为一体的风格特征，这样的古城在世界上已越来越少了，完全是弥足珍贵的历史文化遗产。

"家是我们出发的地方。" T. S. 艾略特如是说。在物欲横流的时代，寻找心灵的家园，即诗和远方，格外可贵。街巷寻踪，顾名思义，不是去找寻高楼大厦，而是对文化传统献上一份诚挚的敬意。对于文化的守候，是世界性的课题。美国著名文学批评家哈罗德·布鲁姆说："作为一种普遍的世情，文化过时现象在美国尤为突出。"[①] 另一位美国作家，则如此表述："从东海岸到西海岸，还有关于我们文化遗产被买卖、被摧毁、被无视的更为悲伤的故事。令人遗憾的现实使得古迹保护主义者的工作显得更为可贵，更加鼓舞人心。"[②] 杨杨在许多作品中都体现出强烈的文化寻根意识，亦多次呼吁对宝贵传统文化的保护。《街巷寻踪》把寻根的触角深入昆明的街巷，在细心体味传统文化的可贵意义中，殷殷地企盼着人类美好心灵家园的永驻。

"每一条街巷都有自己的历史，都有自己的市民，都有自己的遗迹，都有自己的风景，都有自己的气味，都有自己的方向，都有自己的故事，都有自己的个性品质，它们无一例外地增加了昆明的分量和魅力，让我们向它们致敬。"《街巷寻踪》宏观与微观相结合，除却浓郁的山水哲学、家园意识等形而上的思考，在"向

① 【美】哈罗德·布鲁姆. 西方正典 [M]. 江宁康，译. 南京：译林出版社，2005：23.
② 【美】J. D. 麦克拉奇. 美国文豪之家 [M]. 赖小婵，译. 上海：上海译文出版社，2021：10.

古典时光里的街巷致敬"这一部分，杨杨精心挑选了正义路、拓东路、金碧路、南屏街、薛家巷等 16 处街巷，细致入微地勾勒昆明主要街巷的不同特点，这可以令读者十分具象化地了解掌握这些街巷的不同风貌，以及它们对于营造人文精神的意义。

杨杨善于抓住每条街巷的特点，画龙点睛地予以提炼概括。比如写正义路："在老昆明的历史上，正义路的地位是极其崇高的，它赋予了昆明一种深刻的历史背景，让我们生活在它的源流和气息之中。这里发生了太多的故事，也保留了太多的遗迹和记忆，它既是昆明古城的中轴线，也是昆明人最主要的物质与精神文化的流场。"比如写拓东路："走在拓东路上，犹如走在一个古老的梦境里，我有一种时空交错的感觉，如同历史为我们画下了一幅又一幅叠加在一起的西方印象画。似乎现实的'新貌'与这条大街的古老历史缺乏直接的联系，而事实也正是如此。"在写翠湖环路的时候，紧紧抓住翠湖这个核心意象予以诗意描画："'翠湖'这个自然之湖开始融入城市的'心灵'之中，被各式各样的人占有和改造，被形形色色的'文化'点染和包围，成为这个城市最明丽也最复杂和富有表情的部位。它像一面碎裂的镜子，更像一双迷离的眼睛，它的每一滴水，每一点亮光，都折射出这个城市的文化图像。"

杨杨还充分发挥资料储备丰富的强项，时时钩沉街巷的历史，比如在写正义路这一部分时，用富有情趣的笔触，把历代名人对昆明的观感有机融入，既有力呼应了此前对昆明特色的介绍，又给读者带来历史文化知识的启迪。

尽管在昆明的街巷中，杨杨得到了寻访传统文化的快乐，但是他对于人类生命家园渐被侵袭的忧思还是非常明显的。在全书最后一部分"街巷，现代人失落的梦境"中，他表露出城市化进程对于街巷的不利影响："在新的速度下，大兴土木，老建筑被拆除，老街道被改造，甚至人为地让它们一一消亡。当我们蓦然回首，却发现由于忽略了对自身历史的呵护和追寻，昆明似乎成了一座失语的新兴城市。"这种无奈感，与《昆明往事》庶几近似。正是一条条街巷，与人的此时发生了紧密的关联，在都市化越来越迅速的时代，维护具有传统文化气息与血脉的街巷，直接联结着关乎生命精神本质的诗和远方。可见，在兴致勃勃的街巷踏访结束之后，杨杨依旧会陷入理想与现实之间激烈碰撞的困惑。毋庸置疑，经济发展与文化保护之间如何协调，是一个普遍的亟待解决的时代课题。

无论怎样，杨杨永远是一个衷心企盼诗和远方的作家，浓郁的理想主义还是在全书的结尾表露无遗："我们在不久的某一天，还需为昆明'绘制'一张新地图，上面展现的是我们梦中的理想之城——一座明日之城，一座艺术之城，一座个性之城，一座创造之城，一座复兴之城，一座生命之城，一座让我们无比爱恋又让世人无限向往的山水之城。"也许，这样的祈愿过于透明和简化了，但是读者无疑会在饱蘸深情的文字中，为作者真挚的赤子之心所打动，对美好的明天充满希望。

三、贮满灵性的山水描画——《圣水灵山》解读

如果说，杨杨在《街巷寻踪》中，初步提出山水哲学的理念，那么在《圣水灵山——阳宗海的人文之光》（云南人民出版社 2020 年版，简称《圣水灵山》）中，则对山水哲学做了全面的演绎和诠释，并在此基础上提出"山水管理学"的理念。杨杨笔下的山水，可谓贮满了灵性，对人与自然和谐的吁求跃然纸上。

（一）充溢人文之光的迷人图景

杨杨用一种诗意的眼光审视阳宗海，生动地展示了一幅幅散发着人文之光的迷

人图景，有力地诠释了"绿水青山就是金山银山"的真谛。

"开篇：打开一幅蓝色的地理画卷"一节，抓住"蓝色"这一核心词汇来把握阳宗海之于云南的独特魅力。对于阳宗海周边的人来说，蓝色的符号已经沉淀在他们的记忆和血脉里，并转化为他们内在的诗意言说。他们随时能通过零距离的感受，看到那种很多云南人难得一见的"宇宙蓝"。"这种比天还蓝的颜色，只有神灵才拥有的色彩，因为渗透在阳宗海一带的山林之间，渗透在'海'边的村庄古镇之间，因此这一带的山川就具有了蓝色天性，就自然成了一片'蓝色天堂'。"这无疑凸显了蓝色阳宗海神性一般的魅力。蓝色是超越了自然颜色的原始、纯洁与美好的象征。守护这一抹至纯的蓝色，便是守护人类美好的家园。开篇以诗意浪漫的方式，为全书奠定了讴歌生态文明建设的基调。

"游历：一个高原湖泊的诗意图景"一节，进一步延续了对阳宗海蓝色空间的诗意化探寻，主要诠释了生长于斯的湖畔居民美好的"水性人生"。

> 他们一直都明白，这里的水滋养着这片土地，让万物生长，却从不与万物争高下。他们的心灵也像老子所说的那样"居善地，心善渊"，既然选择了一个美好的居住地，就像深水一样把自己的位置放得很低很低，而心却像深渊一般宽广空旷，容纳百川。他们的每一天，也如同与圣人在一起，深受湖水的启发和滋养。

村民们与自然山水，乃至这里的各种生物，共同演绎着天人和谐、万物安生的美丽画卷。发掘与人息息相关的山水哲学，是杨杨游记的内核，从中可见他对人的命运的殷殷关注。

（二）强烈的历史反思意识

如同其他游记创作一样，杨杨在《圣水灵山》中也展示了渊博的知识储备，把相关历史文化故事、传说有机融入，使文本既情趣盎然，又颇富知识性的启迪。克罗齐所说，一切历史都是当代史，在某种程度上历史是在不断的建构中被谱写的。在《圣水灵山》中，杨杨富有同样的历史哲学意识：

> 现在，"历史"已经死去，如同断碣残碑，在苍烟与落照中悄然引退。而众多的传说还活着，老百姓仍津津有味地讲述着。他们的讲述，其实是为这片土地的历史作证。很多讲述者不断重复着那些语言、故事、细节和语气，逐渐抵达历史的深处，甚至接近了历史的谜底。

对历史的强烈反思，在"梁王山的历史高度"一节彰显无遗。这一节先是介绍了第一代梁王作为元朝时云南的最高统治者，如何开发资源丰厚的梁王山，把这里作为他的风水宝地。随后讲述了最后一代梁王虽然据守梁王山，无奈明朝军队实力过于强大，最终难逃失败命运。对明代大将沐英获取梁王山的胜利之后的感受，杨杨展开了丰富的想象：

> 他站到了梁王山的最高峰，他那时完全可以目空一切，但他也许突然意识到了某种真理，再高的山也没有攀登不了的，再坚固的堡垒，也没有不可攻取的。再说，自己的地位也不可能永远高高在上，山外有山，楼外有楼，即使长时间地站在这里，抬头仰望天空，低头俯视群山，也不可能望尽天涯路，超越世间万物。他看到的是一个个

年轻而美丽的生命在这里消失。没有人为他们的牺牲树碑立传，哪怕一条小小的注解也没有。

一将功成万骨枯，杨杨笔下的沐英，没有为胜利而大喜过望，而是对战争与人的关系产生了深入思考，明显带有对人的生存命运予以审视的思辨色彩。

杨杨还以丰沛的想象力，联想到了著名旅行家徐霞客在此地的行踪："他知道世界上有多少美好的山水、鲜花、村庄、人群、粮食、水果、鱼和飞鸟，等待人们尽情地去分享它们，所以徐霞客有权让自己的梦想'光芒四射'，有权用自己的一串串脚印，把他的梦想与世界的关系拉在了一起。"在杨杨的想象中，徐霞客在明崇祯十一年（1638 年）来到梁王山，要寻找一个制高点，观察和分析这些山水之间的内在逻辑关系。他为这座山留下了这样的文字："西麓为滇池，东南麓为明湖（阳宗海）、抚仙湖。水之两分其归，以此山为界，水之三汇其壑者，亦以此山为环。"杨杨由此认为，作为长江与珠江水系的分水岭，"完全可以说，梁王山是被一个伟大的梦想浸染和跨攀越的地方"。就这样，"我"沿着徐霞客当年走过的路线，走上梁王山的顶峰官帽山，去重温一个"伟大的梦想"。徐霞客的记述始终萦绕在"我"心中，他认为梁王山"如大父，众山皆儿孙绕膝"，又说此山"如天阙，众山皆大海波纹矣"。"这让我想起了人的大脑模型，与大自然是何其相似。我突发奇想，这些迂回起伏的山山水水，就是地球的大脑，充满了灵性和智慧。"可以说，结合徐霞客游记中对梁王山的记述，杨杨可谓思接千载，与大旅行家之间展开了跨越时空的对话，丰富了对梁王山的历史解读。

在全书结尾，杨杨这样写道：

> 此时此刻，我们惊讶于阳宗海的丰富和美丽，惊讶于它往昔的声

音及形态，更惊讶于它的"美妙的现实"。这一切给我们带来了真切而美好的物质和精神生活，给我带来了各种想象，也因为这一切，我们更加自尊自信，更加热爱和依恋阳宗海，更加明白自己的使命。

"如果缺少和其他人的对话，我们就不可能在历史存在中意识到我们本身。"① 可以说，《圣水灵山》不只是一部科学普及读物，帮助读者领略美丽的自然山水，更是一部对云南山水的历史哲学的诠释，内蕴着人与自然的历史对话，旨在使人更好地发现自我，完善自我。

（三）文明进程的深入探寻

在踏访阳宗海的过程中，杨杨还特别重视把阳宗海纳入历史文明进程之中予以深入反思。

在"调查：通往京都的官马大道"一节，杨杨介绍了阳宗海地区自古就具备了良好的驿站区位优势，可谓处于多条驿道的"十字路口"。正因如此，"阳宗海一带接纳了太多的民族、文化和故事，各种稀奇古怪的'文明'和形形色色的人，从很远的地方走来，又走到很远的地方去……"当站在古道之上的时候，"我"好像已嗅出了这条古道的时间气息，仿佛看到了历史的另一种场景，发现与古道相连的许多事物似乎还"活"在当下。这种"活"，即文明的传承延续。

古驿道还承担着传递边疆军情的重任，每一个制高点都常常设置一个烽火台。当边关遇到战事的时候，古人用点燃篝火的方式，从一个烽火台传向另一个烽火台，急速向朝廷报告。而对于烽火台，"我"是拒斥的，"因为如果烽火台真的一旦点燃，就意味着在绝美的火烟背后，边关将士正在与外敌进行殊死搏斗，血染疆

---

① 【法】雷蒙·阿隆.知识分子的鸦片[M].吕一民，顾杭，译.南京：译林出版社，2005：203.

场。那样的'风景'，是谁也不愿看到的"。对于文明进程中导致无数生灵涂炭的战争的质疑，再次彰显了作家强烈的人道主义情怀。

在古风犹存的今日驿道上，有许多老建筑。这些建筑其实暗含着一种特有的商业观念或原则，既拓展了店铺有限的空间，节约了建筑成本，又有利于商家之间的团结与和睦相处，方便了客人的住宿和出行。在"我"的心目中，老街因为有了这些特殊的建筑，依然散发着一种传统的商业文化气息和建筑美学之光。

虽然有的古驿道已经荒废了，长出了许多野草，看起来一片荒凉。但是，现代公路与高铁正展现出更动人的立体交通图景。"令人称奇的是这些像网络一样密集的现代交通线路，竟然与千百年古驿道的走向基本一致。古今文明之光在阳宗海周围相映生辉，成为绝妙的奇迹和奇景。"文字中既隐现着对古老文明逝去的淡淡的怅惘，又传递出对生生不息的文明传承的欣慰。

"游历：阳宗海的神曲"这一节，对文明进程的反思意味更为明显。深谋远虑的明朝大将沐英在驻守阳宗海地区以后，意识到只有人才能成为文明进步的灵魂。因此，他凭借强大的政治势力不断移民入滇。除了士兵、家眷、文武官员，还包括耕作能手、能工巧匠以及充满朝气的青年男女，这些人被他从中原和江南一带请到了这里。这些举措，成为文化交流的有力开端。以后几百年里，汉族文化逐渐在这片边远之地生根发芽，茁壮成长。杨杨对于这种文化的交流融合予以充分赞美：

> 它一天一天堆积起来的"观念""故事""财富"和"风俗"，彰显着阳宗海一带的厚重、悠久、文明、光华和力量。我们从这些宗教建筑和相关民俗活动中，就可感知来自中原及江南的汉文明因子，已与这片山水融为一体，并以卓尔不群的文化品质深刻地改变着边地的居民。

云南大地的包容性，使得来自内陆的文明能够顺利地融入，极大地丰富和扩展了云南本地的精神文化内涵。经过对阳宗海的踏访，杨杨在其他游记中把对文明进程的思考推向了深入。

（四）民俗风情的精彩写照

《圣水灵山》厚重的文化含量，还体现于丰富多彩的民俗风情描绘中。

传统庙会既是拜神盛会，又是娱乐的盛会。近年来，汤池古镇的庙会又逐渐演变为"三月三文化艺术节"，与大理地区的"三月三民族节"遥相呼应，形成了同根同源，又自成一体的民俗文化活动。"这样一来，一种地方性的历史记忆与价值认同，就会在一定范围的村落之间形成，与毗邻的其他地区的差异就显现出来。"对于汤池古镇庙会的描写，就凸显了不同地域的民俗风情特色。

而在老爷山附近，流行着"人神"家族的英雄故事，逐渐形成了一些有趣的风俗。每年农历六月十三日，成千上万的村民，从四面八方赶赴老爷山。他们在山巅大草坪上跳舞、对歌、摔跤，其乐融融，自由自在。"赋予这个故事持久的魅力，让故事本身扮演着纪念碑式的表达意义，唤起人们对美好爱情的回忆，让人们在崇尚英雄荣誉的人文环境中，快乐地生存下去。""这样的英雄，永远'活'在老百姓的日常记忆里和节庆活动之中。"这些有趣的乡风民俗，在某种程度上塑造着当地居民的灵魂与性格，是不可忽视的。

"偶像崇拜是一个神学范畴，又是一种诗的隐喻"①，阳宗海当地独特的关索戏，是把英雄作为偶像崇拜的产物，构成了此处特有的神学与诗学，同时也是文化交流的结晶。大将沐英曾大力倡导并推动关帝崇拜文化，阳宗海周围的关帝庙、关

① 【美】哈罗德·布鲁姆．西方正典[M]．江宁康，译．南京：译林出版社，2005：77．

圣宫由此兴盛起来。传说中的关羽之子关索是当地百姓的偶像甚至保护神。在小屯村，"傩"本是古代在腊月举行的一种驱疫逐鬼的仪式，是原始巫舞之一，后来演变为一种舞蹈形式。自从有了关索崇拜，小屯村一些从事"乡戏"的人既祭神灵又祭关索，把关索变成了"傩戏"中不可缺少的英雄形象。以后，人们尝试着把三国故事演变成"傩戏"，"关索戏"渐渐流行。这一转变，可以说是小屯村的村民在文化史上的一大贡献——从神到人，从传说到现实，依托现实中的历史故事，打造了独特的艺术形式。内陆地区妇孺皆知的《三国演义》中的许多精彩故事，就这样以一种别开生面的新的面貌，在云南大地传承演绎。

在某些人眼里，关索戏是受地域范围所限的"土戏"，不过杨杨认为，我们应该为这种"土"而自豪。"它是纯东方，纯地域的作品，当然也不仅仅是乡土的东西，应该是本土性的一种创造性的表现。让我们今天的人既窥视到一种古老原始的戏剧场面，又能领略到中国人文精神的本质力量。"而从表演形式方面来讲，"关索戏应该是一种仪式性结构，这种结构揭示了戏剧人物与历史事件的虚实关系、动静关系和曲直关系，蕴含着东方的哲学思想"。这体现出对民族传统文化的珍视。

当地彝族村落独特的"汉服"文化也进入了杨杨的考察视野。外来移民所穿的汉服在此地被神奇地改造，与传统汉服相距甚远，但又不是正宗的彝族服装，最终实现了神奇的华丽变身。这不由令"我"展开了遐想：

> 阳宗妇女身上的"花花世界"，让我想到了脚下的这块土地——这是云南最有诗意的山水地带之一，每一种植物，每一朵花，每一条河，每一阵风，都让她们感到世界就在自己身上，世界的万物滋养着她们，让她们在对自然的观察和研究中，从中获得灵感和快乐，再把那些极其美好的东西移栽到了自己的衣服上。

丰富多彩的服装，在民俗活动中可以发挥巨大的作用，折射出民族的迁徙史、生产史、交流史。杨杨就这样在民俗文化风情的发掘中，触摸与体味着当地丰富而独特的历史。

（五）由山水哲学到山水管理学的诠释

在"尾声：在乐水与乐山之间幸福生活"中，杨杨自出机杼地把山水哲学与山水管理学联结在一起，对云南大地如何珍视和保护宝贵的山水资源提出了个人的独到见解。

在杨杨的眼中，阳宗海是一个镶嵌在特有的山水、土石、草木之中的现实主义与超现实主义融为一体的神奇而深厚的古老湖泊。它契合了人类生存发展的基本原则，在物质、精神、文化等方面，都有自身的光彩和魅力，由此蕴含着一种夺人心魄的山水哲学。该地的人民，在山水的哺育下，健康快乐地生活。阳宗海由此而成为一个妙不可言的生长着梦境的地方。不过，正如在其他作品中所展示的，杨杨对于山水的自然存在表达了深深的忧虑。从总体上看，人类与山水的关系，与自然和谐的"渔樵时代"相比已经发生了诸多变异。在很多人眼里，山水不再是山水，而成了可以开发的"风景"，成了可以消费的商品，成了可以随意改造的游乐园。许多人已不屑与山水为友，而自认为是可以任意宰制山水的"王者"。为此，杨杨发出了疑问：

> 我们所面对的现实是，人类已经远离了原始和启蒙时期的记忆，进入了极度自信和极度虚弱的分裂时期，我们的生命随着数字化进入了虚拟时代，我们的精神则随着大众化和庸俗化进入了物质化时代，

我们自身也正在发生着卡夫卡式的"变形"，这个时候，什么地方可以让我们回归？什么地方可以让我们保留一种古老的心情？什么地方可以让我们遵守一些生命的规矩？什么地方可以让我们对生命有一些敬畏？什么地方是我们精神与生命的归宿？

所以，杨杨希望采用一种诗意的哲学眼光，而非全然功利性的态度来审视阳宗海的山水，这样无疑可以发现其中更丰厚的人文价值。为此，他指出大自然既然能把阳宗海这片圣水灵山赐给云南，云南人就必须面对这样一个重要的课题——在与山水和谐共处中开发一种切实有效的"山水管理学"。在他看来，人们在享受山水带给自己的资源与快乐的同时，应该保护山水，还山水以本来面目，防止盲目为了私欲而开发山水、掠夺资源的短视行为。这就是山水管理学的内涵。应该说，这是杨杨在孜孜不倦地书写云南大地中产生的精彩独到的发现。

这种山水管理学已然在阳宗海付诸实施。激发"活力阳宗海"、打造"魅力阳宗海"、创造"幸福阳宗海"、构建"和谐阳宗海"等诸多举措，已被推上日程。杨杨殷殷寄望：在今天，必须用更加虔诚的态度、更加坚定的信心、更加急迫的行动，与阳宗海及周围的山川建立一种新的"社会关系"，让每一个与之相关的人都做新时代的"渔樵"，用"通古今之变"的视野打量阳宗海的山水，建立一种更接近自然之道的新型关系，既与社会历史和人类发展的时间节奏合拍，又像山水一样的悠然、长久、变化和超越。

在全书结尾，杨杨写道：

此时此刻，我们惊讶于阳宗海的丰富和美丽，惊讶于它往昔的声音及形态，更惊讶于它的美妙的现实。这一切给我们带来了真切而美好的物质和精神生活，给我们带来了各种想象，也因为这一切，我们更加自尊自信，更加热爱和依恋阳宗海，更加明白自己的使命。

杨杨对历史、文化、风景的书写，往往统一于殷切地对美好精神家园的祈望。《圣水灵山》可谓这样一部代表作。

四、生存视界的"仙境"呈现——《天镜抚仙湖》解读

位于滇中大地的抚仙湖古称"大池"，唐宋之际因罗伽部落居澄江，称"罗伽湖"。湖水晶莹剔透、清澈见底，曾被誉为"琉璃万顷"。早在明代，在旅行家徐霞客的《徐霞客游记》中就有"唯抚仙湖最清"的记述。这是我国最大的深水型淡水湖泊，是全球同纬度地区唯一的Ⅰ类水质湖泊，蓄水量全国第一，是我国重要的战略备用水源，也是珠江流域与西南地区重要的生态屏障。抚仙湖镶嵌在灵性的山石、泥土、树木、草虫之中，呈现出一种蓝色生态、多彩明丽的自然格局，宛若人间仙境。湖畔的风土民情，也传递出别具魅力的内在生命精神。杨杨最新的游记《天镜抚仙湖》（云南人民出版社 2022 年版），充分融入个人生命体验，用美丽生动的文字，书写了如天镜一般妩媚多姿的抚仙湖。此书进一步诠释了山水哲学理念，演绎了人与自然的和谐乐曲。

（一）美不胜收的仙湖风姿

在《天镜抚仙湖》中，杨杨善于移步换形，从不同角度观察、体味抚仙湖，这对于多维、立体地呈现抚仙湖的风貌效用显著。在滇中地区最高点即抚仙湖西北的

梁王山俯瞰，抚仙湖美景穷形尽相，尽入眼底：

> 随着阳光与湖面折射角度的变化，由乳白色或紫罗兰色调构成的纤细的光线，投射在湖水上，湖面的颜色也随之从蔚蓝色的主色调，变幻成金黄色、米黄色、青蓝色和苍白色，有时甚至是一片混沌，分不清天空与湖面的界线了。如此变化，让天空、阳光、湖水与山峦显得更加缥缈，更加曼妙动人，蕴藏着一种撼动人心的旷世之美。

这种异彩纷呈、飘逸动人、令人震撼的美，确乎令人过目难忘。

在抚仙湖西岸的立昌村，杨杨获取了平视抚仙湖的绝佳视角。午后的阳光，令整个渔村流动着时光缓缓而过的意象。一条老公路穿村而过，两边是古朴的房子。靠近抚仙湖的老房子，推开窗子，窗下就是湖水。村民们已不再打鱼，正准备把全村搬到半山上，为的是保护抚仙湖。在人与自然和谐相处的画面中，"我"如此近距离地接触抚仙湖，自然留下了美好而深刻的印象：

> 我在立昌待了半天，随意坐在某家屋后的"水月平台"上，都可掬一把清凉的湖水，抓一把绿茸茸的青苔，闭眼倾听湖水发出的梦呓般的声音。走出村子，南边的沙滩上空无一人，也无脚印，一切都保持着潮水之后沙粒最纯净、最细腻的原生模样。湖水清亮得让我惊叫起来，每一粒沙子都在水中闪光，对面的远山在碧水的映衬下更加俊朗，天空中明晃晃的太阳给我带来的是"月夜"般的奇妙感觉。阳光下抚仙湖的竟然如此安详，如此恬静。

为了获取更多观察体验抚仙湖的角度，"我"甚至宛若当年忘我勘探的徐霞客一样，历经风险，读来令人惊心动魄。小尖山是观看抚仙湖的最佳位置之一，但是因其险峻，攀登起来绝非易事。在最陡峭的地段，"我"切身感受到，往上像是"鬼门关"，往下则似乎更可怕，有一种如坠青云，身子被掏空的感觉。"我真正体会到了'进退两难'的滋味，但为了从最近处、从最高处目睹抚仙湖的真容，我豁出去了，继续往上攀登。"越接近山顶越体会到此山的险峻。这几乎就是一座由危石堆叠起来的巨型石山，壁立崔嵬，令人胆寒。无限风光在险峰，当克服了一切阻力，终于站在尖山的制高点上，就可以领略天地之间的大美格局：

> 在这里观望抚仙湖，有超越"上帝视角"的感觉，湖面似乎在我们脚下，又似乎在前方，既可俯瞰，又可平视，因为抚仙湖太宽广了，从我们脚下延伸出一条条深深浅浅的蓝色带子，把湖面自然"分割"成一个个几何图案，水深的地方呈深蓝色，水较浅的地方则蓝色淡化了许多。其中，有一条最蓝带子，如同一条深渊，从小尖山下向湖东延伸，那是抚仙湖水最深的一条"海沟"。

"这时的我，似乎看到了抚仙湖的内部世界，感受到了湖水与周围事物相互牵连在一起的每一根神经。""我恍然醒悟，唯有在这个高不可攀的地方，似乎才可以摆脱俗世的某些牵绊，沉重的身体消退，灵魂获得了解放。"这种感悟，只有在为了书写真实生动的文字，历经险境而后方能获取。这大概也是杨杨为了实现真实的在场式写作而常年实地踏访的绝佳写照吧。

总之，在移步换形中对抚仙湖的多角度描写，既使读者感受到天镜抚仙湖的魅力，又使读者像作者一样在美丽的自然风光中，不知不觉地获得心灵的启迪，踏上重新发现自我的旅程。

（二）生命体验的有机融汇

"天底之下，只有镜子才有如此至清至纯至美的魔力。它浩瀚如海，又宁静深邃，把天上人间最美的事物、最动人的姿容，通通包容或倒映入内。"用"天镜"来形容抚仙湖，并以此作为全书的"文眼"，杨杨可谓别具慧心。并且，他还以不断强化的内在生命体验与这面天镜亲密接触，传递出神与物游的韵律。

走在抚仙湖的"时光栈道"上面，"我"为蓝色的宛如天镜的湖面感叹不已。湖畔的山林、村落、道路，天上的白云、飞鸟、太阳等等，一切倒映在水中，"开启了我们对抚仙湖的想象深度，那如同深渊一样的湖水，正在为天上人间的一切事物照镜子"。巨大的湖面不像玻璃镜片那样容易操控，也不像玻璃镜片那样文明和优雅，更不像玻璃镜片那么机械、生硬、呆板和麻木。眼前的这面天镜，充盈着自然之气，撷取来自天空的全部光亮，又把全部光亮还给世界。湖水正在创造一种美，它为倒映其间的万事万物赋予了一种大美，并让这种大美无限延伸。"这种美，是一种内在的美，一种生机勃勃的美，一种动感无限的美。"即便是遇到风暴，波涛汹涌的时候，这面天镜中的所有形象，也只是暂时隐藏，随着不久后的风平浪静一切景致又重现镜中，"而且更显示出一种更为宏大的空旷和安详之美"。正是这样的大美，触动了作者的灵魂，令他反观自我：

> 此时，面对这面大地上的"天镜"，静观其妙，我们傲慢的心灵，就有了一种返璞归真的感觉。我们满眼都是山林水泽的原始景象，水连上了天，天坠入了水，水天一色，相互倒置，一同获得了深度、色彩和生命。因为水深，湖面越加明亮，似乎光明来自深渊，一束束似

有似无却可以洞照生命的微光，好像是从湖水深处穿越到湖面之上。我看到了抚仙湖如此深藏不露的"秘密"，我的思想好像在清亮的水中迅速流动起来，我那微不足道的身体，从幽暗中回升，再从微光中回到了大千世界。

从抚仙湖这面天镜中折射出的自我的内心，以及由此带来的生命体验，可见作者在大美的水天一色的独特环境中，诠释和解读天人之际的澄明之境。在物质极度发达的时代，现代人的精神危机带来了新的生存困境，对生命的内在体验往往弱化了，虚无了。杨杨游记创作的可贵之处便在于，总是在自然山水的映衬中，反观自我与初心，由此升华为一种哲学思辨的高度。

在生命体验的关照下，抚仙湖畔的一株大榕树引起了杨杨的特别关注。这棵树龄约 400 年的榕树高达 35 米，圆周 15 米，需 10 个成年人才能合围起来。在杨杨眼里，榕树虽历尽沧桑，但因湖水的滋养，至今仍带着某种感性的记忆和远古信息的遗存不断生长。湛蓝的湖水成为大榕树的生长背景，凸显出它繁茂而优雅的形象，而榕树则似乎令湖畔的大地显得更坚实、富饶和美丽。万物和谐共生的美景，跃然纸上。

杨杨还进一步强化了对榕树的生命体验。"我"站在树底下，被一种神秘的气氛包裹着，未免有点心慌和不安。"我"同时嗅到了一种特殊的霉味中略带柔和的芳香气息，这是一种因为阳光很少能照射到树根底下，多年的落叶及花果混杂在一起，经过漫长的腐烂、蒸馏和发酵而产生的气息。这种气息弥散在大树周围，很浓烈，也很迷人，仿佛要把"我"引入一种梦境。显然，"我"是在体验榕树乃至万物独有的生命气息。"事实上，树和树根就是生命的象征。它们活得比人更长久。因此也比人遭受更多的疼痛和烦恼。"文本由追述榕树历经天灾人祸的坎坷经历来讴歌万物蓬勃旺盛的生命力，可谓以小见大，言近旨远。杨杨对生物的独特感受，与对强烈渗入文本的生命体验，可谓水乳交融，浑然一体。

（三）万物和谐的殷殷祈望

当今世界，西方文化片面追求物质的负面作用，已经日益彰显，正如有人所指出的那样：

> 今天，人们渐渐认识到，主要以"速度"和"竞争"为价值尺度的西方文化并不能真正解决人类的幸福和快乐问题，相反，它导致的实用主义和技术主义却在不断地掏空人丰富、饱满、充实和性灵的心灵。当人对审美、仁慈、温和、柔软和从容失去崇尚甚至兴趣，而只在速度的光影里奔驰，不要说得不到最后的幸福和快乐，仅是不眩晕而保持清醒就不可能。①

而对物质文明畸形发展导致心灵荒芜的警惕，一直是杨杨创作的重要向度。如同其他游记作品一样，杨杨在《天镜抚仙湖》中，没有停留于对美丽湖水的欣赏，而是在徜徉于山水之间的同时，殷殷探求着人与自然和谐共生的关系。在种种细节中，强化了自然万物和谐共存便是世间大美的山水哲学理念。

"我"曾一个人在湖畔沙滩走了数公里，在如此宽广而自由之处，浮想联翩，遐思不断。"我"似乎对抚仙湖倾诉了内心无比的爱恋，而湖水也好像对"我"说了许多话。此刻，"我"感觉到湖水就是亲密伟大的伴侣，似乎在人与湖之间存在着一种超越大自然的语言，所以异常珍惜这种神秘的感觉。正是基于此，"我"对

---

① 王兆胜. 困惑与迷失——论当前中国散文的文化选择 [J]. 当代作家评论, 2003(6): 54-55.

水有了更深入的认识：

> 水的变化是一种永恒的规律，而人才是不断变化的大自然中的匆匆过客。当我们看不懂水的规律之时，我们曾过度消费它们，污染它们，伤害它们，最终危及人类自身。而现在我们变了，学会倾听水的对话和歌唱，学会尊重大江大海、河水、湖泊和池塘和溪流，守卫它们，爱恋它们，依靠它们，人类才能更好地生存与发展。

在抚仙湖南岸的两个村庄，"我"再次感受到人类与水的亲密关系。水是人类的生命之源，同时也能净化人类的灵魂。上善若水，在这个世界上，再没有一种物质能比清澈明亮的水，更让人们感受到"纯洁"一词的深度和价值。因此，"当我看到抚仙湖的时候，如同看到了一种母性的光辉，看到了一种云南大地的厚度、灵性和洁净。因此，这样的水，对于人类来说永远是一种梦境"。实际上，这样的梦境，正是当代人孜孜以求的诗和远方的折射。

当地居民与抚仙湖，自古以来便演绎着人与水的和谐关系。在当地人眼里，抚仙湖宛如博大富饶的海洋，他们把湖称为"澄江海"，把下湖捕鱼和水运等劳作行为称为"下海"，把到湖畔嬉戏称为"到海边去玩"。湖水赐予了人类所需的粮食、菜肴、鱼类和空气，湖畔居民过着与湖相依为命的生活，很少有人离开这里。正是湖水的慷慨滋润，人们才有了安身立命之本。

湖畔居民的心灵也像老子所说的那样"居善地，心善渊"。为了更好地保护水质的清洁、生态的健康，当地政府和人民就像爱护自己的眼睛一样爱护抚仙湖。凡是对抚仙湖有损害的村庄都已经搬迁，凡是不利于抚仙湖生存的生产和生活方式已被摈弃，退人、退房、退田、退塘，还湖、还水、还湿地于抚仙湖。就这样，地球上一片宝贵的湛蓝的生命空间，在自然和谐的状态中，继续哺育着生命，滋养着人类。

在《天镜抚仙湖》一书中，杨杨既通过自己的实地踏访和深入思考，把抚仙湖外在与内在的美全方位地呈现出来，又在《圣水灵山》一书的基础上进一步阐释了山水哲学的理念，对人与自然和谐共生的命题做了更为深入的思考。杨杨在结尾写道："毫无疑问，在这样一个生态、经济和文化都充满活力的地方，我们每一个行走在这里的人，都希望自己能像水里的鱼儿一样活着，像阳光下的树木一样生长着。为此，我们决不能忘却了抚仙湖山水思想对大地的塑造之功，决不能拒绝这种山水哲学对我们的启示意义。"绿水青山就是金山银山，在杨杨的游记创作中，得到了完美的诠释。

第三章
杨杨小说论

杨杨迄今为止以散文写作为主，小说创作并不多，共出版过一部短篇小说集、一部中篇小说集，以及两部长篇小说。他的小说数量虽少，但都有较高的思想性与艺术价值，不应被忽视。

　　杨杨在 20 世纪 90 年代中期开始小说创作。早期的短篇"杞麓湖系列小说"，善于挖掘人性隐秘的心灵奥秘，并常常通过对人性之恶的书写，警醒人类不要作茧自缚，走向毁灭。作品的醒目特点，即具有浓郁的世纪末风情，以及西方现代主义典型的"恶魔性"质素。不过，杨杨并未陷入现代主义的悲观绝望，而是时时以诗意的笔触，相信人能够拯救自身，因而对人类的未来予以美好的预期。凡此种种，都使其小说魔性与诗性共融的特征极为明显。这样的风格，为其此后所创作的中篇和长篇小说所延续。

　　"杞麓湖系列小说"中非常明显地萦绕着一股浓重的鬼气。鬼气的营造除了渲染氛围，更在于发掘人性。对于人性中鬼气的挖掘，在中篇小说中有了更集中充分的展现。《巫蛊之家》在竭力感知世界的神秘氛围中，昭示了人性的痼疾，呈现出浓郁的世纪末风貌。《飘来飘去的那条金路》的故事背景，在乡村与城市之间切换，主题涉及当今青年路向的选择、原始村寨的发展、农民工在城市的境遇、传统文化的传承等一系列问题，具有更为鲜明的现实意义。

　　杨杨的中短篇小说对世间的苦难与荒诞所进行的深入剖析与发掘，其内在的驱动力是对人类命运的忧虑和悲悯。此后，随着文学视野和气魄的拓展，他开始在长篇小说中进一步融入这样的思考。《雕天下》通过对高石美这一形象的塑造，延续了短篇小说中的思考。杨杨没有像传统的同类题材写作那样，把高石美这一优秀的艺术家刻画成纯洁无瑕的圣人，而是充分展示了其自身的困惑与矛盾。在高石美身上，还有一种此前中国文学中艺术家形象少见的"恶魔性"。高石美的世俗与艺术人生，都走向了无比的迷茫与混沌，《雕天下》聚焦于命运之谜的发掘，使得整个文本充满丰富、神秘、多维的色彩。杨杨的另一部长篇小说《红河一夜》，通过书写中越边境红河流域上演的传奇故事，对边地风云变幻的历史进行了新的想象建构。书中的传奇历史，在大幅度的时空自由跨越中得以重新组装，既迥异于传统的史传性历史小说，又对当代文坛曾颇为流行的新历史小说有所突破，体现出较为深刻的历史意识。文本对丰富和拓展当代小说的历史书写，提供了新的借鉴。

总之，杨杨的小说创作，在当代云南文坛，是值得关注的。

第一节 短篇小说：在人性反思中出发

一、迷惘、反抗与忏悔中的成长——"杞麓湖系列小说"解读

杨杨的首部短篇小说集《混沌的夏天》（中国文联出版社 2000 年版），是其最初成果的展示。不过，这些对其今后创作极有影响的作品，迄今为止尚未引起足够的关注。

收入《混沌的先天》这本小说集且创作于 1996 — 1999 年的《混沌的夏天》《忧郁的死湖湾》《蚁儿》《我的野鸭湖》《驴鬼和鬼驴》《陷阱》等短篇，以作家成长的杞麓湖周边环境为背景，构成了丰富多彩的"杞麓湖系列小说"。新时期以来，小说创作的一个重要背景，即神秘主义向理性主义发起了强烈的冲击，这在杨杨的早期创作中留下了深深的印迹。"杞麓湖系列小说"的典型特征，是对人性的探索，具有浓郁的现代主义特征，怪异、神秘、阴凄的特点令人过目难忘。"杞麓湖系列小说"以杞麓湖为背景书写少年的成长历程，从少年的视角出发，对成人世界的一些丑恶现象进行了批判。作品由此萌发出强烈的反抗意识，并在充分融入自我体验的美丑分辨中，对人格面具进行深入揭示，具有强烈的文化反思意味。这些作品在浓郁的悲剧性书写中，展现了作者对健康人性的呼唤。难能可贵的是，小说还流露出明显的自审意识。"杞麓湖系列小说"的最终指向，是通过对人性恶的警醒，达到弘扬人性善的目的，这也构成了杨杨总体创作的底蕴。这些小说，在特定的时空

背景下，深入地刻画出少年的成长经历，对于探寻杨杨整个创作心路历程与独特气质，有着不可忽视的源头意义，值得深入探究。

（一）神秘悲剧氛围中的人性谜团

"杞麓湖系列小说"给人最直观的印象，是充满神秘感的不祥气息，这在小说标题上就有体现。在这些作品中，杨杨喜欢通过神秘、怪异、阴凄的人物、事件、环境描写，来暗示一种独特的悲剧氛围，进而对人性进行深入的探寻。十几岁的少年主人公，就在这样的氛围中，走上了他的成长旅途。

《混沌的夏天》中的"我"，暑假来到父亲任湖管站站长的湖畔，经历了众多的诡谲之事。一位似真亦幻的美丽野姑娘，常在湖边出没，成为男人着迷的对象。传说野姑娘是妖魔鬼怪的化身，把男人的精血都吸掉了。伴随着浓郁的神秘色彩，景色与人物也常呈现出异样的病态气息："那天晚上，一切都显得很不正常，天空像生病一样，看上去很痛苦。二安的脸阴阴阳阳的，说不清是疑虑还是兴奋，或者说更像生病的黄昏。"二安最终果然死去。在《忧郁的死湖湾》中，"我"的感受如此呈现："整个死湖湾，仿佛地狱一般，阴森恐怖的气息不断突破门板和墙壁，一团一团飘进来。""平时异常喧嚣的死湖湾变成了一具死尸，无声无息，阴冷凄凉。""秋风已经给死湖湾带来日趋浓重的成熟气息，但小站的日子依然一天比一天苍白和虚弱。"此文中的老女人也以死亡告终。

其他小说，亦把怪诞与恐怖的气氛渲染得淋漓尽致。《我的野鸭湖》一开篇，就写出了与"我"一起看护庄稼的两人的外貌，他们都有"变形的脸"："马金宝的眼睛贼溜溜的，乔翠仙的像兽眼，都显得凶恶。"所以，纵然在明媚的阳光照耀下，"在我的潜意识里，仍是一个幽暗的、没有安全感的世界"。《蚁儿》中的蚁儿，不但外表畸形，是"天生的丑八怪"，性格也"异常敏感和暴躁"，"让我常常感到他的内心深处似乎有一根刺在扎他，脑袋里像关着一只大黄蜂"。他因会做三道招牌菜而来到"我"家渔馆帮工，日常行为举止非同寻常，比如与性情粗暴、容貌丑陋的瓜婆母女同时保持着暧昧的关系。小说结局更是匪夷所思——蚁儿在夜间捕鱼时，被传说中的鱼怪咬掉了左臂，此后终身未娶，而是把瓜婆奉为母亲，二人相依为命。

不祥与神秘的预兆，还有更为直接的呈现："你在如血的风景中，发现了一种可怕的离别预感，你似乎感到自己的肉体和思想在慢慢分化。你对驴子们说，你有了不祥的感觉，但你无法明白，即将发生什么不幸的事情"（《驴鬼和鬼驴》）。《陷阱》有如卡夫卡笔下的"城堡"，充满怪诞、阴郁的色彩，一直被神秘、凶险的气息笼罩着。"浓黑的夜色里浸润着一种不安的神秘气息，沉静中蕴藏着种种不测和危险。""我"喜欢猎奇、冒险，期盼神秘的事情发生，最终却看到了一幕幕悲剧的上演。甚至，悲剧的强度远远超出了"我"的想象——疑似在偷情的"我"的哥哥和小河鱼双双自杀。

这些悲剧书写，有效地凸显了一个青春期少年，面对神秘复杂世界的迷惘，更突出了人对命运无法掌控的终极难题，具有浓厚的哲思色彩。纵观杨杨的整体创作，经常伴有浓郁地域性的神秘特色，这些都可以从"杞麓湖系列小说"中觅到源头。这些小说，也许留下了作家个人经历的影踪。而关于杞麓湖的独特地域特色，从杨杨的一部文化散文《通海秀山——秀甲南滇的文化名城》中，或许可以一探端倪。在此书中，杨杨称杞麓湖为"我们的母亲湖"，并对其予以美好的描绘。不过，在亦真亦幻的传说映衬下，一些描写呈现出与小说相似的醒目特点，比如："芦苇、菱草、蒲草掩映着一条条破旧的小木船，使杞麓湖的神情显得有几分隐秘。"小说中人物、事件的神秘特征，乃至水怪、鱼怪等怪异现象，大概与围绕杞麓湖的神秘传说不无关联。更值得重视的是，在此书中，杨杨将杞麓湖的昨日与今天进行对比，尤其对清澈透明的水质日益受到严重污染格外关切，体现出极为强烈的生态环保意识："最近30多年来，由于围湖造田和环境污染，杞麓湖已变了颜色。混沌、苍白、暮气沉沉，水质不断下降。"而"混沌、苍白、暮气沉沉"这样的字眼，在小说中也时常闪现。

《混沌的夏天》如此结尾："我的思想一直因此混乱而翻腾，满脑子充斥着不明不白的东西，孤独地自个儿重复讲述海边一个个无意思的故事。""十五岁那年夏天，是一团模糊的风景，我从那一团风景中走出来，长大了。"作家毕飞宇谈到自己的作品时曾说："如果《平原》有什么让我不满意的，恰恰就在此，它混沌得不够。"他还以《红楼梦》为例，用"混沌"与否作为评价作品是否伟大的标准："《红楼梦》只能意会……它是真正把写实和混沌结合得完美无缺的一部巨著。"①他所谓的"混沌"，应该是指与"实"相对的"虚"的一面，正是这一面使作品的内在张力得以扩大。那么，杨杨以一些"鬼气"弥漫的小说走向文坛，以"混沌的夏天"来命名自己的首部短篇小说集，实际上已然重视"混沌"在小说中的作用。以"鬼气"为明显标记氛围写出来的小说，充满了对现实人生的荒诞、迷茫与困惑的感受。这种颇具先锋性的写作尝试，使杨杨表现出小说家的潜力。

"鬼气"弥漫的"杞麓湖系列小说"，浓墨重彩地对神秘、危险、残酷、苦难进行叙述，充斥着阴郁的印象画式描写，并伴有明显的悲剧性预言，呈现出一种典型的文学史现象，即"世纪末思潮"的特质。学术界普遍把世纪末思潮认为是现代主义文学的肇始，是一种"文化情绪、文明感受、个人境遇、生存体验，是一种形而上的文化现象"②。这种世纪末思潮，具象化地传递出一种典型的"世纪病"症状：随着新千禧年的临近，人类因即将接受上帝的审判，有感于人生与世界都将走

---

① 於可训．对话著名作家 [M]．郑州：河南文艺出版社，2009：277．
② 肖同庆．世纪末思潮与中国现代文学 [M]．合肥；安徽教育出版社，2001：16．

向没落，从而产生强烈的悲观感受、伤悼色彩，以及得过且过、颓废堕落的放纵倾向。从广义上来说，世纪末思潮隐含着一种典型的人类精神状态，即为找不到未来的出路而孤独、忧郁、冷漠和苦闷。世纪末思潮同时带来审美意象的变化。自从波德莱尔推出诗集《恶之花》以来，古典美学规范受到了巨大的挑战，以丑恶意象为显著特征的"审丑"意识不断涌现。其后的现代主义作品，更是把这种"审丑"倾向演绎到了极致，这与现代主义对人性卑微、庸常、丑恶、污秽的高度关注，以及对宏大叙事中崇高感的颠覆密不可分。在"审丑"意象的营造上，"杞麓湖系列小说"亦体现得相当明显。

我们无意将杨杨的创作，与发源于西方的世纪末文学思潮强行嫁接，但也应注意到，杨杨创作"杞麓湖系列小说"的时间，恰逢 20 世纪的末期。这些小说对于人类生存境遇的体验，乃至在审美意象的选择处理方面，明显刻上了世纪末文学思潮的烙印。虽然小说中的主要叙事视角都聚焦于少年，却掺杂着浓厚的成年人的体验。这种体验，既与杨杨对少年时代的回忆、对今日故乡的关注相关，同时与其创作所处的时代密不可分。

可以认为，"杞麓湖系列小说"正是有感于"世纪病"的肆虐而展开的一次对精神家园的寻找——尽管这一寻找，艰辛无比，充满困惑！此外，"神秘主义思潮向理性主义思潮发起的挑战，是当代多元文化思潮碰撞的一个缩影"[1]。关于新世纪的预期，关于人类命运的走向，这些巨大的、有待人们破解的形上命题，当然不会有确切而明晰的现成答案。总之，杨杨将个人独特的生命体验，在 20 世纪末特有的氛围中蒸腾、提炼，催发出了充满神秘色彩的"杞麓湖系列小说"。

---

① 樊星. 当代文学新视野讲演录 [M]. 桂林：广西师范大学出版社，2007：219.

（二）勘破人格面具的成长之路

在浪漫主义大师雨果的《巴黎圣母院》中，有一种典型悖谬式的美丑对立书写。卡西莫多与弗比斯，恰为外表与心灵形成截然反差的代表。在杨杨笔下，这一模式得到了充分的演绎。从充满哲思的世纪末景观回到现实层面，"杞麓湖系列小说"中的悲剧，与人的恶行息息相关。小说的一个主要基调，即对外表俊美之人，有一种本能的抵触心理，而相貌丑怪的人，却常被赋予高尚的人格。

《混沌的夏天》的主线，是围绕主人公二安展开的，其形象是典型的丑与怪的混合体——"鼻塌眼斜，脸大嘴小，白天像个怪物，夜间像个魔鬼"，"还有一股说不清的阴气"。他因缺钱讨不上老婆，偷了站里的网，被父亲严刑拷问。后来，"我"眼里"海神般的"男青年乌里阿浪，谎称野姑娘捕捞海草遇到危险，二安毅然去施救，结果付出了生命的代价。显然，描写二安的丑与怪，是为了反衬其善良的品性，以及乌里阿浪的恶行。二安的死，没有唤起人们的同情，大家只是津津乐道于谁与野姑娘发生了私情，"对此事的兴趣不亚于关心他们自己的穿衣吃饭问题"。通过这些事情，"我"得出结论：二安绝不是坏人，父亲倒更像坏人。而周围的人们，虽然是"一群快乐的人"，但"似乎也很坏，很自私狭隘"。再如《我的野鸭湖》中的纪流，"他是我们沙河湾一带，公认的最漂亮的小伙子。因此，每到一处，他都特别引人注目。但我总觉得他的心灵似乎对不起他的外表"。而在乔翠仙眼里，纪流也"是个坏家伙"，因为他仗着自己漂亮，就欺负她这样的丑姑娘。所以，她认为，"我"的良心要比纪流好。而面对外貌与名声都不佳的乔翠仙，"我"力排众议，"不认为她就是一个真正的坏女人"。

《忧郁的死湖湾》中的老女人与二安类似，也是个外表与心灵恰为悖反的形象。"那个老女人的形象总是像一幅幅怪异的壁画向我扑来"，可是"我"通过自己的观察，重新认识了她。当"我"遭到猫眼老爹凌虐时，老女人不遗余力地呵护

"我"。"从这个时刻开始，我便决定死心塌地与老女人站在一边，甘愿成为她的亲密战友。说来也怪，也是从这个时刻开始，我觉得老女人并不丑陋，甚至还有几分不易察觉的美丽。相反，我觉得我大哥和猫眼老爹的肚子里都装着几分坏水，显得有些阴险。"这除了因老女人爱护我，充满了正义感，还因她看护鱼塘总是尽职尽责。相形之下，与其一块儿看鱼塘的大哥和猫眼老爹，只要丢了鱼就想方设法推卸责任，一同责怪老女人。同二安相似，老女人为了去救遇到风暴袭击的赶海人，毅然献出了生命。这时，越发衬托出了大哥的自私与无情："叫他们别去救了，他们偏要去找死。"

直接把外貌与品行嫁接的美、丑书写，有一种模式化的俗套之嫌。不过，杨杨此举似乎别有深意。首先，这是批判人们对弱势群体侮辱取笑的丑行。以欺凌弱者显示自身的强势，实际上是阿Q式孱弱心理的表征。而小说中所呈现的对生命的漠视，看客般的无聊，更是延续了鲁迅对国民性的批判。

其次，小说中的少年主人公，莫不对成人的善恶界定进行了挑战。也可以认为，少年视角叙事所隐含的，实为通过自己的切身感受，对传统教育进行强烈质疑。《忧郁的死湖湾》中的大哥与猫眼老爹，本身有着明显的人格缺陷，却到处指手画脚，以"道德宪兵"形象出现，对于"我"的教育更是如此。比如，猫眼老爹煞有介事地对大哥说："提醒你一下，要注意辉儿，教育他比教育那些野小子重要。辉儿跟着老女人，我敢肯定，三天就学坏了。""我大哥因此把我拉到排灌站后面教育了几个小时。""我"出于善良，放走了偷鱼娃，"我大哥却装模作样地顺手打了我一个耳光"，"我明白这个耳光的含义是向猫眼老爹表明他教育严厉或大公无私"。可是，大哥毫不顾及"太委屈、太痛苦"的"我"的感受。所以，他们所谓的"教育"，只会激起"我"的反感与反抗，"我因而更加孤独和压抑，也更加渴望自由和快乐"。也正因如此，"我"才更乐于接近备受侮辱的老女人，也只有与外表丑陋，然而心灵美好的她在一起，"安全感与幸福感节节增长，瞬间就充溢到了全身的各个细胞里"。

再次，少年不只是一味叛逆，也会理性地处理问题。在《蚁儿》中，"我"不但不像大人那样因蚁儿身体畸形、举止怪异而排斥他，而是凭自己的体验了解与接近蚁儿。当父亲把蚁儿视为"恶魔"，并让我"好好管教他一下"时，"我"则发现了蚁儿的好多长处，比如夜间捕鱼，虽然很辛苦，但是蚁儿做得很认真。两人在相互的信任中，结下了深厚的友谊。"我"还扮演了诤友的角色，如在发现蚁儿与瓜婆母女的不正常关系后，便告诫他："我们俩像弟兄一样，可不能让谁把路子走歪了。"所以，即使对亲近之人的弱点，少年主人公也不会一味迁就。比如在《忧郁的死湖湾》中，老女人尽管在大哥与猫眼老爹冤枉"我"时，喊出："这世道咋这样不公平？"可是面对二人的欺凌，她却一味退缩，不知反抗。为此，"我真想骂老女人一句：你也太不争气了"。充分表露了哀其不幸、怒其不争的心声。

最后，在对一切都满怀失望的时候，少年选择了离家出走的反抗模式。《陷阱》是一个近乎寓言的故事。在疯传有老虎在水磨村出现的时候，村里派出四个人和"我"一起研究打虎方案。在"我"掉入陷阱大声呼救时，人们要么视而不见，要么只说不动，"一个比一个麻木"，"这真是可怕的事情，比老虎吃人更让我恐怖"。人们非但冷漠，心智也不成熟。在"我"眼里，四个成人"都是头脑简单的人，近乎是四个白痴"，而自己则"脑子比别人聪明"。"我"开始就认为不可能有老虎，后来果真验证了"我"的判断，这不是老虎，而是野猪。"我"相对于成人的睿智，以及由此产生的自信，可见一斑。显然，冷漠无知的人和荒漠一般的文化氛围，都极不利于少年的成长。"我从小就对水磨村很失望。"即使行走在路上，也有这样的危险预感："地面张开了一张阴冷而凶恶的大口把我活生生地吞食下去。"结尾的悲剧，令"我"无限感慨："水磨村真有一口陷阱。"这显然是对压抑、荒芜的生存环境的隐喻。"后来我还是下决心离开了它，直到现在也没有回去看它一眼。也许，水磨村已经老了。"告别故乡，正寓意着"我"开始从迷惑痛苦，走向自信成熟。

当成人尤其是那些品行有亏的成人，以自己的一套礼法成规来施教的时候，必然使孩子心灵发生扭曲，不利于其健康成长。"杞麓湖小说系列"中的少年，在事实中看到了所谓"教育者"的真相，对欺名盗世、巧言令色者进行了强烈的反叛。所以，这些小说在辨别悖谬美丑的书写中，实则隐含着对一切冠冕堂皇却贻害无穷的观念，以及习焉不察的文化陋习的挑战。同时，亦折射出对世间一切真诚与美好的企盼。

循此路向，杨杨在此后的创作中，把对外貌的书写扩展为对人格面具的反思，把对传统教育的质疑扩展为对传统文化的反省，比如在长篇小说《雕天下》中，木雕大师高石美对关羽面具的感受："虽然表现出关羽义胆忠心的精神和威严不凡的气概，但总给人一种噩梦似的幻觉和幽灵般的气息。"这实际上充满了反讽的隐喻，也是对千古流行的关羽形象的解构。面具与人格的关系，已经被精神分析、结构主义，以及文化研究等各界学者充分阐释。对关羽形象的质疑，蕴含着丰富的文化反思信息，也是对传统文化的深入剖析。这种自觉的文化反思意识，可以从"杞麓湖小说系列"中觅到源头。

（三）"罪与罚"情结中的强烈自审意识

杨杨是一个诗人气质颇为浓厚的作家。他的全部创作，都可以说是生命主体情感发酵的结晶。"杞麓湖系列小说"，正是其小说诗化风格的最初试验田。这些作品可以纳入"成长小说"的范畴，不过文中的少年，并没有像同类题材那样，有许多带有传奇色彩的漂泊经历，而主要是从一种心灵的视角，对周围的人和事不断体验，从而不断成长的。主人公由此滋生出的心理波动与扭结，催生了小说浓郁的心灵化特色与诗意风格。正是自觉而深入地对潜意识等心理层面的深入开掘，使作品的价值没有为略显稚嫩的艺术构思与创作手法所遮蔽，而是呈现出一种颇为可贵的风貌，即不仅停留于对世事的批判，而且在对人类原罪予以惩治的同时，具有深刻的自审意识。

面对残酷无情的周遭世界，少年主人公也会强烈爆发。在《驴鬼与鬼驴》中，"你"养了一头颇有灵气的驴子，驴被称为"鬼驴"，受到了"你"的精心呵护。"你"则被人称为"驴鬼"，"其中的微妙之处，一方面说明你精通驴经；另一方面，也包含着人们对你的奚落和戏谑"。后来，父亲说驴的眼睛有邪气，不顾"你"苦苦哀求，坚持要把驴杀掉。将要杀驴时，残忍、暴虐且令人悲哀的一幕再次呈现——"村民们发疯似地敲盆、跺脚、哄笑，他们渴望看到你父亲精彩的屠驴术，他们的双眼因贪婪而充满热情。""你"不忍父亲杀驴，决定亲自动手，不过在巨大的心灵煎熬中，不但挥刀向驴子砍去，同时砍伤了积极鼓动杀驴的村长。驴子死了，"你"逃走了，父亲疯了，村长成了残废。这里，传递出强烈的"罪与罚"意识，即对人类嗜血欲望的惩治。《蚁儿》中费尽心思关照蚁儿的大秦姑娘，一直是一个神秘莫测的人物。在结尾方才揭示，她原是蚁儿的亲姨。因蚁儿是私生子，其母怀孕时曾想尽办法要把他除掉，由于采用民间野蛮的堕胎法，蚁儿生下后畸形。所以大秦说："这些年，我一直心甘情愿在为我姐遭罪呀。"文本的隐含意味在于，蚁儿的母亲未婚先孕，以及残害胎儿的行为，是一种原罪，大秦是替姐赎罪。

不过总的来说，这些小说中，少年主人公的自审意识更为突出。在《混沌的夏天》中，"我"也曾随他人一起取笑二安，但同时又很有同情心，比如父亲残暴地毒打二安时，"二安不时抱住耳朵发出的惨叫声，让我心中发怵，产生人间地狱之感"。除此以外，"我"还产生了这样的心理："每一天的夜晚和早晨，我的入睡和醒来都严重不安，好像犯了什么弥天大罪似的，开始习惯于孤独地与自己的灵魂对话或忏悔。在对话或忏悔时，长时间地产生在床上与毒蛇搏斗的感觉。最后，以我流血而告终。"当二安死去后，"我"为人性的险恶与冷漠感到异常震惊，不过却是从自我体验出发的："那一夜，仿佛从我体内发出了几声既像人又像野兽在绝望时发出的尖叫声。"同样，在《忧郁的死湖湾》中，"我"为丑恶的人性承担痛苦，常常陷入"深深的自责和迷惑"，在潜意识中，"身躯如同掉进了千年的沼泽里，承受着时空施加在我身上的恐惧、冰冷和重压"。这种强烈的自审意识，有时甚至近乎自虐。在《我的野鸭湖》中，"我"放走了将要被马金宝屠戮的鸭子，"我"本来是体现道义良知的一方，但只因鸭腿上绑着马装钱的荷包，"我"陷入了精神困境："生活对于我来说，成了一种负罪，一种折磨。"

以上描写，不由令人想起鲁迅的名言——"我的确时时解剖别人，然而更多的是更无情面地解剖我自己"（《写在〈坟〉后面》），"我自己总觉得我的灵魂里有毒气和鬼气，我极憎恶他，想除去他，而不能"（1924年9月24日致李秉中函）。正如鲁迅研究者所说："在这自我憎恶的深处，正隐藏着对于真诚的、自由的心灵世界的渴望。""这'憎恶'与'渴望'，表现了一种挚爱，令人感动，又给人以难以言状的压抑感。"①总之，"我"的忏悔与自审意识，无处不在，无比深广。《陷阱》中的"我"深陷陷阱，却在形而上的意义上，承担了人类的原罪：

　　　　陷阱，是地狱的代表，据说是宗教法庭用来对罪犯的绝顶惩罚。我不是犯人，却因为极其偶然的一个黑夜，或者说因为防卫老虎而掉了进来，遭此厄运。但我现在不考虑它究竟是不是陷阱，是人挖的，还是天然的，是有意谋杀还是无意伤害，是自己误入绝境，还是

① 钱理群.心灵的探寻[M].石家庄：河北教育出版社，2005：177.

罪责难逃。反正已经进来了，完全陷住了，无论如何挣扎，也难以逃出……眼睛一闭，似乎死了。那是一种何等妙不可言的解脱啊，我在精神和肉体上都同时产生了一种极度的、泰然自若的镇静。

在"杞麓湖系列小说"中所呈现的自审意识，对于一位少年来讲，虽然有些突兀，不过却折射出杨杨对人性之中恶的成分，尤其是自身恶性的异常警觉，这不啻对鲁迅穿越历史时空振聋发聩的声音——"没有吃过人的孩子，或者还有？""救救孩子……"（《狂人日记》）——在新时期的共鸣与回应。在一个缺乏忏悔传统的文化环境里，对一个初出茅庐的年轻作家来说，具有如此深重的忏悔情结与自审意识，是非常难能可贵的。

忏悔与自审，都与"罪与罚"情结密不可分，所以就不难领会杨杨为何那样热衷于描写人性之恶了。不过，还应充分注意到，杨杨以写恶为特征的"审丑"意识，并非对恶的刻意渲染，而是出于对人间博爱的呼唤。著名批评家吴炫认为：

　　　一个小说家的真正可能，不在于他能说新鲜的故事，也不在于他能将这故事说得怎样引人入胜，就像一个作家形成自己的创作个性和风格并不困难一样，就像普通人对同一件生活故事的叙述都可能不一样一样，小说的真正困难，小说的真正形式，如果不将小说家对世界的独特理解和体验包括进来，我们就可以说某某小说家某某小说尚未确立存在，也尚不具备小说的真正价值。[①]

"杞麓湖系列小说"的最终指向，是通过对人性恶的警醒，达到弘扬人性善的

---

① 　吴炫.中国当代文学批判[M].南京；学林出版社，2001：48.

目的，这也构成了杨杨总体创作的底蕴。恶必将为善所征服、取缔，可以说，这正是他对世界的独特理解和体验。

"杞麓湖系列小说"中也不乏对博大悲悯情怀的书写。在《忧郁的死湖湾》中，"我"和大哥曾对家里一只瘦小的鸭子看不顺眼，经常虐待它。可是，当猫眼老爹要拿它下酒时，"我对它的感情却突然变了。在我的心目中，它成了一个值得同情的弱小生灵，从小受尽了鄙视、委屈和折磨，但仍然顽强地生存下来。我决定设法保住它的生命"。在《我的野鸭湖》中，当想象到鸭子将要被无情杀戮时，"我有一种被压得喘不过气来的感觉，就像被割断咽喉一样，全身强烈地颤抖起来，两腿站立不住。天空在我头上摇晃"。充溢着民胞物与的悲悯意识。

在一种生命理想主义的驱遣之下，杨杨笔下的世界，不尽是人间罪恶与噩梦，也有极为美好的诗意场景。在《蚁儿》中，有一段"我"与蚁儿夜间捕鱼的描写，在美妙的景色中，一切阴郁和压抑都被驱散，一个澄明的世界仿佛正在敞开。结尾，虽然"我"家鱼馆因蚁儿的离去关了门，可是在大雨中，"我这才感到全身一旦被淋得透骨冰凉，反而有一种适宜的感觉。之后，我疲倦地躺下，似乎回到了婴儿出生前的那个世界"。雨停后，"我下意识地抬起头，仰望天空，发现有一种令人激动，又引人探索的生活奥秘，宛如炫目的光芒笼罩着这片土地"。这显然寄予着度尽劫波，重回纯真无邪世界的渴望。这样的世界，不啻美好的心灵家园，永久的精神慰藉。杨杨本人在对比成人世界的框架中，把童年杞麓湖予以理想化书写的动机，是清晰可辨的：

> 这个复杂的地方，是我在精神上苦苦追寻的最真实、最真诚、最富有人性的地方。这里的人，是人类最接近自然的那部分——生活在乡村，永远是孩子，永远不"聪明"，永远不知矫饰和势利。在他们

生活中，真诚能战胜虚伪，善良能压倒邪恶，高尚能驱逐卑劣。这个地方与我们现在身处的世界，越离越远，几乎望尘莫及。（《混沌的夏天·后记》）

是啊，人不能永远活在美好的追忆中，毕竟还要面对成年之后的复杂世界；人类为了彻底驱除邪恶，还要不断付出努力与代价。"杞麓湖系列小说"中，少年主人公的美好企盼及其险恶遭遇，也是作家在希望与失望之间，心理极度扭结的呈现。杨杨通过错综复杂的叙事所折射出的寻找家园的努力，与对人类命运的深切忧思，足以令读者反思与回味。

王富仁先生曾对现代文学的几大流派予以形象生动的概括。他以不同生长环境中的鱼来比喻不同的文学：河流中的鱼（主流文学）因路程崎岖而艰辛，能够最终活下来游入江海的不多；海湾中的鱼（海派文学）由于是从外海游进来的，不大适合本地环境，所以生命力也不旺盛；而湖泊中的鱼（京派文学）则与这二者不同，因为"湖在，鱼就在；鱼在，就能生长，就能越长越大"，况且湖里的鱼"几乎从小鱼秧子开始，就有优裕的生活条件，发育是健全的"[1]。这对阐释杨杨的创作非常贴切。

杞麓湖就是杨杨创作的源头，也正因他从来没有远离这一资源丰富的源头，所以取得了颇为丰硕的成果。杨杨在不同领域耕耘不止，他创作的长篇小说《雕天下》，纪实文学《通海大地震真相》，文化散文《小脚舞蹈》等，出版后都引起了较为强烈的反响。这些作品的共同特点是，无不聚焦于作者家乡的风土人情、民风民俗，以浓郁的地域文化色彩独树一帜。杨杨本人，则始终以一种相当执着的姿态，坚守故土，远离任何中心，从而成为独特的个体性存在。用其本人的话讲，他

---

[1] 王富仁. 河流·湖泊·海湾——革命文学、京派文学、海派文学略说 [J]. 中国现代文学研究丛刊，2009（5）.

就像"穿山甲"，从故乡的大地汲取不竭的资源。也正因为拥有生生不息的文学之根，杨杨一直在用家乡的泥土、水、阳光、空气，来反照穹宇之下一切生命体的呼吸和心灵，进而构建了属于自己的别样世界。

在此后的创作中，杨杨对人性内面的剖析，对于形而上层面的关注，都有更为努力的尝试。可以说，他的创作既具有浓郁的地方气息，同时又超越了地域所限，不断突破自我，向更高的精神维度掘进，呈现出深邃丰厚的意蕴。无论怎样，"杞麓湖系列小说"是杨杨文学成长的起点，在神秘诡谲的世事百态书写中，包含了他对世界独特而深切的思考，蕴含着一位优秀作家所应具备的潜质。

二、寓言与现实中的病象剖析——其他短篇小说解读

在收入《混沌的夏天》小说集中的其他短篇中，杨杨延续着"杞麓湖系列小说"的思考，在世纪末景观视野中，他不断尝试不同的写法，时或用寓言体思考人类命运走向，时或以写实笔法关注城乡转变进程中的怪诞现象，既深入挖掘了人性的奥秘，又对人类文明进程进行了独特的探索。

（一）超现实主义的忧思

《美神阿扎拉》的寓言化特征十分明显，具有浓郁的超现实主义色彩。齐云寨的男人，发誓要把凤凰岛的鞑靼人首领阿扎拉抢来做压寨夫人，除了因其是美女，还因为只有阿扎拉才知道通往金银宝库的机关。而在寨子里女人的心目中，阿扎拉是一位真正的男人，他强壮俊美，胸怀广阔。阿扎拉终于被抢来了，男人们发现他真的是一个男人，于是对其大加折磨，发泄仇恨。女人们则为阿扎拉的遭遇痛惜担

忧。当阿扎拉在意识混沌、无法自控的情况下，说出了宝库的地点后，贪婪的男人都去掠夺财物，女人则借机救出了阿扎拉，并与其一起远走高飞。关于女人心理的描写，意味深长："她们认为采取这种行动不是轻浮和堕落，即使是轻浮和堕落，被自己的男人羞辱，被后人唾骂，她们仍然认为是幸福和美丽的，至少像一朵朵热烈、灿烂、迷人的罂粟花。"女人们的选择是违背日常伦理规范的，而她们甘愿做"热烈、灿烂、迷人的罂粟花"，充满了争取个体生命自由的强烈渴望，这显然具有波德莱尔笔下"恶之花"的意味。再者，在面对以男人为代表的贪婪恶性的时候，她们只能以这种悖反性的"恶魔性"，来加以对抗。除此以外，阿扎拉拥有雌雄同体的审美风貌，以及女人对虚弱而憔悴的阿扎拉的一些举动，也颇有世纪末情调："他们每个人的眼睛放肆地在阿扎拉身上游动……有的女人还俯下身子，轻轻伸出自己压抑不住的长舌，舔一舔他干裂的嘴唇。别的女人也不嫉妒，因为在他的嘴唇湿润的瞬间，他更大的魅力像喷薄而出的朝阳，已撼动和冲击着她们的心。"这不由令人想起唯美主义大师王尔德《莎乐美》中，公主对心仪之人被砍下的头颅予以亲吻的经典场景。总之，齐云寨的女人，在掺杂着道德愧疚，然而却是奔向理想家园的过程中，不乏颓废—唯美色彩的欲望喷涌，颇有些世纪末纵情狂欢的味道。

　　除却浓墨重彩的浪漫色彩，令人深思的是，生长并一直坚守于滇中大地的杨杨，何以要刻画阿扎拉这样一位来自蒙古大草原的北国英雄，并对其充满了仰慕之情？这与他本人对生命家园的忧思是密不可分的。初登文坛的杨杨甫一涉笔，便对新千年的临近，以及伴随现代文明发展而衍生的"世纪病"产生了深切的关注。为此，他把故乡作为自己永恒的心灵慰藉："我心中的那个地方是童年生活的故乡。""这些隐蔽的生命就是我的小说的出发点。"在"杞麓湖系列小说"，以及《通海秀山——秀甲南滇的文化名城》等文化散文中，杨杨都为家乡的生态环境日益受到工业污染等现代性衍生的问题而表现得忧心忡忡。那么，把阿扎拉这一充满理想主义色彩的人物设置在遥远的背景环境之中，也许寓意着对寻觅理想精神家园的渴望，并预示着这一过程的无比艰难吧。

《守石人》也有典型的寓言色彩。一位铁路员工，孤身一人守护着山谷中的小站。枯燥乏味的工作，使他刚到这里一年，就好像老了十岁。他对工作不满，进而诅咒人生。后来，在妻子的体贴与鼓励下，他坚定地安下心来。同时，美好的大自然，成了他的心灵慰藉，小动物经常光顾他的小站，与他成了好朋友。就在值最后一班岗的时候，他的精神达到了至为高远的境界：面对飞驰的列车，"他激动起来，体内涌动着一种奇怪而强烈的感觉，似乎是一种时光流逝感，又似乎是一种追求和享受到美好人生的幸福感。继而，他确凿地捕捉到，这是一种不可名状的崇高感和责任感"。为此，他感叹道："为啥最后一天才有这般纯粹而美妙的感觉。"在看似单纯的构思中，作者对于人类命运的终极问题，做了独特的思考——我们难道非要到世纪末日那一天，才能反思：是否对自然万物充满感恩情怀，又是否知道如何履行人之所以为人的责任呢？果其如此，人类的生存状态，就足以堪忧了。

通过这些超现实主义色彩鲜明的寓言化小说，明显可以看出杨杨以隐喻的手法，表现出对人类命运的忧思。

（二）对"世纪病"的密切关注

杨杨除了寓言化色彩鲜明的小说，还对 20 世纪末纷繁复杂、光怪陆离的现实生活中的"世纪病"现象予以密切关注。《名医》中的郭见明，本是一介庸医，却不经意间时来运转。因偶然医好了酒醉的高厂长，各种酒醉之徒络绎不绝来寻他医治。此后，郭见明写出了《酒醉临床观察与分析报告》，出版专著《酒醉防止必读》，成立了"酒醉防治中心"并出任主任，由此成了一代"名医"。通过郭见明的发达之路，《名医》对无酒不办事的"酒精外交"的时代病症予以了犀利的讽刺。《老贾》中的老贾，是专治痈疮的医生，他崇尚虚无主义、实用主义与拜金主义，不相信世上有钱买不到的东西。秉持着如此人生观与价值观，老贾从县医院回家创业，一路春风得意，以"洪旦"为名，先后开办卫生室、卫生所、卫生院，并终由华侨捐资，成立中亚洪旦医院。被老贾称为医科大学高才生的女儿，对许多医学常识实际上一窍不通，却在父亲的安排下到县医院实习。最后，女儿闹出了把怀孕错认为肿瘤的荒唐笑话。"洪旦"，荒诞之谓也。不过，在看似荒诞的背后，却别有现实所指。金钱至上、弄虚作假，显然是功利主义之风盛行的世纪末怪现状。文本颇具笔记小说风貌，虚实相间，隐现着对现实的批判锋芒。

"在中国近现代文学中，医生和医院的形象以及由此关联的医学内容，不时地被作家和文学作为想象资源，作为一种承担着历史与美学内容的'意义载体'，进入文学的想象与叙事中，对某些重要文学主题、意象和叙事模式的形成，产生了一定的参与和影响作用，并构成为一种有意味的文学史现象。"[①]而把医生与医院的形象，放在世纪末的大背景之中，更有了诊治特定时代病症的意味。开启了20世纪文学现代性的晚清小说《老残游记》，就是以江湖医生老残的视角，对世纪末中国的种种病象予以穷形尽相的展示。尽管取材与指涉皆有不同，但《名医》与《老贾》，以百年后的世纪末怪象，呼应了《老残游记》的主题。

如果说，上述作品多以象征的手法，对世纪末问题进行了较为宏观和抽象的思考，杨杨在短篇创作中还洞隐烛微，对人们在世纪末心灵世界的变异予以了深切的探寻。《孤独的老洋房》，写的是一位在城乡生活转换中无所适从的老人的悲剧。老满金的儿子荣升副县长，把他从乡下接到了城里，让他住上了装修一新、设施齐全的老洋房。起初，老满金为儿子自豪，也对新生活颇为满意，不断夸自己命好，

---

① 逄增玉. 文学现象与文学史风景 [M]. 北京：商务印书馆，2011：70.

然而事态很快就有了变化。他最大的痛苦，是觉得孤独。虽然也不时有人上门，但都是为了自身利益来求儿子办事的。而附近的住户，"都是行色匆匆的，像被时间拴着走一样"。"老满金想，如今社会上的人咋啦？都生怪病啦，没长舌头啦，不说话，不怕闷死吗？"在"我的家到底在哪儿"的困惑中，老满金的行为越发怪诞，他不停地敲邻居的门，当邻居问"你找谁"，"老满金讨人说话的目的达到了，立即赔着笑脸说，我找我"。就算邻居表达了恼怒与惊讶，甚至骂他"老疯子"，也让他无比享受。可是，没人与他有更多的交流。"没有了家，没有了邻居，老满金成了茫茫大海中一块偶尔露出水面的小礁石。老满金开始考虑自己到了阴间以后的生活。"为此，他开始不停地为自己烧锡箔，欲在阴间享用。此后，儿子因贪污受贿被立案侦查，老满金彻底绝望了，他把全部锡箔放在楼板上点着，随老洋房一起走向了毁灭。老满金的命运，深切地揭示出当代都市的典型病症：在钢筋水泥的丛林中，每个家庭都成为封闭的个体，乡土中国自然和谐、其乐融融的人情往来，则近乎奢望。城里人们不爱交往，不爱说话，也与生存压力大有关。大家为了物质生活而奔忙，失却了那份率真的自我、自由的本心。而围绕儿子及其社会网络的书写，则把市场经济背景下，人们在过度的名利追求中迷失自我的现象充分展示了出来。

与《孤独的老洋房》异曲同工的是《耻辱或荣誉》，同样书写了一位患上"城市不适症"的老人。母亲进城后，儿子六根一再跟她强调，城里人讲卫生，一定要改掉在家随地吐痰的坏习惯，因为那样要被罚款。于是，在客车上发生了令人震惊的事情：老人晕车，但因怕被罚而不敢吐在车上，竟硬生生把呕吐物咽了回去。此事在城里闹得沸沸扬扬，"小城的人似乎被根母的呕吐事件吸引住了，像分享美味蛋糕一样分享着呕吐事件的有关秘密"。六根单位的人，也为此好奇地求证于六根，让他如实叙说。"叙说之后，人们或兴叹，或欣赏似地咂咂嘴巴"。当六根与媳妇都被人笑话不已时，母亲还不断给家里制造难堪：憨直的她，常为六根说的"城里的厕所也要比农村的厨房干净"而好奇，不惜亲自到厕所去验证，这同样引起了好事者的指指点点。六根为此苦恼不已："他总觉得自己做错了什么事情，自己始终像个犯人。转念一想，又觉得自己把母亲接到城里来开开眼界，享享清福，这有什么过错？但究竟错在哪里呢？难道是母亲错了？"为此，六根把母亲管制起来，"根母被锁在屋里，像一个逃不掉的幽灵"。后来，事情有了戏剧性的转折，由于呕吐事件，母亲被当作讲文明卫生的典型，被报纸予以正面报道。可是最终，"根母的生命似乎承担不起那份属于她的耻辱或荣誉，在人们不经意的时候，悄然轻快地离开了人世"。六根一家，不经意间被抛入城里人话语暴力的洪流之中。悲剧的书写，也是城市／乡村、看／被看、能指／所指相纠结的新时代病症的折射。

意味深长的是，与《孤独的老洋房》中的老满金一样，是城市夺去了《耻辱或荣誉》中母亲的生命。不同的是，前者重在讽刺人情的冷漠与物欲的泛滥，后者则着意于对无聊看客以及畸变媒体的谴责。总的来看，这两篇小说中的主人公，与茅盾《子夜》中初到城市的吴老太爷，在光怪陆离的景观刺激下因极其不适而死不同。从来自乡村的老派人物的角度，来揭示城乡二元对立，自是中国现当代文学的题中应有之义。杨杨则把这样的主题，放置在世纪末的坐标轴中，从而独特地揭示了城市化进程中的种种异化现象，对人性的扭曲和对淳朴的原初文明的侵蚀，具有强烈的批判锋芒。

20世纪90年代的中国，正经历巨大的变迁。"充满了跌宕起伏、乍惊乍喜的20世纪中国文学，往往是出人意料地上演着一幕幕悲喜剧，已经到了90年代，到了令人黯然的世纪末"，"猝不及防地，市场经济的浪潮，把文学也裹挟其中，曾经为改革开放而摇旗呐喊、冲锋陷阵的作家，在市场经济的现实推进到他们面前的时候，却意外地产生了惶惑，感到了迷乱，出现了新的分化、调整和新的选择"①。市场经济极大促进了消费主义的繁衍，引发了文化与伦理的强烈震动。过度的物欲追求，促进了作家对人情、人性变异的思考，尤其对"人心不古"的现象进行了猛烈批判。此外，生态文明因经济发展而日趋恶化，也受到强烈关注。杨杨在这样一个关口走上创作旅途，必然受到时代和文学思潮的影响。况且，杨杨是一个学者型的作家，具有浓烈的哲学思辨意识。他对于临近的新千年，以及伴随现代文明发展而衍生的"世纪病"，产生独特的个性化思考，也是很自然的事情。且看他在小说集《混沌的夏天》后记中所表达的忧虑：

> 现代文明给我们带来了高楼大厦、汽车飞机、冰箱电梯等，使我们过上秩序井然、称心惬意的生活，但同时也带来了环境污染、孤独恐惧等世纪疾病。当人与人之间的沟通已成奢望，当我们逐渐沦为精神孤儿之后，我们该去"窥视"什么？关注什么？
>
> 我们该去窥视自己的"家"，关注自己的"家"，探索自己的"家"，那个完全属于自己，又远离自己的"家"。
>
> 这个"家"，就是我心中那个特殊的地方。
>
> 当我在创作的时候，我自由地进入或回归家中，远离喧嚣、堕落的世界，进入一个不断使我欢欣、平静、丰富、理智的心灵世界。

毋庸讳言，世纪末的中国，在高歌猛进的商品经济大潮中，亦滋生了一些相生相伴于现代文明发展的弊病，出现了一些典型的病象。这种病象，说到底还是关乎人类心灵的，如何使人性与文明处于和谐安适中，是摆在世纪之交中国作家面前一

---

① 张志忠.1993：世纪末的喧哗 [M]. 济南：山东教育出版社，1998：285.

道艰巨的题目。初入文坛的杨杨，敏锐地捕捉到了这一问题，并切实地做出了独特的思考，这也是其可贵之处。总之，杨杨甫登文坛，便在世纪末景观视域下，在短篇小说创作中，对于人性和人类的命运等终极问题予以了深切的关注。这为其后来的创作，奠定了宽广的基础。

第二节　中篇小说：深沉的命运求索

为了加大对人性与现实的探寻力度，杨杨渐渐扩展小说的篇幅，即由短篇小说向中篇小说进发。《巫蛊之家》着眼于对人性中鬼气即阴暗面的挖掘。小说从一位耄耋之年的学者视角出发，以倒叙形式讲述他早年在滇南的学术考察历程。某个傣族村寨中的巫蛊文化，使其考察陷入了鬼气弥漫的神秘谜团中。作品在竭力感知世界的神秘氛围中，昭示了人性的痼疾，与他的某些短篇小说一样，呈现出浓郁的世纪末风格。《飘来飘去的那条金路》，主题涉及当今青年路向的选择、原始村寨的发展、农民工在城市的境遇、传统文化的传承等一系列现实问题，具有更为鲜明的现实意义。两篇作品的鲜明特点，即都在浓郁的象征氛围中，呈现出对人类命运的深沉求索。一个成熟作家的标志，正是在不断的心灵扭结中，对世界进行不倦的深入探寻。从短篇向中篇的创作历程，可见杨杨在这方面的努力。

一、人"鬼"纠缠中的真诚呼唤——《巫蛊之家》解读

鬼在中国古典小说尤其是《聊斋志异》等作品中，往往是"人"的另一自我的折射，是人更为深邃和幽暗层面的显现。杨杨于 2005 年创作的中篇小说《巫蛊之家》，进一步开掘了短篇小说中弥漫的"鬼气"，从学者考察傣族村寨的神秘氛围之中，来挖掘深层的人性。作品在竭力感知世界的神秘氛围中，昭示人性的痼疾，呈现出对美好人性的真诚呼唤。杨杨一方面着力于对人性恶的描摹，一方面重视挖

掘人性中不易被觉察的隐秘因素。人物往往在遭难、作恶、忏悔中，呈现出矛盾复杂的心理特征。

（一）对冷漠人性的批判

在《巫蛊之家》中，年轻时的姜教授与助手苏克林，刚一来到傣族村寨白心寨，就陷入了当地特有的巫蛊文化的神秘谜团中。"我刚入此地时，就感受到了弥漫在这里的诡异气氛，再加上水土不服，多次卧病不起。""现在回想起来，我们在白心寨的日子，真是错综复杂，每天似乎都充满了悬念和荒诞的气息。"诡异的气氛及由此引发的疾病，预示着不祥之事的发生。二人来到达诺家，作为一家主妇的达诺十分热情好客，为患病的姜教授熬药，并为其早日康复祈祷。"达诺"这一名字，原意是"虎口余生之人"，父母给她起这样的名字，是祈望她一生不会遇到妖魔鬼怪的侵害。达诺一家，是"一个表现了人类精神的美好家庭"。可是自姜、苏二人到来后，"达诺的命运开始急速下转，她的名字不再表示自己是个'虎口余生之人'，而成了一个污秽、恐怖和可耻的'琵琶鬼'，这相当于汉人所说的'蛊婆''放蛊女'"。

在浓重的神秘气氛笼罩下，达诺到底是不是蛊婆或放蛊女并无详述。无论怎样，当地人们就这样断然判定了其身份，并认为蛊婆与灾星、恶煞和魔鬼一样，"因此，达诺理所当然地受到了人们的怀疑和仇视"。"处处都暗藏着她的敌人，人人都对她充满了仇恨。但她什么也看不到，什么也抓不到，谁也说不清楚是什么人把她推进了灾祸之中。"尤为令人震撼的是，达诺的儿女在其神秘死亡后的种种说辞与行为。姜教授如此慨叹："达诺的儿女们似乎各有苦衷和打算，要么避重就轻，推卸责任；要么颠三倒四，错漏百出；要么满口谎言，自相矛盾。他们是如何做儿女的？""他们后来为什么不保护自己的母亲呢……那曾经是一个多么美好的家庭啊，怎么一下子就消失了呢？"

的确，关于达诺的悲剧命运，从达诺儿女与白心寨村民众多人物的视角进行了回溯式的讲述，由于这些讲述彼此抵牾，而给人模糊不清、混乱错综的印象。这里有作家刻意为之的后现代拼贴式写法，使得达诺的死亡事件成了叙事的迷宫，为本就模糊的主题增添了强烈的暧昧色彩。不过，达诺之死是一幕悲剧，则是确定无疑的。尤其是达诺小女儿玉腊所叙述的母亲是被大哥岩稳害死的，更令人震惊。此外，在姜教授晚年看到的一本书中，还如此记述了达诺全家的悲惨遭遇：大儿子岩稳害死了达诺，二儿子岩醒砍死了岩稳与嫂子后自杀，小儿子岩相因抗拒村民逼迫他交出蛊虫而被乱棍打死，大女儿玉罕则被官府以"蛊妇"为名枪毙。

达诺一家的不幸还在延续。在小说的最后部分，已逾古稀之年、在养老院里的玉腊，在写给姜教授的信中，讲述了她与苏克林的遭遇。当年，苏克林爱上了玉腊，并把她从险境中解救出来。他们来到北平后，苏克林成为大学教授，玉腊做家庭主妇相夫教子。两人本来和谐美满，可是后来苏克林却患上重病。他听信了一位老中医的话，认为由于玉腊是放蛊女的女儿，才使自己中蛊患病。此后，苏克林一直在寻找对付巫蛊的方法，却因陷入精神的迷狂而失业。玉腊为维持生计到外面当保姆，而他们的孩子则活活饿死在苏克林的手里。苏克林后来被送至精神病院，最终凄惨地死去。玉腊一直申辩自己与巫蛊毫无关联，可是就在苏克林死后，还是有人认为她是蛊女，是她害死了丈夫与儿子。距离达诺一家的悲剧已经过去五六十年，人们的偏见竟仍如此顽固，为此玉腊感慨道："我感到每天的空气是那样紧张，几乎没人与我说话，我孤苦伶仃，没有方向，没有灵魂，感受不到生活的真正滋味……我最怕见人，别人也怕见我。在许多人的眼里，我依然是云南的一个琵琶鬼。"而玉腊向姜教授发出的疑问，仿佛充满了悲愤的"天问"——"我认为，巫蛊固然可怕，但迷信巫蛊的人更加可怕，您说对不对？"

达诺一家的悲剧如何发生，究竟与巫蛊有何关联？文本中的记述扑朔迷离，暧昧不明。而玉腊所说的"迷信巫蛊的人更加可怕"，颇耐人回味。巫蛊现象本身带有独特地域文化的神秘色彩，这种神秘性从科学的角度来说，尚有待破解。充满神秘性的地域文化，以其丰富的奇幻色彩，备受文学家的青睐，比如对当代中国作家影响颇大的马尔克斯，其魔幻现实主义小说，就是描写神秘地域文化的典型代表。在《巫蛊之家》中，作家的创作本意，是要对巫蛊这种地域文化现象进行深入挖掘。杨杨在《附录：我的写作日记》（收入中篇小说集《巫蛊之家》，安徽文艺出版社 2010 年版）中这样描述写作的动机：

> 在写作本篇的时候，我思考的是地域问题，即遗留异域色彩与保留独特文化气质的属地。在写作中，我不得不努力学习地方知识。在我的小说里，地方知识指的是地方与众不同的事物，比如仪式、物件、风俗、典籍之类蕴藏着的形而上意义，更多地带有人类学的色彩。我一直有一种偏见：一个地域写作者首先是一个人类学者，他得知道本地的事物，本地事物中的形而上意义、本地精神。

然而，作品实际上所呈现的面貌及其寓意，与此初衷颇有龃龉。也就是说，小说并未能从人类学意义上，对巫蛊这种地域文化做出确切的解读。不过，《附录》中这样的话——"十天时间，我在巫蛊文化中摸索，从光明中走进黑暗，再从黑暗中走进光明，最后又回到黑暗。这就是我的基本感受。"——却凸显了作者所追求的"形而上意义"，即虽然对巫蛊文化的学理性探寻收效甚微，却在人们对巫蛊文化的态度中，对人性层面进行了相对深入的开掘。实际上，这也是作品最大的成功之处，因为小说毕竟是小说，而不是学术研究。

也正是在对人性的发掘上，玉腊所说的"迷信巫蛊的人更加可怕"，与杨杨所说的"最后又回到黑暗"发生了对接。显然，《巫蛊之家》在显在层面上，充分渲染了云南当地特有的巫蛊现象给人带来的不幸；而在隐在层面，则在一片神秘的氛围中，强调了人与人之间的隔膜、仇视，以及由此导致的命运无常和人类悲剧。人们非但谈巫蛊而色变，而且人为地将人间的不幸归结于此，进而任意将"蛊女"的帽子扣在无辜之人的头上。如果说，达诺是否为蛊女尚属于隐晦不明，那么玉腊的自述，则雄辩地证明了她绝非蛊女。实际上，《巫蛊之家》彰显了杨杨小说创作的主旨：一方面，人类常陷入不能主宰自身命运的荒诞境遇；另一方面，人性的冷漠无情是现实悲剧的根源所在。

（二）对外来知识者的质疑

更为吊诡的是，杨杨的创作构想，具有明显的文化人类学的学理性思维，可是文本却对以姜教授、苏克林为代表的知识者及其行为进行了极大的质疑。姜教授也曾疑惑，他们的闯入，怎么会导致一个美好的家庭发生悲剧？致力于学术研究的姜教授与苏克林，究竟与达诺一家的命运有何直接关联，同样晦暗不明。但是，他们的到来，与悲剧上演之间的关系，确实隐藏着值得破解的密码，这也是解读这篇神秘而晦涩的作品的核心。在姜教授晚年的回忆中，有这样的记载："我们的调查工作并未受到过多的影响。当我的病情基本痊愈而且好像已经适应了当地的水土之后，我们离开了白心寨，每天仍按部就班地进行自己的调查工作，并最终顺利地返回了学校，取得了比较丰硕的成果，受到了学校的嘉奖，获得了国内外学术界的赞誉。"他与苏克林虽然也为达诺一家有过担忧，但是显然还有更令他们倾心的东西，如在苏克林的记录本中，"其中关于'佛与魔'的那些零散记录"，"这部分内容主要是记录达诺一家人的精神与物质生活，特别是他们在巫蛊文化笼罩下的阴影、憧憬和死亡"。面对凄惨的人间悲剧，这样客观而冷静的"记录"，实在令人不寒而栗！姜教授对云南巫蛊文化所做的总结，更令人深思：

　　虽然没有取得预想中的研究成果，但我对自己的探索和思考还比较满意。因为我基本弄清了达诺一家人悲惨命运的现实性和必然性。即在当时那种严酷的社会现实之中，巫蛊与人们的关系如同黑暗与黑夜的关系。人们因为生活在巫蛊的阴影下，而愈加显示出自己无比黑暗和险恶的心理现实和心理本质，有如黑夜的来临，使本来黑暗的事物更加黑暗，更加接近其真实面目。二者一旦搅和在一起，相互依存，相互掩饰，相辅相成，而愈加表现出各自的强大力量。达诺一家人的悲惨命运就寓于两种力量的搅和之中，是现实的，也是必然的结果。

　　如果说，姜教授的总结，可以在某种程度上揭示巫蛊文化的奥秘，那么"无比黑暗和险恶的心理现实和心理本质"，是否也适用于姜教授呢？姜、苏二人，对于在其危难之际帮助他们的达诺，非但没有感恩，竟利用达诺一家的悲剧，为自己换取了学术荣誉，以此作为走向成功的阶梯！达诺一家的灾难，在这种格外理性而又近乎冷酷的分析中，似乎只是一个可供研究的学术切片，从中看不到一丝基于人道主义的同情与关怀。

　　姜教授的言行，如果不细加体察，既可能被忽略，也可能被误读，即可以归结为因作家对当地文化的迷恋，而做出的对于巫蛊的阐释。如果说，周围的普通人对达诺一家的不幸，自有不能忽视的作用，姜教授和苏克林作为原始村寨的闯入者，其冷漠的知识考古般的所谓"科学"态度，同样代表了人性之恶的一面，而这种打着科学旗号的恶性，更值得人深思和警惕。正如当地人如此回答姜教授的调查："那是你们自己的故事，是真是假，只需你们自己问自己。"小说对于巫蛊文化，对于达诺一家的悲剧，没有一个明确的答案，这其实也是知识无法穷尽世上神秘事物的隐喻。可是，姜、苏二人在调查中，却一直受强烈的功利化心态所支配。正如玉腊所说："苏克林把我视为敌人、妖魔。他说他一定要用他的知识和力量来战胜我的巫术。"玉腊本身就是无辜的假想敌，苏的想法就更显其可笑与可悲了。

以科学知识为基石的现代文明，固然给人类带来了无尽的财富，可是其负面作用也日益凸显。人类的贪婪与暴虐，为自身带来了许多灾难，这是杨杨创作念兹在兹的主题，其早期的短篇小说，就明显流露出对城市化所产生的问题以及对生态不断遭到破坏的关注。进而言之，文明的扩张，为何总是与灾难相伴，是《巫蛊之家》给予读者的思索。进化中的人类文明，为未经污染的化外文明带去灾难，这显然呼应了卢梭那个经典的命题："出自造物主之手的东西，都是好的，而一到了人的手里，就全变坏了。"① 在原始的山寨中发生的故事，呈现出现代性的巨大悖论。正是在这个意义上，才可以理解姜教授等人的到来，缘何打破了淳朴边寨的宁静，令达诺一家陷入了悲惨的境地。

（三）对负罪者暧昧反省的拷问

晚年的姜教授，对达诺一家的命运有了一定的反省：

> 现在，我老了，我一次又一次地回想起那些奇事，想起白心寨，想起达诺，想起达诺一家人的悲惨命运……最近一段时间以来，我的每一天都是由回忆组成的。是啊，那既是一次完整的学术考察，也是

---

① 　【法】卢梭. 爱弥儿（上卷）[M]. 李平沤，译. 北京：商务印书馆，1978：5.

一次心灵的旅行。但为什么我一直有意无意地忽视了达诺一家人的悲惨命运与我的学术研究的关系，忽视了那些奇事背后的文化秘密呢？

那个时候，我和苏克林都太年轻，太单纯了。现在想想，我那时才23岁，而苏克林刚满20岁，怎么有能力去碰触那些关于人类心灵深处的阴暗和灾难呢？

不过，第一人称叙事者的这一解释是较为暧昧的。是年纪决定了他们对达诺一家的悲惨命运视而不见吗？其实，还是他们的贪欲使然。

晚年的姜教授，还是要把关于巫蛊的研究进行下去，此处的描写颇有意味："我的研究工作在不久以后的一天下午开始了。那天，我的书房里有一种葬礼般的喧嚣和肃穆。"这显然预示着其工作的悲剧性质。这时，笔记本上落了一只从窗口爬进来的蟋蟀。"蟋蟀用它的前足，死死地抓住那个老式笔记本，不准我打开，似乎里面全是它的隐私……蟋蟀发出一种略带鬼气的叫声，颤抖着，但并不畏惧我，它一直用黑黑的眼珠仰望着我，意思是恳求我不要再惊动那些隐匿在故纸里的亡灵。"当蟋蟀爬走后，"我突然想到，我不能把达诺一家人的悲惨事实重现在阳光下，这样赤裸裸地暴露他们的隐私，是残酷的，不道德的"。这似乎在暗示，姜教授意识到自己的行为，是造成达诺一家悲剧的根源。当姜教授回望历史，为神秘的往事不得其解时，"那只蟋蟀又从窗口跳进来，落在我的手臂上。它死死抓住我的衣领……发出像鬼一样的叫声。随后，他又跳到桌面上，黑眼睛盯着我，似乎要说话。很长一段时间之后，那只蟋蟀绝望地跳出了窗外"。为此，姜教授感慨道："是啊，我老了。82岁的人了，病魔缠身，老眼昏花，糊里糊涂的，还研究什么云南巫蛊？"这里，老人的忏悔意识似乎又发生了摇摆，即从自我出发，而没有顾及到达诺一家的悲惨命运。这也强化了这样的意旨：人类清醒地意识到并真诚地忏悔自己的罪愆，是多么困难的事情！尤其是玉腊在写给姜教授的信中，有这样的话：
"只有您同情我们一家人的遭遇，现在仍在为我们喊冤叫屈，为我们呐喊奔走。"
从受害者的角度，模糊了姜教授在达诺一家悲剧中的作用，更增添了巨大的反讽。

"我还想借助玉腊的力量继续研究云南巫蛊，还想叩问这个时代为何还有巫蛊
生存的土壤。但我的大脑越来越混乱了，我已处于弥留之际，我恐怕也是中蛊了
吧？"年老体衰的姜教授，是人类走向衰颓的隐喻。此刻的巫蛊与中蛊，不但是特
有的地域文化现象，而且是整个人类痼疾的折射。其深刻寓意即在于：人性的冷漠
与暴虐及由此带来的恶果，超过了伴随巫蛊所产生的愚昧，所以更值得警惕。

杨杨的小说创作，经常具有一种诡异的氛围。通过对不同荒诞事件以及畸形人
性的书写，他对世界的隐秘进行了不懈的挖掘。他的笔下，丑、恶、怪层出不穷，
这不等于他的美学趣味发生了偏差，从而沉醉其中而不能自拔。实际上，正是有了
这样的书写和揭示，才看出他对一个美好的世界是如何充满了无限的渴望！总之，
迷雾重重的《巫蛊之家》，把"杞麓湖系列小说"中的鬼气，播撒得更为浓郁，在
鲜明的荒诞悲剧氛围中，提出了人类如何避免从文明走向衰落的深刻命题。杨杨在
探寻人类命运方面的努力，值得关注。

二、精神圣地的不懈追寻——《飘来飘去的那条金路》解读

杨杨的中篇小说，在浓郁的象征氛围中，不乏对现实的强烈关注。《飘来飘去
的那条金路》（简称《金路》）的主旨显然具有浓郁的象征色彩，不过主要将故事
设置在更为具体的环境之中，通过书写一名农村青年在城市与村寨之间的经历与困
惑，折射出当今城乡发展中的相关问题，对底层人民给予了深切的同情。小说围绕

关于"金路"的传说，展开了关于理想与现实的深层对话，体现了寻找精神家园的不懈追求，反映了知识分子的自省与追问意识。作品在写实主调的基础上，呈现出色彩斑斓的审美风貌，具有较强的艺术感染力。作品牵涉到原始村寨发展、传统文化传承、农民工境遇、当代青年人生路向选择等现实问题，因此具有更为鲜明的现实意义。在某种程度上，此作可视为杨杨本人的一篇"自传"，即作为在杞麓湖边的乡村成长、现在还在通海县城定居的作家，对于他所看到的城市发展所带来的一系列问题的深入思考。《金路》也可以视为杨杨寻找精神圣地的一次探索，对于永远行进在探索途中的他来讲，这个家园既"完全属于自己"，又"远离自己"。不懈地寻找心目中的精神圣地，进而对人类命运予以深切的关注，可视为杨杨创作的不竭动力。

（一）城乡踯躅间的家园迷思

《金路》开篇即为："我在这个大城市不知生活了多少年。我是个农民，我不得不承认我很傻。我搞不懂的事情越来越多。"全篇写的就是从腊卡寨走出来的"我"，在城乡之间的生活转换，及由此产生的精神困惑。

在"我"十七岁那年，一位姓刘的大学老师来到寨里，"表示要帮我打开眼界"，带我到她所在的大城市看看。于是，"我"便成为腊卡寨第一个走进城市的年轻人。进城后，"我"先在刘老师帮助下到洪老板的饭店打工，结识了赵四小姐并与其相爱。后来，对方生下一男孩儿，当"我"以为这是自己的孩子并为此而高兴时，洪老板却说孩子是他的。在洪老板的威胁之下，"我"不得不离开饭店，到工地打工。在经历了维权未果等风波后，无奈的"我"又回到了腊卡寨，可是却发现不但寨子已今非昔比，自己也没有立足之处了。在经历了妹夫与"我"的同学为竞选村委会主任而上演的闹剧之后，心力交瘁的"我"百感交集："我有一种异样的感觉。我该离开新腊卡寨了。这里哪是我的家！"可是，当重返城市后，"我"又遭遇了严酷的现实。通过一位花店女老板的叙述，"我"知道了赵四小姐原来是一名大学生，曾被洪老板包养，而那个孩子是洪与妻子借腹生子的产物。后来，孩子由于失明，又被洪退还给了赵四小姐。虽然最后与赵四小姐破镜重圆，但"我"对城乡之间的选择，对人生路向的探寻，却都充满了迷茫。

显然，《金路》以其独特的故事演绎，既对底层人物寄予了无限的同情，同时也揭示了人类寻找精神家园所面临的终极困惑——我是谁？我从哪里来，要到哪里去？旧腊卡寨是原始、封闭的文化生态的隐喻，据说那里的女人有一种魔法，能让男人"只专注于她们，沉迷于家中而不想外出"，"致使这里的男人与外界失去了应有的联系"。在传统的农耕文明中，"农民没有历史观念，也就是没有现代性观念支配下的线性的物理时间观念和抽象的进步观念"①。而在小说的前半部分，"我"在城市的所见所闻，充分体现出一个农村游子初到城市的新鲜、刺激之感，这是完全不同的带有"现代性"印记的文化体验，比如对城市女性的描绘："她们每个人都像在某种魔法中步行，来来往往，神秘莫测。"再如对城市的亲近欲望："我无法控制自己内心的欢喜和融入其中的渴望之情。如此新鲜而又令人陶醉的地方，我们腊卡寨的人竟然没有发现？没有谁来过？我感到异常震惊。""我决心从此以后再也不离开这个迷人的地方了。我想，在这座巨大的城市里，我将生活得更好、更快乐。"然而，饭店里上演的阴谋与爱情故事，让"我"初次领略了都市真实的样貌。"我"的天真，还连累了妹妹。"我"把妹妹从腊卡寨带到城里发廊，没想到这里是藏污纳垢之所。妹妹寻求解脱，却被人拐卖到边远山村，被迫与现在的妹夫成家。在赵四小姐的帮助下，妹妹与妹夫才回到腊卡寨定居。这都促使"我"的心态发生了变化："我开始害怕这个城市。""它离我们那么近，却不是我们的；它

①　张柠.中国当代文学与文化研究[M].北京：北京师范大学出版社，2008：88.

越来越大，有那么多的楼房，却没有一间是我的安身之所。"

当代中国，越来越多的农民涌入城市，农民工的境遇问题，也逐渐引起了普遍的关注。《金路》设置的另一个场景，便是聚集较多农民工的工地。在这里，"我"遇到了老板拖欠工资的事，而且当一位工友坠楼而死后，老板也极其冷漠，不予处置。最后，问题没有解决，老板却消失了。如果说，"我"在饭店的遭遇，尚属于个体性的，那么工地上所发生的涉及对待农民工的不公甚至违法现象，显然具有更为强烈的现实意义。在工地的遭遇，令"我"更加感受到了在城市的不适："对于这座五光十色的城市，我已没有一点好奇心，即使它真的魅力无穷，我也不可能对它产生热情了。相反，我觉得时时处处都有危险。"可贵的是，工地的一幕，并不仅仅是对黑心老板的谴责，还揭示了更为复杂的问题。比如，工友们的抗议行动并未解决实质问题，这样的描写格外令人深思："我们此次种豆得瓜式的英勇行动已接近尾声了。当然，我们每个人都像凯旋的战士，信心百倍，喜气洋洋。""此后一连几个星期，我们都吃得好，睡得好，干活也很积极。对于那个死难大哥，似乎再没人提起，一个活生生的小伙子如同一滴水，掉进火塘里，说消失就消失了。"尤其是在抗议的时候，有的工友提出了炸掉大楼来解决问题，还有的认为既然搞不到炸药，不如把盖起来的楼砸烂。工友们麻木、自私、愚昧的表现，涉及较为严峻的现实问题，还涉及国民性改造的重大命题。"暴力与正义的辩证是现代中国文学最重要的主题之一。"① 动辄以暴力解决问题，实际上可以折射出自新文学发端以来经常出现的无政府主义思潮的影子。宣泄性的破坏之举，显然无助于合法、合理的社会秩序的建立。底层群众究竟应该如何采取有效手段维护自身的权益，这无疑是《金路》带给我们的值得深切思考的问题。

"我觉得城里的一切都像妖魔一样在作怪，要吃人了。""我是个傻瓜，要回

---

① 王德威.现代中国小说十讲[M].上海：复旦大学出版社，2003：28.

家了。"回家后的"我"却发现，母亲已经故去，且"我梦里的腊卡寨已不复存在了"，"除了我，全寨的人都住上了新房"。因为只有"我"一人没有写过迁居申请书，"所以现在无家可归"。可是，寨里的人们都以为"我"在城里发了大财而对此不加理会，"我"只能仰仗妹妹一家收留。"不得不承认，我是个无人惦记的人，一个多余的人，新腊卡寨已将我遗弃了。"新文学自郁达夫写出了"零余者"系列以来，"多余人"的形象所在多有。而《金路》中的"我"，在短短几年中，在家乡竟成了"多余人"，　这是怎样的沉痛！这里，有社会经济发展的因素，更重要的还是在乡镇现代化过程中，人的关系发生了变化——不是家乡，而是生存境遇发生了变化的人们，无情地抛弃了"我"！促使　"我"最终选择离开腊卡寨的，是围绕妹妹一家所发生的事。妹夫与"我"的同学为竞选村委会主任而展开了竞争。后者虽然财大气粗，但还是不敌手段精明的妹夫。对此，"我"厌倦到了极点，离家重返城市。妹夫后来遭到暗算，虽然保住了性命，腿部却留下了永远的残疾。城市与乡村所发生的一切，最终让"我"陷入了永恒的困惑。

　　统摄全文的"金路"传说，是在"我"重返腊卡寨后，以倒叙的方式讲述的：从前，不被外地人知晓的腊卡寨遍布黄金，但本地人并不知道黄金的价值。一个为反抗包办婚姻而出走的土司女儿，偶然来到此处，却找到了如意郎君，与一位腊卡寨的小伙儿喜结良缘。"原来，有时，梦与现实竟然是一回事。两个人在对方的眼里，都是千真万确的好妻子，千真万确的好丈夫。"他们"从此过上了世界上最美好和最欢欣的生活"。应土司的要求，丈夫用寨子里的黄金，铺就了一条金路，把土司夫妇接到了腊卡寨。土司由此赞叹，"腊卡寨是天下最好的地方"。不过，正如标题中"飘来飘去的金路"所暗示的，这个传说本身，因过度的偶然性而带有强烈的虚幻色彩，这就让我们不得不审视另一个有关土匪的传说。土匪令人发指的残暴行为，在"金路"传说的映衬下，似乎微不足道。但是，这样的话语很值得玩味："现在，从我的经历来看，我相信那两个'传说故事'至今仍是旧腊卡寨的'名分'，是旧腊卡寨唯一值得'恐惧'和'赞美'的地方，可以用来壮胆，可以用来炫耀。"这里，把两个传说的地位并置，其用意是提醒人们对美好理想的向往，往往要被残酷的现实所侵扰，这构成了整个文本表层含义之下的深层含义。

自有城市以来，对城市过分商业化、使人异化的批判，对工业、金钱的谴责，一直是小说中的重要母题。在现代小说的发端即早期英国小说中，常有这样的描写：人物在伦敦这样的大都市，"处于一种混乱的环境之中，那儿人们的关系是短暂的，唯利是图的，并且充满奸诈"，"但亏得还有一条出路：都市化为自己提供的解毒剂——郊区，它提供了一种从拥挤的街市中的解脱"[①]。这样的郊区，在此后的小说中，渐渐涵盖了广义的乡村。伴随着激烈的都市批判而对乡土文明尽情赞美的主题，在中国当代小说中，是屡见不鲜的。可贵的是，在《金路》中，尽管"我"也试图在返乡中求得心灵的皈依，杨杨却并未囿于简化的二元对立思维，而是深入思考了城乡互动发展的复杂性。这在不同人物的描写中，有了进一步的拓展。

（二）多重对话中的精神焦虑

《金路》一个显著的叙事策略，即几位主要人物，包括"我"、赵四小姐、刘老师，不但参与了故事的进程，而且在他们之间，甚至每个人物自身，都展开了潜在的具有明显"复调"性质的对话，从中折射出作家自我辩驳乃至精神困惑的痕迹。正如巴赫金在《陀思妥耶夫斯基诗学问题》中所说的："作品整体会被他构筑成一个大型对话，作者在这里可说是对话的组织者与参加者。他并不保留做出最后结论的权利，也就是说他会在自己作品中反映出人类生活和人类思想本身

---

① 【英】伊恩·P·瓦特：小说的兴起 [M]. 高原，董红钧，译. 北京：生活·读书·新知三联书店，1992：209.

的对话本质。"①

"我"作为主要叙事者的明显特点，是在不可靠与可靠叙事之间频繁转换。小说开始以追忆的方式，写出发生在我身上的种种怪事："那都是一桩桩怪事，在别人身上是不会发生的，可为什么偏偏发生在我身上？又为什么我现在才有这种感觉和认识？"道出了"我"相比一般农村青年所具有的敏锐性，以及正处于成长中的年轻人特有的精神困惑。接着，"我"成了一名相对可靠的叙事者。作为一个"农村游子"，刚到城市的时候，"我"是颇有自信的，"我很聪明，又极其老实、能干"。但是随着故事的进程，"我"的声音逐渐游移不定，这在与赵四小姐的爱情中，率先表现出来。

赵四小姐在"我"眼里，本是一个"傲慢""多情""永不屈服"的女性。由于是大学生，所以她有自己的思想与个性，这在对"我"的狂热追求中，就体现得非常明显。同时，她对"我"的爱，还具有很强的象征功能："她为什么爱我，就是因为听我讲过腊卡寨的故事，所以就喜欢上了我。她说，她的爱是正派的，她要与我一路走到天黑，谁也撼动不了。道理就这么简单，别人不明白，可她自己明白。"这里表现了赵的强烈个性，不过她所谓的"正派"的爱却很值得回味。"纵观整个 20 世纪的中国文学，可以说，强烈的道德意识是其精神的内核。"②显然，看似独立的当代女性赵四小姐，也不乏典型的道德意识，与此相伴的则是强烈的理想主义色彩。"许多时候，我对她说，你可以要求我讲这个传说，但不要让这个传说成为魔咒，控制了你的思想和身体，更不要嚷着要我把你带到腊卡寨。但她根本不听我的劝告，一意孤行，沉迷在这个传说中，绝不醒悟。""腊卡寨已是她心目中向往的家。"赵四小姐还对"我"妹妹和妹夫说："现在，对你们来说，从哪

---

① 巴赫金. 诗学与访谈 [M]. 白春仁，顾亚玲等，译. 石家庄：河北教育出版社，1998：96.

② 卜兆林. 二十世纪中国文学与道德 [M]. 北京：新华出版社，2007：395.

里来，到哪里去，丝毫不重要。重要的是你们心中要有一条金路，直通最幸福的地方……那个地方叫腊卡寨，是我心中的爱情圣地，上帝最喜欢把最美好的姻缘赏赐在那里。""金路"传说之于有文化的赵四小姐，可视为寻找精神家园的隐喻。但是这种寻找，有过于虚幻的理想主义特点。所以同"我"一样，赵四小姐也具有一种内在分裂性的矛盾特征。另外，面对洪老板的淫威，赵四小姐只能屈服、隐忍，不能抗争到底。对此，"我"先是不敢相信，可是随后，"我突然想起一句话，有人说过，失去了个性的女人，爱情才美好。我开始同情她，爱她，真的，我从心里感受得到这种情感的激烈涌动"。这里，非但赵四小姐，"我"争取个人自由、权利的主体意识，也得到了消解。二人不但不知不觉地向黑恶势力屈服，而且在"女子无才便是德"的潜在男权思想支配下，得过且过地上演着所谓的爱情故事。

在工地上，"我"扮演了对抗不义老板的领袖角色，相较于其他工友的盲目、冲动与任性，"我"虽然年轻，却显得更沉稳、老练和聪慧。在带领工友取得了表面上的罢工胜利后，小说这样描写"我"的心理："我觉得自己太潇洒了。一声令下，大家就一致跟着我往下走。工友们对我的印象一定好极了，我已成了他们心目中的英雄和领袖。从此以后，谁也不会再把我称为傻瓜了吧？"然而，"我"马上发现，罢工并未解决实质问题。不像其他工友那样对逝去的伙伴无动于衷，"我每天夜里仍睡在他的破被子里，自然会想起他，心里不免有点儿难受。当然，表面看来，我已完完全全地融入了这个混乱的集体，过上了无忧无虑的生活"。在这样的叙事中，"我"比其他普通工友更敏感、更富有同情心，但同时又只能苟且偷生的特征，鲜明呈现出来。"我"在现实中的能力与地位，进一步遭到了自我消解和质疑。不过在告别城市的那一刻，"我"的独立意识再次凸显。在工友们聘请律师无果从饭店出来后，"众人已醉，唯我独醒"，"一个人不失尊严地……往不同的方向走了"。隐喻着"我"是个对现实有着清醒判断的人。当重返腊卡寨并卷入竞选风波时，"我"尽管"有自己的立场和主见"，但最终还是陷入了迷茫之中。总之，城乡之间漂游的"我"，一直在可靠与不可靠叙事者之间梭巡不定。

刘老师这一面影模糊的人物，发挥了不可或缺的作用。正是她引导"我"来到城市，但是同时又对"我"扎根城市的决心，"感到非常意外"。在城里，"我"不但"常常在刘老师的保护下"，而且，"刘老师像我的母亲一样"，"耐心地向我解释各种事物"，设法让"我"消除对城市过度的好奇心。在"我"因要返乡而准备向刘老师借钱时，刘老师已到腊卡寨考察。不过，"我"还是以这样的方式，对不在场的刘老师表达了由衷的敬意："我终于站在了刘老师家门口。厚重的墙壁和冰冷的防盗门里面，就要出现善良和亲切的刘老师的身影了，上帝安排她在这里等待着我，等待着一个来自山寨傻瓜的求救。"把城市的冷漠与刘老师的厚谊，进行了强烈的对比。刘不但在临行前交代儿子借给"我"钱，还让儿子捎话："你还是回腊卡寨吧，那是你的家，总要回去的。在城里很危险，你就回去吧。说不定我母亲正在你家等你呐，她太关心你了，也特别喜爱你们那个地方。"

刘老师让"我"走出腊卡寨，又让"我"回去，表现出一定的矛盾性，但她认为还是腊卡寨适合生存，表达了对未经污染的原始村寨的无限向往。但是令人深思的是，刘老师显然没有认识到，她心目中象征着化外文明的村寨，其实也已经大不同于以往了。"不是要追求未曾有过的东西，而是要'返本还原''返璞归真'，恢复早已有过的东西。这就是中国一切理想主义的本质特征。"① 刘老师这一形象，就体现出较为典型的理想主义特点。当在腊卡寨有了无家可归的疏离感之后，"我"便对刘老师那样热爱腊卡寨并眷恋"金路"传说，产生了如此质疑："我说，只有白痴才会被'金路'的光彩迷住，才会不论白天黑夜都做黄金梦。我说的这句话没有半点针对刘老师的意思，我决不会说刘老师是个'白痴'。刘老师喜欢这个传说

① 邓晓芒. 文学与文化三论 [M]. 武汉：湖北人民出版社，2005：262.

自有她的道理，只是我们至今不明白。"刘老师这一角色，既是"我"的精神引领者，同时其过于浓烈的理想主义色彩，使"我"总是陷入新的困惑之中。

结尾，刘老师的儿子提及母亲关于腊卡寨调查的社会学遗作时说："她老人家在书中特别提到你们，说你们现在的这代农村人也像城里人一样，飘来飘去的。但你们心中因为有一条'金路'，所以你们在城乡之间飘来飘去，多么容易被引入到某个想法或某种意象之中……我母亲去世之前，对你们这种生存游走很关注，担心你们最终将走向哪里。"这番话，表明了刘老师对腊卡寨怀有无限热爱与关切，又对这里的人民在当代社会转型中的去向，表达了深切的忧虑和困惑，也体现出知识分子在当代社会中的身份认同焦虑。这在某种程度上，与作者的立场是吻合的。杨杨本人如是描述他创作《金路》的动机："农民工其实是具有当代中国特色的产物，在历史上我们不能读到这么一个庞大群体的故事。""我的这个中篇新作，讲的就是我追踪了十多年的几个'城市动物'的故事。"[1] 这正是刘老师以上想法的确切阐释！进而，从刘老师这一人物身上，分明可以看到杨杨本人的影子！杨杨的总体创作，正是基于对于本地文化的热爱。他正可谓不倦地游走于云南大地，不断挖掘这方水土神秘文化宝藏的游吟诗人。

实际上，杨杨通过"我"这一人物的塑造，对刘老师乃至自身的写作进行了质疑。刘老师的儿子要把母亲的著作赠予"我"，但被"我"以"看不懂"为由拒绝了。"我们从此再没到过刘老师的家，刘老师就这样退出了我们的生活，而我们的生活还得继续下去。我们的日子过得很平常，也很平静。"这里，再次验证了"我"对刘老师所追求事物的怀疑，也再次流露出作家本人的精神困惑。杨杨每每提及故土文化，都表达了无限的热爱，都不吝溢美之词。[2] 在许多散文中，杨杨不

①　杨杨.附录：我的写作日记[M]//杨杨.巫蛊之家.合肥：安徽文艺出版社，2010：222-223.

②　杨杨.自序[M]//杨杨.红河一夜.广州：花城出版社，2011.

遗余力且诗意盎然地歌颂生长于斯的这方水土。然而吊诡的是，在其大量的小说作品中，我们能充分感受到，当将聚焦于历史、风物的视线，投向了现实、人生时，他就不知不觉地把无尽的赞美、陶醉，转换成深切的困惑、焦虑。这并不矛盾，作为一个具有悲悯情怀的作家，只有当他对于人的生存困境有了切实的体验，才格外珍惜自然万物的美好。这或许是杨杨小说与散文的主题书写常常呈现出明显的悖论面貌的缘由吧。

刘老师的去世，意味着"我"的启蒙者的最终离开。而"我"作为被启蒙者，必须独立去担当自己应该完成的使命了。"我真傻，把这个世界想象得太美好了"——这不是悲观与绝望，而是在有了一定的人生阅历后，"我"清醒地认识到，作为独立的个体，应该学会承受苦难。而且，只有充满挑战的生活，才是真正值得拥有的、具有生命担当意识的人的生活。

关于"金路"，赵四小姐与刘老师之间的看法相映成趣。二者的相同之处在于，都把这一传说作为永恒的、理想的精神家园来看待。不同的是，刘老师是把神话传说理想化，在田园生活中寄托人生理想；赵四小姐则是执着地追寻一条按照美也就是艺术的方向，来指引人生的唯美主义道路。与二者相比，"我"则更为清醒。比如在谈到妹妹与妹夫的美好姻缘时，"我"的感受是："这种故事的确像神话一样，色彩绚丽，动人心弦，甚至令人不敢相信。可是，它毕竟出现在我面前了。但我一想到自己的处境，思绪就乱作一团，感到从前的许多梦幻已在我身上消失干净。这是多么残酷而又无可奈何的现实啊！"毕竟，只有现实，才能让人更理性地审视理想。妹妹一家后来的遭遇，印证了我的感受。

总之，经历了种种磨砺后的"我"，虽然一再自认为很傻，但是却比大学老师刘老师和大学毕业生赵四小姐表现得更理性、更成熟，尤其是在对"金路"这一传说的看法上。不断处于迷茫中的"我"，是一个执着的思考者，而不是一个贸然的决定论者。当决定从腊卡寨重返城市后，"我走得飞快，像一个中了魔法的孩子，脚下似乎有一条自己早已铺好的'金路'，它很长很长，望不到终点，但没有金色"。这令人想到了鲁迅关于"黄金世界"的著名论断："我疑心将来的黄金世界里，也会有将叛徒处死刑，而大家尚以为是黄金世界的事，其大病根就在人们各各不同，不能像印版书似的每本一律"（1925年3月18日致许广平函）。人如果活在传说的世界中，或者按照被强化的刻板思维来建构理想的世界，就会失去本应有的生命创造力。"我"对"金路"的认识，已然构成对理想传说的彻底解构，也隐喻着只有脚踏实地，才能走好人生的道路。

综上所述，"我"对刘老师的质疑，也是作家自我质疑、拷问的缩影，融入了作家本人面对现实世界时的精神焦虑。新文学自诞生以来，"较之知识分子题材，乡村题材作品往往更完整、成熟，也相对地易于因袭、模式化"。"到新时期，才由一批有特殊乡村经历的年轻作者，对'农民'这一概念本身发起质询，并以创作选择表示了对既成理论形态的有意忽略。新文学的两大形象系列（'农民'与'知识分子'）此时都面临着概念追究：什么是农民，什么是知识分子？人们发现上述用熟了的语词，其语义远非自明的。"[1]《金路》中的"我"，已然不是一个纯粹的农民，而是凝聚了具有丰厚乡村经验的作家本人的许多反思，即充满了知识分子的自省与追问意识。也可以说，通过"我"这一独特形象的塑造，充分折射出经历过乡村与城市双重体验的"现代人"的精神困惑。

（三）写实主调里的斑斓风貌

杨杨的小说创作，虽然多本诸现实生活，不过由于对文体方面的试验性追求，许多作品在艺术呈现上都具有较强的先锋性。相较而言，《金路》的写法较为平实，

---

① 赵园. 地之子 [M]. 北京；北京大学出版社，2007：53.

也更具现实感。不过，在写实的主调之中，还是融汇了色彩斑斓的多元化审美风貌，具有较强的艺术感染力。

杨杨的语言很有质感和张力，能够恰切地写出人物的独特感受，比如，这样来写"我"在云南地图上寻找腊卡寨："我明知在这样的地图上绝不可能出现那个小山寨的名字，但我仍在密密麻麻、大大小小的文字之间，来回寻觅，来回分辨。我双眼蒙眬，眼珠灼热发痛，咽喉似乎也失去了水分。"把人物艰难地寻找精神家园的隐喻非常形象地呈现出来。再如，这样描写"我"落魄街头、饥饿难耐的感受：

> 走过一家刚刚宰杀了牲口的羊肉馆，走过一个水果摊……我闻到了那种清新而微酸的香味。我的味觉很快苏醒了，产生了吃点东西的欲望。可是我一分钱也没有，再说周围也没有餐馆，我想闻闻饭菜之香的理想也无法实现。前面出现了一个五味俱全的食品杂货店。我立即走进去，扑面而来的是各种植物、动物、糕点与防腐剂混合的气味。虽然有点浑浊和刺鼻，但仍然有一股股浓香，诱惑着我，冲击着我。我贪婪地吸了几口，接着，装模作样地捡起一袋小食品，让它与我的鼻孔几乎保持着零距离，几秒钟之后，我只得无奈地移开，但仍不甘心，就用手指在它上面摩擦几下。恍惚之间，我如同身处一块遥远而芬芳的国土，分享到了那些东西，浑身舒服极了。

这样对人物感受的精妙描写，随处可见，如在花店老板向"我"讲述关于赵四小姐的真相之后，"我像做了一个漫长的、难以苏醒的噩梦。我觉得口干舌燥，两眼发痛。但当着女老板的面，我强压住自己的情感，装作平静无事的样子。但我最终还是失败了，我觉得时间突然停止了流动，而我的舌头却在不断涨大、发硬。"

生动传神的描写，让人回味无穷。

　　杨杨还善于把对感受与思辨体验的描绘结合在一起，如"我"晚上在工地睡觉的一段描写，可谓精彩绝伦的神来之笔：

　　　　我没有毯子和被子，只能与别人挤在一张床上。其实，准确地说，也不是床，全是冰冷的地铺，几十个人横七竖八地相拥相裹在一起，乱成一团，几乎没有空隙，更谈不上界限了……正当我被臭气熏得晕头转向的时候，与我同睡的那个不知名的大哥率先打起了呼噜，整个地下室微微震动起来。紧接着，远远近近都开始有人呼应，打鼾的、梦呓的、磨牙的、呻吟的，要么乘虚而入，要么承上启下，要么穷追猛扑，要么虚张声势，一切的一切，都以自己为中心，不断向四周扩散，不断向其他声响示威……在这样宛如战乱纷纷的环境里，我妄图独善其身，抱头入睡，尽快进入梦乡，但始终难以达到目的……当我感到天已蒙蒙发亮时，我感到，几年来的一切，包括理想、情感、梦幻、日子，都已在这个"神圣"的避难所里，经历了最无情最彻底的磨砺和洗礼。之后，我像死了一样，灵魂似乎飘了起来，身子却完完全全地混入那些弟兄之中。

　　当代文坛对城市农民工生存境遇的书写，尤其是对这一特定人群艰辛生活的描绘，可谓不绝如缕。其中，《平凡的世界》中孙少平在工地所遭遇的，就是非常具有典型性的场景。不过，许多作品对穷愁惨苦极力渲染，往往冲淡了对人生及人性的深入思考。而杨杨在这里，用充满戏谑又不乏智性的文字，既在现实的、生活的层面写出了打工者生存环境的恶劣，也在象征的、形而上的层面写出了人与人之间潜意识中的争斗，以及个体在群体中无限孤独的真实处境，从而潜在地传递出人性的真实面目，体现出作家对人性的深层思考。这样具象而不乏深度的描写，在打工文学中是难能可贵的。

杨杨经常爱使用反讽式的表现手法，比如"我"来到饭店后，受到了大家的喜欢，"真可谓好评如潮"。同事这样评价"我"："是一个没被城市女人污染过的乡村帅哥，是个难得的好货真货，哪个女人不想在我身上咬上一口。"短短数语，把城市商业化、消费化、欲望化的特点，生动地呈现出来。并且，此处"我"的大众情人形象，与后来那个命运多舛的"多余人"形象，构成了强烈的反讽，格外令人深思。再如："那天，在法庭上，我与我儿子就像与老朋友一样，含着热泪告别了，虽然我很痛苦，但从此再也没见面。我从此得以彻底解脱。"充满调侃的话语，恰到好处地写出了人物的无奈与辛酸。

在《金路》中，还有一些反讽性很强的场景描写，具有独特的张力。比如，工友们向老板抗议这样较为严正的事，却被美景衬托得宛如一场盛宴："在那座大楼的映衬下，蓝天离我们更远，但夕阳和一片片彩云离我们却似乎很近很近，它们停息在那座大楼的上空，宛若大楼顶上一朵正在盛开的大红花。好一个充满幻想和诗意的地方啊！"这种近乎唯美的诗意化描写，把底层人民的不幸遭遇凸显得淋漓尽致。更令人心痛的是工友们的表现："我们的兴致因而空前高涨。有的号叫，有的歌唱，有的高呼，有的敲起了不知从哪里弄来的瓶瓶罐罐……跳呀，唱呀，敲呀，打呀，从来没有这样欢乐，从来没有这样痛快。"后来"我"与工友想找律师解决问题，可是除了自掏腰包大吃一顿外，毫无结果。饭桌上，"有人说，从来就没有什么救世主，一切都靠我们自己"。这些强烈的反讽描写，既展示了底层人民的无奈，更彰显了其自身令人震惊的麻木，使读者深深体味到鲁迅"立人"这一经典命题之于今天的现实意义：要改变命运，只有先改变自己！

当然，统摄全篇的还是象征的手法，"金路"即饱含着丰富的象征意蕴。直到最后，赵四小姐仍问"我"，什么时候回腊卡寨？我说："旧的腊卡寨已被泥石流冲毁、掩埋，现在我们一家如果非要回去的话，只能去新腊卡寨。"并强调："我再次提醒你，不要再说腊卡寨了，腊卡寨已不复存在"。赵四小姐问旧腊卡寨与新腊卡寨有多远，"我"的回答则是："对不起，我也不知道，因为我没测量过。"无论"我"对"金路"如何避讳不谈，赵四小姐依旧执着，在地图上用彩笔在腊卡寨与现在所在的城市之间，"画了一条金黄金黄的不太规则的线条"。小说这样结尾："她画的那条曲线，就是一条飘来飘去的'金路'。她一直相信有这样的一条金路通向腊卡寨。"这里象征意味十足。显然，赵四小姐和"我"展开了对理想家园到底存不存在，以及如何抵达的辩论，折射出理想与现实之间难以弥合的缝隙。于此，读者仿佛看到了一个困惑的作家永无休止的自我辩驳。

毋庸讳言，《金路》的构思略显粗糙。人物在城乡之间游走的深层心理，还没有得到足够的发掘。比如，在家乡经历了种种不如意之后，"我"马上又想回到城市。并且，"一进城就有一种脱胎换骨的感觉"。这显然过于突兀，冲淡了家园寻找主题的深刻意蕴。叙事也有些仓促，比如结尾与赵四小姐的团聚，"以后的事，在女老板的帮助下，一切都像喜剧一样地顺畅和夸张"，"最后，我们组成了一个幸福的家庭"。作者用自嘲的方法对此加以叙述，似乎也意识到了自身写作的局限。杨杨在一开始从事短篇小说创作的时候，就偏爱第一人称叙事。但这样的叙事，在《金路》中也有不尽如人意之处。比如，妹妹对"我"讲述自己如何逃脱魔爪，可视角还是"我"的，用"我妹妹"如何如何的叙事方式，看起来很不协调。再如，"我"从腊卡寨重返城市后，花店女老板的叙述完全僭越了"我"的视角，使得整个文本风格不尽统一。这种瑕疵，在杨杨最新的作品如长篇《红河一夜》中，已经通过第三人称混合叙事的方式有所调整。我们有理由相信，杨杨会在未来的小说创作道路上，有更多的开拓。

　　杨杨认为，一个地域写作者首先是一个人类学者，要熟悉本地事物的形而上意义，以及地域文化的精神实质。[①] 为此，他长期以来扎根滇中大地，从这块神奇土地上不断吸取不竭的创作资源与灵感。《金路》在某种程度上，可视为杨杨本人的一篇"自传"，即作为在杞麓湖边的乡村成长、现在还在通海县城定居的作家，对于他所看到的城市发展所带来的一系列"世纪病"问题的深入思考。这样的思考，在其以短篇小说为主的早期创作中，就已经开始了。《金路》也可以视为杨杨寻找精神家园的一次有力探索。

---

① 　杨杨. 附录：我的写作日记 [M]// 杨杨. 巫蛊之家. 合肥：安徽文艺出版社，2010：218.

第三节　长篇小说：魔性与诗性共融的悲悯叙述

随着文学视野和气魄的拓展和增强，杨杨开始在长篇小说中进一步发掘对人类命运忧虑的主题。《雕天下》（2007）通过高石美这一形象，塑造了一位颇具"恶魔性"特质的天才艺术家。高石美是一个因对艺术痴迷与狂傲，而被故乡所流放的多余人。这一独特的形象，大大拓展并丰富了当代文学的艺术家谱系。这一令人过目难忘的人物，折射出现实生活与艺术世界的强烈反差，并深切传递了人类所面对的无所不在的荒诞困境。文本还对中国儒释道文化的融会纠葛，做出了独到的阐释发掘。聚焦于命运之谜的发掘，使得整个文本充满丰富、神秘、多维的色彩。杨杨的另一部长篇小说《红河一夜》（2013），则通过书写在中越边境红河流域上演的传奇故事，对边地风云变幻的历史进行了新的想象建构，体现出较为深刻的历史意识，对丰富和拓展当代小说的历史书写，提供了新的借鉴。此外，《红河一夜》还强化了杨杨小说创作固有的诗意色彩，把对生命灵魂的深层剖析、人类痼疾的无情鞭挞、对美好家园的真诚召唤，水乳交融地结合在一起。从长篇小说中可以看到杨杨创作的核心力量，即巨大的悲悯情怀。魔性与诗性共融中的悲悯叙述，也是杨杨长篇小说的醒目特点。

一、重重迷障中的艺术人生——《雕天下》解读

杨杨的首部长篇小说《雕天下——云南边城一个天才木匠的传奇》(安徽文艺出版社 2007 年版，简称《雕天下》)，通过对艺术大师高石美不幸一生的叙述，展现了艺术家生存的艰辛、传统文化的多重矛盾，以及神秘命运的悲剧色彩。作品运用较为先锋的写作方式，塑造出高石美这样一个奇异的文化复合体。文本还通过对阴暗人性的发掘，呼唤人间的至情与友爱，体现出巨大的悲悯情怀。在高石美身上，还具有一种此前中国文学中艺术家形象少见的"恶魔性"："在近代西方文化里，恶魔性因素往往转移到天才艺术家身上。这样，就有一种以天才自居的'恶魔性'使艺术家自觉与世俗社会相对立，他茕茕独立，傲然不羁，常常听从心灵的召唤，而置社会道德、国家法律于不顾，因此也被庸常的社会众数视为魔鬼狂人。"① 高石美的世俗与艺术人生，都走向了无比的迷茫与混沌，整个文本充满丰富、神秘、多维的色彩。《雕天下》问世后，曾受到著名作家海南的高度评价："这是一部 21 世纪最迷人的作品，它出自中国滇南杨杨所吟唱的传说之中。一部作品应该是一种传说，给我们的人类精神领域带来了灵魂出窍的时刻，而杨杨的作品，在那个早晨，使我的灵魂开始出窍，飞了起来。"② 不过迄今为止，这部作品并未引起足够的关注，有限的评论，也未能对作品做出切中肯綮的深入解读。实际上，这部看上去主题与人物有些模糊，结构与语言略显粗糙的作品，颇能体现出一位初涉长篇创作的作家的艺术匠心与发展潜力，值得深入探究。

---

① 陈思和．中国现当代文学名篇十五讲 [M]．北京：北京大学出版社，2003：411．
② 海男．神秘巫境中的言说者——《雕天下》前序 [M]// 杨杨．雕天下．合肥：安徽文艺出版社，2007．

（一）孤独悲怆的艺术之旅

《雕天下》围绕技艺高超的木匠高石美的人生经历展开叙述。学者气质突出的杨杨，对于本土文化艺术有着近乎痴迷的热情，高石美的代表作木雕格子门，原型就来自其家乡通海的三圣宫。《雕天下》首先围绕着高石美的神奇技艺，对有关艺术的方方面面进行了深入的探寻。文本开篇即赋予艺术以神奇的魔力，这主要体现于高石美父亲高应楷木匠手艺的独特功效中。

一个小男孩儿，特别喜爱家门前树上的百灵鸟。父亲怕他不好好念书，打死了百灵鸟。男孩儿伤心不已，并患上重病。高应楷为小男孩儿家盖了新房，而自搬进新房后，男孩儿的病就好了，日后还写出了一部震惊朝野的音韵学著作。人们开始不明白孩子的病是怎么好的，后来父亲走进儿子的房间，"才发现窗棂上有一只活灵活现的百灵鸟"，"在百灵鸟身旁有一朵鲜花，引来了一只只蜜蜂和蝴蝶。毫无疑问，百灵鸟和鲜花都是木雕的，那是高应楷送给小男孩的礼物"。此中传递的意旨，与美国短篇小说大师欧·亨利的名篇《最后一片叶子》异曲同工。一位小女孩儿，长期受狠毒的继母虐待。继母逼她用很大的木桶挑水，水不满就要打她，目的是想让她坠入水塘淹死。高应楷为小女孩儿打制了新水桶，桶底现出了其亲生母亲的形象。当继母要施暴时，看到桶底女孩儿生母的幻影对其怒目而视，便跪倒在地对着女孩儿和水桶磕头求饶。"从此，尼朗镇少了一个歹毒的女人，而多了一支又一支美丽动人的歌曲，那是小姑娘发自内心的赞歌，是唱给高应楷听的。"这样的赞歌，当然也是唱给艺术的。这里，艺术被赋予了化腐朽为神奇、予人以生命与博爱的力量，以及惩恶扬善的强大作用。

吊诡的是，高父可以凭依木工手艺，拯救两个孩子的命运，可是高石美贵为一代木雕大师，其艺术之旅却极为困顿。开篇的书写，也为高石美的不幸命运埋下了伏笔。

在传统中国农村，木匠作为民间技艺的代表，是很难向真正的艺术层面飞跃的：

中国乡村的木匠，被紧紧地束缚在土地或者源自土地的价值准则上。他们几乎没有自己的手工作坊，一般是挑着工具担子，挨家挨户上门做工，那一家农民为他提供吃住和一些工钱。农民必须亲眼看到木匠如何用料、如何使劲干活，心里才踏实。木匠的创造性全部消耗在农民家里。同时，决定一件家具究竟是朝美观努力，还是朝实用发展，由不得木匠做主，而是农民自己做主。农民希望越便宜越好，只要能用就成，结实、耐用、省钱就是最高价值。中国农民的实用主义价值观，严重地束缚了乡村手工业的专业发展。于是，木匠这样一个极有可能成为艺术家的行业，也就自然而然地堕落为农业生产和生活的附属品。①

高石美以自身的努力，突破了传统农业文化中木匠的宿命。在其身上，凝结着关于艺术家天赋的探讨。高石美天生具有反叛意识，自主创造的意识，使其开始从工匠到艺术家的现代性转型。随父亲做木雕、兼唱关索戏的高石美，自小便展露出异于常人的艺术天分。在随父亲雕刻面具时，他常常有违父命，"大胆而自由"，随心所欲地开辟属于自己的艺术天地。此外，"父亲去唱戏的时候，高石美就待在家里对着自己雕刻的面具说话，他能与它们沟通。他的面部表情与它们一样丰富，他觉得自己就是一个面具"。"无事的时候，高石美就站在那些面具之间，长时间不动，就像他的灵魂被面具吸去一般，他变成了一具躯壳或一个木头人了。"而在

---

① 张柠. 中国当代文学与文化研究 [M]. 北京：北京师范大学出版社，2008：107.

成为真正的木匠之后，"高石美完全走进了自己的木头世界"，"每当他的雕刀与木头接触，都是一次诞生、创新、考验和精确的表述，他的每一个动作似乎并不雕什么，也不刻什么，而是在努力改变着木头的本来模样，甚至可以说改变了木头的本质，使木头不再是木头，而成为一个既陌生又新鲜，既温暖又丰硕，既精灵又脱俗的东西"。关于高石美与自己的作品间的通感式交流，在此后亦多处出现。显然，正是高石美把自身的生命灌注到作品中，才令作品有了勃勃生气。刘勰在《文心雕龙》"神思"篇中，曾特别以工匠为例，来说明为文运思的要旨："思理为妙，神与物游……是以陶钧文思，贵在虚静，疏瀹五脏，澡雪精神……然后使玄解之宰，寻声律而定墨，独照之匠，窥意象而运斤：此盖驭文之首术，谋篇之大端。"① 而在"物色"篇中，则对人所独具的灵气与自然万物的交合感应，进行了阐释："春秋代序，阴阳惨舒，物色之动，心亦摇焉……若夫珪璋挺其惠心，英华秀其清气，物色相召，人谁获安？"② 显然，高石美能做到"神与物游"，兼有"惠心"与"清气"，天生具备了一个杰出艺术家的必备条件。

然而，高石美的艺术创作，时时有"堕落为农业生产和生活的附属品"的隐忧，其雕刻格子门的工程，就受到代表不同文化和信仰的阶层的束缚和制约，而常常陷入"彷徨于无地"的窘境。高石美在这样的环境下，克服重重障碍，花费十七年心血打造出木雕杰作格子门，显示了不凡的技艺与惊人的毅力。

饶有意味的是，来华修铁路的法国人安邺，才是高石美在艺术上的真正知音。一看到木雕格子门，他就"被那种虚无的气韵震慑住了"，并不吝溢美之词，如"美好""浪漫""美妙""神奇"等，而且特别强调了创作中的自由精神。高与其产生了很大的共鸣，并以遨游来比喻其艺术之旅："遨游的乐趣全在于没有目的。别人出游时为了想看一看他所想看到的东西，而我出游则是为了想看一看这变化

① 刘勰. 文心雕龙 [M]. 北京：中国社会科学出版社，2005：175.
② 刘勰. 文心雕龙 [M]. 北京：中国社会科学出版社，2005：318.

万千的世界。游啊游啊，谁都不能理解我遨游四方的用意。"这种"游"，正是艺术中不可或缺的"神与物游"，"正是这些神圣经验，带给我们解脱感、自在感，觉得世俗之桎梏羁绊均因此而松弛了——因其具有宗教的解脱义，固亦获致了世俗的解放"①。安邺还对高说："你是我终生的好朋友，你和你的作品改变了我。让我生活在一种无与伦比的光辉之中。那是你的精神之光、艺术之光。"高石美的回答则是："可是，许多人都说我是一个怪人……他们常常取笑我，认为我是一个愚蠢的家伙。"显然，高石美的艺术，在其日常生活环境中，并未得到真正意义上的欣赏，这充分反映出一名民间艺术家生存境遇的格外艰辛。

以下情节尤为令人深思：当安邺沉浸于对格子门的欣赏时，"几个老百姓把安邺团团围住。他们庆幸自己终于可以在最小的距离上来观察和验证这个怪物究竟是不是人了。他们抓住安邺，把他摁倒在地，看他的手，查他的脚，摸他的头发，捏他的鼻子。无论怎么看，他们都觉得很新鲜"。还有人说："我担心他们是披着人皮的狼。"这种"看"与"被看"，呈现出中西文化艺术认知上的深层错位。国人的形象，令人想起了鲁迅笔下的看客，也令人想起了郁达夫以鲁迅为例所生发的感慨："没有伟大人物出现的民族，是世界上最可怜的生物之群；有了伟大的人物，而不知拥护、爱戴、崇仰的国家，是没有希望的奴隶之邦"（《怀鲁迅》）。自古以来，在艺术领域遇到知音，本非易事："知音其难哉！音实难知，知实难逢，逢其知音，千载其一乎！"②只能求知音于异邦，是高石美作为艺术家的悲哀，更是中国艺术的悲哀！高石美与安邺的交往，在更深层面上，折射出对荒漠一般的文化环境的思考，及对愚昧麻木的国民的批判。

除了不被理解，高石美的艺术，还要不幸地沦为长官意志的附庸。高石美曾被迫接受县令沐应天的命令，为文庙雕七十二贤的牌位。"让他痛心疾首的是，

---

① 龚鹏程.游的精神文化史论[M].石家庄：河北教育出版社，2001：177.
② 刘勰.文心雕龙[M].北京：中国社会科学出版社，2005：337.

七十二个牌位都是一个模式，他必须每天重复着同一个动作，就像上天对他的惩罚，让他雕刻得糊里糊涂，又精疲力竭。他的感觉糟透了，他的雕刀已虚弱无比，一坐到木头前，他就长吁短叹，觉得自己什么也做不了。再这样下去，他要神经错乱了。"而雕出来的作品，也是"呆板、沉重、粗俗，毫无生气"。显然，这里的雕像，是权力与礼教双重束缚之下僵化的教条、礼仪的象征，必然与需要灵性与自由的真正艺术相抵牾。

高石美一生蹭蹬，其卓越的艺术创作知音寥寥，在其他方面则更为失败。他的人生悲剧也与艺术有关。妻子赵金花，就因他的眼里只有木头而出走。"雕天下"这样的标题，隐喻着对艺术永恒魅力的无尽讴歌，也隐含着艺术家以艺术改造世俗世界的力量，然而故事情节的演进，却愈益远离了这样的含义。最后一节，"当高石美感到迤萨镇所有的人都进入深深的梦乡之后，他才像一个失魂落魄而又敢于冒险的夜游神一样，到处寻找他的安身之地"。而这种安身之地，对他来讲，显然没有找到。尤其是结尾，非但根本看不出有关艺术方面寓意的升华，反而更加重了对其的消解：高的最后行为与归宿，全然远离了艺术的母题，他的目的只是寻找女儿高荔枝。父女见面后，高荔枝的表现则冷漠得可怕，只是呓语似地重复着自己的经历，根本无视垂死的父亲的存在。高石美只有在无尽的孤独中死去。

作为艺术家的高石美，除了对艺术精益求精的追求，并且在这方面孤高自傲、狂放不羁，他在日常生活中也是一介凡夫俗子，并且有些低级趣味。高石美的颓废色彩，极为明显地体现在他自怜自悼、哀伤嗟怨的人生态度中，呈现出与郁达夫笔下著名的"零余者"相近的多余人特征。除此之外，主要体现于其日常的行为举止中。所以，他追求艺术的唯美与在凡尘世界的颓废构成了一体两面。

在中国文化与文学传统中，在一般日常意义上使用的"颓废"，带有明显的贬义，多形容人精神萎靡、意志消沉等。"唯美"亦因长期被贴上"为艺术而艺术"

的标签，而被视作不关注现实、只沉溺于艺术的消极取向。实际上，在普遍意义的现代美学阐释框架中，颓废首先代表了一种历史观，即认为人类或某一民族的历史及文化并非在发展、进步，而处在不断衰退、堕落的过程中。从历史观发展到人生观，典型的颓废者认为，人生不过是生命力逐渐耗竭、趋向死亡的过程，充满了徒劳与虚幻的色彩，所以也是毫无价值的。既然颓废是人生不可抗拒的宿命，颓废-唯美主义者选择寄情于艺术，以艺术审美的方式，在不完美的世界里苦中作乐、聊以自慰。他们因为沉醉，因为超越，从而获得唯美的快乐主义心态。当然，这种快乐经常是与自我伤悼密不可分的，所以伴有浓重的悲剧意味。由于世纪末思潮本身具有"末日来临"的悲剧意味，所以自然成了颓废-唯美主义滋生的温床。

　　"在更深入也更切实的意义上讲，真正的唯美主义者其实远非那著名口号'为艺术而艺术'所标榜的那样，只是一个纯艺术的或者说形式主义的文学思潮，倒是颇有一些很不单纯的非艺术因素和人生焦虑的。同样，真正的颓废主义也并非一般所理解的那样，只是指创作上的某些病态倾向和不健康趣味，而是包含着相当深刻复杂的生命情怀和人文情结的。"①《雕天下》的可贵，就是没有像许多同类作品那样，把伟大艺术家的艺术成就与其道德品行进行简单的对接，即过分拔高人物，而是充分写出了人的复杂性，写出了颓废与唯美取向对高石美艺术创作以及个人悲剧的影响，从而传递出"深刻复杂的生命情怀和人文情结"。高石美沉溺于市井凡尘的生活方式，表现出堕落与颓废的一面，同时也有着艺术家追求唯美的独特性。没有经历过生活的风波曲折，没有对人生的深切体验，是难以成为一个真正的艺术家的。

　　笼罩高石美的，还有浓重的神秘宿命意味。艺术家的命运，也往往由于他们对艺术的倾情投入，而陷入把艺术与人生极度融合乃至混淆的生存状态。并且，艺术

① 解志熙.美的偏至——中国现代唯美—颓废主义文学思潮研究[M].上海：上海文艺出版社，1997：66-67.

家时常由于不能区分艺术世界与现实世界而出现精神崩溃的症状，从而导致生活的困顿潦倒，甚至为此付出生命的代价。这种现象在古今中外的艺术史上是永远不乏其例的。高石美没有像凡·高等西方艺术大师那样的极端行为，但是其在现实生活中的困顿，在文化取向上的矛盾，都体现出典型的人格分裂特点。其人生悲剧，与艺术生命是紧密相连的。

不过，《雕天下》中浓重的悲剧意识，呈现出独特的复杂性。"悲剧意识是人类自我意识觉醒的产物，它冲破了物我混一的混沌、麻木状态，直面真实的现实人生，以独特的感性形式对人类的苦难和困境发出终极询问，闪耀着人类理性的熠熠光芒。"① 能够打动读者的悲剧，既昭示出人的悲剧性的宿命之旅，也体现出人在对抗悲剧中的高贵灵魂。在本来就多难、多苦的世界中，高石美虽然在人格上没有完全走向独立，但是在某些关键时候，也能够毅然担负起对抗不幸命运的崇高使命。他很小就体味到存在哲学那种被抛离的荒诞感，同时追求自我选择与自我控制的自由。比如面对母亲的过世，"高石美既没有发出父亲想象中的痛哭之声，也没有表示惊讶。因为他已预感到这一切就要来临，他拒绝不了，回避不了"。存在主义文学大师加缪的名作《鼠疫》和《局外人》的主旨，在此有了近似的演绎。这种"反抗绝望"的承担意识，更明显地体现于高石美漠视极为不利的环境，孜孜矻矻地雕刻格子门的艺术跋涉中。可以说，虽然也有陷落于庸常生活不能自拔的一面，不过正因有勇气面对苦难、承担苦难，高石美才最终在一片荒芜的人文环境中，成为一代木雕大师。

作为一名卓越艺术家的高石美，在毫无艺术气息的冷漠人间卑微地死去，呈现出一种巨大的荒诞感。"荒诞感的产生，宣告了人与世界之间的理性关系的消亡。

---

① 马晖. 民族悲剧意识与个体艺术表现；中国现代重要作家悲剧创作研究 [M]. 北京. 民族出版社，2006：7.

世界变得杂乱无章、毫无道理，没有意义深度，人的存在也就没有了意义。"① 高石美的人生，没有体现应有的价值，他最终所呈现出的荒诞的"多余人"命运值得反思。即使在当今，对人性锻造具有重要意义的高雅艺术，在我们的现实环境中也远未受到应有的重视。与此相对应的是，艺术在西方的地位则一直很高，尤其是近现代以来，更被赋予了诸如拯救世界、疗救心灵的重要意义，甚至被认为具有高居于普世的行为规范之上的独特地位："不是认识和道德规范着什么是真正的、纯正的艺术，相反，正是艺术开拓着新的认识，冲决着虚伪道德的羁绊而构成新型的道德意识。在艺术中，有着真正的人生。"② 在呼吁人文精神回归，寻觅"诗与远方"的时代，《雕天下》对艺术的价值问题予以探讨，显然具有很大的现实意义。

　　然而令人痛心的是，高石美及其艺术价值，却长期以来不被世人赏识，只有来华修铁路的法国人安邺，才是高石美在艺术上的真正知音。只能求知音于异邦，是高石美作为艺术家的悲哀，更是中国艺术的悲哀！高与安邺的交往，在更深层面上，折射出对荒漠一般的文化环境的质疑，及对愚昧麻木的国民的批判。

　　"雕天下"这样的标题，隐喻着对艺术永恒魅力的无尽讴歌，也隐含着艺术家以艺术改造世俗世界的力量，然而故事情节的演进，却愈益远离了这样的含义。除了艺术不被人理解，作为一名卓越的艺术家，高石美不但一生穷困潦倒，在家庭生活中更是失败者。在高石美所生活的时代，卓越的艺术家只能是无比孤独的，其作品也很难被真正承认。所以，像木雕格子门这样目前已被举世公认的杰作，在当时只能是个别天才偶一为之的产物。艺术与艺术家的沉沦，在某种程度上，也可视为时代文化、民族精神沦陷的隐喻。而在当代社会，"越来越多的社会学开始把审美化为自己主要的研究课题，并开始重新思考社会学与美学的关系"，"审美化正

① 　张学军 . 中国当代小说中的现代主义 [M]. 济南：山东大学出版社，2005：77.
② 　邓晓芒 . 文学与文化三论 [M]. 武汉：湖北人民出版社，2005：214.

在成为当代社会的重要组织原则"①。

高石美在众人心目中的狂人形象，以及他本人作为卓越的艺术家的"恶魔性"质素，都还没有得到足够的重视。在今天，由此可以反思的是：真正美好的艺术，是否确立了其应有的地位，又是否得到了大力的弘扬与推广呢？当代艺术家的自身价值，又是否得到了应有的承认呢？在呼吁人文精神回归的当今社会，《雕天下》对艺术家的地位及艺术价值等问题的探讨，显然具有重要的现实意义。

（二）混沌诡谲的文化迷途

"传统与现代的关系问题是 20 世纪中国知识分子致思的主题。"② 于 20 世纪 90 年代开始在文坛崭露头角的杨杨，一方面对充满奇幻色彩的地方文化极度钟爱，一方面则始终没有停止对传统文化的深入反思，这在《雕天下》中体现得极其明显。

《雕天下》的主人公高石美有其现实原型，即来自作家故乡通海县的近代民间木雕大师高应美，其代表作木雕格子门，现被珍藏于当地的三圣宫内。高应美的艺术造诣，在杨杨的长篇散文《通海秀山——秀甲南滇的历史文化名城》中，有较为详尽的记述：

> 事实上，在一百多年前，高应美雕刻这一组木门的时候，中国的木雕艺术已经走完了它的最美丽、最辉煌的时期。如果那些与高应美同时代的木匠们制作三圣宫大殿上的这种既讲究物质性又追求虚无性和象征性的扇门，大概只需十天半月就可完成。而高应美则走上了一条与他们相反的不归之路，他力求让每一刀都能为人们开掘出最接近心灵的节奏、气象和图画，让每一刀都是一种发现。他努力改变着木

① 陶东风，徐艳蕊．当代中国的文化批评 [M]．北京：北京大学出版社，2006：225.
② 启良．20 世纪中国思想史 [M]．广州：花城出版社，2009：97.

头的本来模样，使木头成为一个既陌生又新鲜，既温暖又丰硕，既精灵又脱俗的艺术世界……这也许就是匠人与大师的区别吧？他们各自用处理事物的时间和方向做了感性的说明。

对高应美神奇技艺的"感性的说明"，在《雕天下》高石美这一人物形象中，得到了具象化的呈现。不过，小说毕竟是小说，《雕天下》着重刻画的是作为艺术家的高石美的命运，是其辉煌的艺术成就与悲惨的人生经历之间呈现出的强大的张力。可以说，这种张力从小说开篇就已经初见端倪，这主要体现于对当地流行剧种关索戏的着力描绘中。

高石美的父亲高应楷是有名的木匠，不过其老本行是唱关索戏。关索戏是云南仅有的一种汉族戏曲剧种，属于古老的傩戏。它在演出形式上，仍保留着较原始的面貌，开演时要祭祀。由于联结着古老的宗教传统，关索戏在当地居民眼里具有神奇的功能，即可以驱魔避邪，这也是高父对其情有独钟的原因。在瘟疫流行时，他对高石美说："尼朗镇需要关索戏，关索戏可以拯救尼朗镇。"缘由便是："关索戏是可以镇邪的，关索戏所到之处，一唱起来，就能让人看见金戈铁马，感受到气吞万里如虎之势，任何妖魔鬼怪都会闻风丧胆，落荒而逃。"关索戏的确发挥了作用，尼朗镇的瘟疫，就在高应楷唱戏过程中得以驱散。

《雕天下》中的关索戏具有如此超现实的魔力，与当地长期流行的关公崇拜有关。据民间传说，关索戏得名于关羽之子关索。诸葛亮出征南中时，以关索为先锋。关索是否实有其人，已不可考，不过正因为这一传说与关羽有关，所以关索戏专演三国故事，关羽的形象更是必不可少。以天神祭拜和祖先崇拜为核心的中国宗法性传统宗教，一直是慰藉国人的心灵源泉。不同于天神与祖先，关羽在中国乡土宗法文明崇拜中，一直具有特殊的意味——长期以来，他以其忠勇、仁义的形象，甚至为具有不同信仰的大众所普遍接受。

关索戏演员在演出时，一般头戴面具，边唱边舞，有娱神歌舞的遗风。高石美走进艺术殿堂，就是从雕刻这些面具开始的。不过，高石美很快就放弃了以关羽为主要范本的面具雕刻，转向格子门的创作。面具与人格的关系，已经被精神分析、结构主义以及文化研究等各界学者充分阐释。以上情节，蕴含着丰富的文化反思信息，具有文化人类学的意义。传统与现代的关系，是中国当代作家经常关注的主题。于20世纪90年代开始在文坛崭露头角的杨杨，一方面对充满奇幻色彩的地方文化极度钟爱，另一方面则始终没有停止对传统文化的深入反思，这在以上关于关索戏的记述与描绘中，体现得极其明显。在中国历史上，关羽作为超稳定人格面具的存在，与传统文化的内在特征具有深切的关联。邓晓芒曾在比较文化学的视域内，以《荷马史诗》中的阿喀琉斯为参照，对《三国演义》中的关羽进行了阐释。他认为：阿喀琉斯在作品中呈现出有血有肉、有情有欲的"真人"特色，而关羽只是一个高度概念化与脸谱化的人物。"尽管他的思想感情理应是《三国演义》中最复杂、最值得大书特书的，但在书中却恰好总是以白描手法一笔带过。因为人们宁可相信，他的内心世界就是像那些抽象的道德概念所规定的那么简单，且越简单，越令人肃然起敬。"①

这里虽然是就文学作品进行比较，不过也关涉到对中国文化的剖析。非但关羽，传统文化中繁衍流变的一些圣人形象，普遍具有高度抽象化的特点，且被附会了许多美德，从而成为统治者教化民众的工具。鲁迅的名篇《在现代中国的孔夫子》，对孔子形象在后世的不断建构便有一针见血的评价："孔子这人，其实是自从死了以后，也总是当着'敲门砖'的差使的。"

关于关索戏的书写，在显在层面上，似乎在渲染民间文化的神奇功效；而在隐

---

① 邓晓芒.文学与文化三论[M].武汉：湖北人民出版社，2005：243.

在层面上，则对中国民间信仰，乃至中国传统文化进行了深入的剖析。用"噩梦似的幻觉和幽灵般的气息"来形容关羽面具，预示了高石美人生之旅的坎坷与莫测。同时，正如杨杨在《通海秀山——秀甲南滇的历史文化名城》中对木雕大师卓越技艺所做的阐释——"把别人视为简单的东西变得复杂，一步一步向着那可能是天堂般的明净或者漆黑一团的事物逼近。"——高石美的成就，实质上不仅仅关涉艺术的改革与创新，同时也构成了对习焉不察的文化积习的挑战。总之，看似是枝蔓的关索戏叙写，隐含意味十分丰富。

可以说，从一开篇，《雕天下》就因具有浓厚的文化反思意味而立意不凡。小说开始便有一处高石美儿时雕刻关羽面具的情节，蕴含着丰富的文化反思信息。他对这些面具的感受是："虽然表现出关羽义胆忠心的精神和威严不凡的气概，但总给人一种噩梦似的幻觉和幽灵般的气息。"暗示了对关羽形象的解构之意。此后还有这样的叙述："父亲让他继承的就是这一角色。高石美现在才明白，'关羽'这一角色多么了不起啊，他一生光明磊落，在人们心中如日月经天，无法抹去，而且'三教'皈依的唯有此人，儒称他为圣，释称他为佛，道称他为天尊，多么令人崇敬和向往啊！"这实际上充满了反讽的隐喻，因为高石美很快就放弃了以关羽为主要范本的面具雕刻，转向了木雕格子门的创作，这暗示了他对三教的背离。

不过，文本所具体呈现出的高石美与三教的关系，则相当复杂。高石美对佛教曾有天然的亲近感。当他说服圆泰和尚将八仙桌等物件留在真觉寺后，圆泰对高石美赞赏有加，还看到了"他身上散发出来的平静而和谐的光辉"，并说："这位小施主说得有理，他的话如一阵清风，吹醒了我的头脑。"颇有佛缘的高石美，便向圆泰请教佛法，很快成了圆明寺的俗家弟子。他在看到佛像时，就感觉"已看见了神"，"一种神奇的力量"渗入了体内，并对父亲说"我心中有佛"。看上去，高石美是一名虔诚的佛教徒，然而纵观其言行却绝非如此。他信佛多体现为求佛祖保佑，但在面对危难时却发出"让我的灵魂进入天堂吧"这样的基督徒式的祈愿。他也没有对彼岸世界的永恒追求，而是时常为现实利益所诱惑。尤其是他在用手枪射杀盗贼的时候，竟没有任何犹豫，毫无佛家的悲悯情怀。其妻赵金花与园明寺的一位小和尚私奔，也是对其佛教信仰的一种暗讽。

高石美对儒家文化的态度则更为暧昧。在张先生的引导下，他对儒家经典《论语》产生了迷恋。不过，他对儒家的亲近并不彻底。首先，他对"学而优则仕"的归途——官场深恶痛绝。他受县令沐应天之邀，到县衙中当差，"几天之后，高石美与那些见风使舵、阳奉阴违、势利无耻、贪赃枉法的小官小吏们，已势不两立，互不相容"。其次，在个旧看到因为矿难而残疾的乞丐，他就对儒家教义"身安，而天下国家可保也；身未安，本不立也"产生了质疑："对于一个人来说，我们自己的身体，与天地、国家同等重要"，"而眼前的景象，哪有他们的安身之处，又何谈安身之理？""高石美的梦想几乎被粉碎了。"最后，生活中的高石美，更非以儒家"仁""义"为本的忠实信徒，而是常在德行、道义的考验中摇摆不定，并且可以说是品行有亏的一介俗人。他平日里抽大烟，而且禁不住徒弟的诱惑去逛妓院；在探宝的同伴拉莫死后，产生了将尸体掩埋，独吞银子的想法；本来不满于蔡家俊把养女高荔枝带走而走上了寻女之路，可是中途却产生了这"并不是大不了的事"，何况男方"还留下了大量银子"这样的想法。更让人诧异的是，白心寨达诺的女儿玉腊失踪后，高石美竟然认为："寻找玉腊与寻找高荔枝，并没有什么区别。他想象着玉腊迷人的身影，就像迎来了一个新的黎明。"

对于道家文化，高石美则明确拒斥。在《二十四孝图》中，看到黄香孝敬父亲，"高石美被这个简单的故事感动多时"，于是想起了自己的父亲。而当得知父亲拜一位装神弄鬼的道士为师，高石美产生了本能的担忧。当父亲要教他学道时，他马上予以强烈驳斥，认为"就是那个所谓的道士把你带坏了"。并对父亲说："那些歪门邪道，都必须降服在我佛脚下。"父亲后来和道士用迷信方法，残忍地将一个患病女孩儿医治而死，迫使高石美要远行赚取银子为其赎罪，由此揭开了他悲剧性人生的序幕。

吊诡的是，高石美对三教中的释儒文化虽力求亲近，然而却不断疏远乃至隔绝；他反感道家文化，却反而时时难脱其羁绊。突出的表征，即高石美始终像一个未长大的孩子。他在生活中的一些举止，让人觉得不可思议，比如对于马帮、西洋镜、手枪等事物，包括妓女嗑瓜子的场景，都表现出极其稚嫩的好奇心，显现出道家文化典型的"复归于婴儿"的"赤子"特征。在高石美身上，还有道家文化齐万物、无是非的典型例子。他历经一年磨难拿到足够的银子，返乡解救父亲，可是县令却说是跟他开玩笑。此时，高石美的反应令人惊异："沐应天的话让他镇定下来，他的心情跟着沐应天的话进入了一种新的境界，一种和平静谧之气在他胸中扩展。"总之，道家文化的影子，不断在高石美的日常行为中闪现：当立志要行动的时候，他就充满了希望，前途似乎一片光明；而一旦遭到打击，他先是萎靡颓废，然后在自我解劝之下，表面上就可以走向超脱释然的"逍遥游"了。

法国人安郁对高石美说过这样的话："我从你身上感受不到佛教精神，却发现了中国道教的典型精神……像是命中注定，你所看到和所经历的一切，都是个人与全体之争，个人与天地万物之争。因此你反抗，你发奋，同时你又屈从于自我解脱、自暴自弃，你产生出一种强烈的兴奋之情，这种兴奋之情包含着一半意识到的心酸和一半体验到的喜悦。这两种东西结合在一起，便产生了一种道家所特有的发泄情感的方式——那便是醉汉般的蔑视一切的狂笑。"安郁是高石美艺术上的知音，关于其为人的判断自有独到之处。可是，从高石美的人生经历来看，他并未达到道家所追求的绝对自由，也就是安郁所暗指的类似于西方文化的"酒神精神"，因为高石美没有通过自我努力，最终确立一个独立的、完整的人格。

鲁迅在 1918 年 8 月 20 日写给许寿裳的信中说："前曾言中国根柢全在道教，此说近颇广行。以此读史，有许多问题可以迎刃而解。"结合具体的语境，鲁迅所针对的，是由老子所开创的道家文化流衍而生的道教文化特有的欺骗性，这与其所一直批判的中国传统文化的"瞒"和"骗"是密不可分的。正如一位鲁迅研究者所说："虽然道家思想与道教是有区别的，但老子观念的世俗化，给中国人内心带来的负面因素，是不容低估的。"① 高石美的父亲与道士害死人的场景，就是世俗化的道教大施迷信手段，从而引发灾祸的表征。直至今日，道家文化所衍生的弊病仍绵延不绝，主要体现于一种"自欺"的行为当中：

> 从理论上说，尽管中国数千年文化传统中，儒家的入世学说在社会政治生活和历史中占了绝对的优势，但道家的自然无为思想却实在是中国文化包括儒家文化的最终归宿，因为只有在这里，人们的人格才是"不辩而自白"的，才能彻底摆脱辩白自己的困境。然而，也正因为这种人格的本质是自然无为，它同时依旧是一般人格的彻底丧失……这样的"人生"不叫人生，而叫自然过程，哪怕他自以为这一自然过程具有多么深奥美妙的意味，也不过是对自己的瞒和骗，是自欺。②

鲁迅所塑造出的最经典的具有国民自欺性的代表阿 Q，与道家文化也有深刻的关联——"阿 Q 这一形象，其自欺自贱的一面，或许亦是老子意识平民化后的变形产物。"③ 在高石美身上，凸显了国人没有真正信仰的真实面貌，也体现出缺乏独

---

① 孙郁 . 一个漫游者与鲁迅的对话 [M]. 乌鲁木齐：新疆人民出版社，1998：397.
② 邓晓芒 . 文学与文化三论 [M]. 武汉：湖北人民出版社，2005：347-348.
③ 孙郁 . 一个漫游者与鲁迅的对话 [M]. 乌鲁木齐：新疆人民出版社，1998：191.

立的自由意志，往往陷入"自欺"之中的国民性的根本窘境。

值得注意的是，高石美的代表作木雕格子门，也是文化冲突的象征。岳父赵天爵为了光宗耀祖，决定在新林村建一座西宗县最大的赵氏宗祠。高石美与赵金花结婚时，就接下了在宗祠内制作木雕格子门的任务。高的师傅杨义山对赵天爵建宗祠表示了不同的意见："这里不宜建家族的祠堂，而应该建一座三圣宫，用圣人之尊来败王侯之气。"赵天爵则固执己见。他所坚持的宗祠，实为宗法性传统宗教的象征："中国宗法性传统宗教以天神祭拜和祖先崇拜为核心，以社稷、日月、山川等自然崇拜为羽翼，以其他多种鬼神崇拜为补充，形成相对稳固的郊社制度、宗庙制度以及其他祭祖制度，成为维系社会秩序和家族体系的精神力量，成为慰藉中国人的心灵的源泉。"[①] 而杨义山所尊崇的三圣宫，也就是儒、释、道三教集于一身的"圣人之尊"，其本身实为混沌迷茫的文化象征。在小说的开始，张先生曾为高石美讲述中国儒、释、道"三教鼎立的局面"，其独特性在于"既对立又相互融合，相互吸收"。在高石美的信仰与追求中，三教的扦格之处是颇为明显的。赵天爵与杨义山的冲突，闪现着中国特有的祖先祭拜与三教信仰之间的复杂关联。

高石美对三圣宫的态度亦颇堪寻味。他在寻女未果回到新林村时，发现村民们在以巨大的热情修建三圣宫。当村民来邀他一起修建时，本来倾心于三圣宫的高石美，却执意要重建被地震摧毁的赵氏宗祠。具体原因并未交代，但很可能是因为高石美对村民以庸俗与势利心态修建三圣宫颇为抵触。吊诡的是，高石美的木雕格子门，最终还是被送进了三圣宫，文本这样描述高石美的反应："十七年来，他所关心和经历的一切，都包含在这一堂似迷非迷的木雕格子门上。""此时，空气是静止的，他从来没有享受过这种生机勃勃的静止状态，他为此热泪盈眶。"这里，"似迷非迷""生机勃勃的静止状态"，显然与小说开始时高石美对关羽面具的雕塑，

---

① 　王晓朝. 宗教学基础十五讲 [M]. 北京：北京大学出版社，2003：56-57.

以及拒绝村民邀请修三圣宫的情节相龃龉。文本所呈现的诸多不可弥合的缝隙，促使读者反思：木雕格子门这件艺术精品，在标举三教合一的环境之中，是否真的觅到了理想的归宿？进而言之，中国文化可曾有过和谐的统一？

作为执着追求艺术至高境界的高石美，与现实生活中虽有一定信仰，但在行止上又经常错位的高石美之间，体现出人格的极度分裂。这也可以视为传统文化存在巨大矛盾的综合症状。总之，高石美本人可以视为一个奇异的文化复合体，他与三教之间的纠葛，折射出作家对中国文化的深层思考。

（三）神秘幽暗的命运主题

《雕天下》具有浓重的悲剧意味。小说一开始，就有这样的描写：

> 1870年6月的一个黄昏，太阳就像病了，苍白、缓慢、孤独、茫然，迟迟不肯落山。不知为什么，夕阳下的尼朗镇显得更加衰败了。房屋散发出一种腐烂的气息，街道泥泞而肮脏。人们艰难地游走其间，年轻人和老年人走路的姿势几乎一模一样，都是小心翼翼地前行。苍蝇一群一群地飞来飞去，嗡嗡作响，搞得行人晕头转向。有人在训斥苍蝇：天都快黑了，还出来找死？

此时，尼朗镇的瘟疫正在蔓延。紧接着，高石美出场了。这是否在预示他与苍蝇一样，走上了"找死"的人生旅途？以上描写，呈现出杨杨中短篇小说中典型的世纪末景观。无论是《雕天下》整个文本，还是高石美个人，都被刻上了相当浓厚的世纪末思潮的印迹。受西方现代主义文学影响，在当代文学创作中，神秘主义向理性主义思潮发出挑战是一个重要维度。杨杨的创作，经常伴有地域性浓郁的神秘特色，弥漫于《雕天下》中的神秘性，使文本在对人类命运的探寻中，呈现出更为深邃丰厚的意蕴。

　　小说具有浓重的悲剧宿命意味。成长于鼠疫肆虐的尼朗镇，似乎就是有关高石美人生命运的谶语。他的不幸结局充满荒诞色彩。高石美的艺术旅程，也常常与某种神秘的悲剧意味相伴。比如，他很小就因为不听大人的话脱光衣服抬棺材而被认为把瘟神带进了尼朗镇，"人们总是从他身上寻找瘟神与死亡的事实根据"。一个算命的先生还对高父预言："你家要出一个了不起的木匠，手艺非凡，天上飞的，地上走的，水里游的，他都能用木头雕刻出来，而且像活着的一样。不，不是像活着的一样，而是有了生命，有了灵魂。那些东西就是你们高家的子子孙孙。所以说，你们高家的某一代就会因此断根绝种。"再如，他刚开始从事木雕格子门的创作，师傅杨义山就说："你要以生命本身作为代价，在格子里熬过一生。"高石美则"隐隐约约感到了某种危险和威胁向他逼近"。由于制作木雕格子门所用的材料，是被彝族人视为神木的毛椿树，在伐木的过程中，高石美与同伴受到了彝族人的警告。高的人生悲剧，或许与亵渎神明及匮乏对自然的敬畏息息相关。在这一神秘的对应中，作品体现了可贵的生态意识。纵观高石美的一生，这些预言真切地隐喻着艺术与生命的神秘对应。艺术家的生命，往往就体现于其作品之中。

　　在小说的下半部分，高石美与美国人杰克及其助手苏合林来到傣族村寨白心寨，陷入了当地特有的巫蛊文化的神秘谜团中。有趣的是，类似的情节在《巫蛊之家》中也出现过，可见杨杨对神秘文化以及冷漠人性的关注。

　　达诺一家，本是"一个表现了人类精神的美好家庭"。然而，"杰克他们做梦也想不到，那么美好的家庭已因为他们的到来而蒙上了可怕的阴影，达诺的命运开始急速下转……成了一个污秽、恐怖和可耻的'琵琶鬼'，这相当于'蛊婆''放蛊女'"。关于达诺一家悲剧命运的根源，文本从不同人物的视角进行了讲述，但由于彼此抵牾而一直模糊不清。值得注意的是，杰克与苏合林的身份是学者，致力于当地文化的学术研究，而杰克的心态是："他在白心寨的日子，真是错综复杂，每天都似乎充满了悬念和荒诞气息。他很需要这样的日子，他对此很渴望，很兴奋。他的眼睛一天比一天显得碧蓝和疯狂。"他与苏合林虽然也为达诺一家担忧，但是，显然还有更令他们倾心的东西。高石美在苏合林的记录本中，"看到其中关于'佛与魔'的那些零散记录，当然，这部分内容主要是记录达诺一家人的精神与物质生活，特别是他们在巫蛊文化笼罩下的阴影、憧憬和死亡"。杰克对云南巫蛊文化所给出的总结更令人深思："我们基本弄清了达诺一家人悲惨命运的现实性和必然性。即在这种严酷的社会现实之中，巫蛊与人们的关系如同黑暗与黑夜的关系。人们因为生活在巫蛊的阴影下，而愈加显示出自己无比黑暗和险恶的心理现实和心理本质，有如黑夜的来临，使本来黑暗的事物更加黑暗，更加接近其真实面目。"如果说，杰克的总结，可以在某种程度上揭示巫蛊文化的奥秘，那么"无比黑暗和险恶的心理现实和本质"，大概也适用于他吧——达诺一家的灾难，在格外理性而又近乎冷酷的分析中，似乎只是学术研究的样本。杰克正如《巫蛊之家》中的姜教授一样，作为闯入边地村寨的外来者，对苦难者的命运毫无悲悯与同情！

　　杰克的言行，如果不细加体察，既可能被忽略，也可能被误读，即可以归结为作家对当地文化的迷恋，及对于巫蛊的阐释。不过，如结合白莫土司对高石美揭露殖民者入侵带来的灾难这一情节，可以更为深入地透视杰克等人的言行：其身份虽然不是直接的武装入侵者，但是同样作为西方外来者，他们冷漠的知识考古似的科学态度，是另一种"殖民"，即葛兰西所谓的"文化霸权"。这正如萨义德的洞见：这些文化殖民者在自我主义的视角中，把东方文明作为"想象的他者"来观察，并易于得出偏颇的结论。还如萨义德对欧洲帝国主义扩张与文化、艺术之间奇妙嫁接所做的阐释："当一种文化形式或论述追求整体与完整时，多数欧洲作家、思想家、政治家和商人就容易有一种全球的观点。这些并不是语言修辞上的遐想，而是相当准确地与他们的国家的事实上正在扩张的全球势力相对应。"① 正是在这个意义上，才可以理解杰克等人的到来，缘何打破了淳朴边寨的宁静，令当地人陷入悲惨的境地。进而言之，文明的扩张，为何总是与灾难相伴？这是作品给予读者思索的问题。

关于《雕天下》的艺术性，在有限的评论中，曾被认为存在这样的缺陷："在长篇小说的艺术上，这部小说还有明显的缺陷……杨杨在《后记》中说这部小说：'它讲述了高石美作为一个云南民间木雕大师诡异奇幻的一生及他的精神历程。'可以看出他对长篇小说有理解，但笔力却不到，心到意不到。他写了高石美一生中奇幻诡异的一些事件，却没写出他一生性格的变化，也没写出'精神历程'，因此我宁可将其称为'精神迷境'，原因就在于高石美的精神没有'变迁'的历程，至少是不清晰的。"② 类似的评价还有："《雕天下》中，书写了多位人物的命运遭际，但是因为旁逸斜出的太多，作者唯恐难以掌控，于是采取全知全能的叙述方式，急切地想要把故事的发展进程和结局告知读者，在一些本应还有精彩故事发生的地方，往往被几句叙述性的话语交代得清清楚楚，人物的命运处境和形象发展缺乏必要的事理支撑，使小说的蕴藉感和丰富性遭到了令人遗憾的削弱。"③ 这类评论，是从传统现实主义小说叙事重理性、重逻辑的立场出发的，显然未中肯綮。《雕天下》恰恰是在看似无序而混沌的叙事中，折射出主人公的"精神迷境"，进而探寻充满神秘色彩的人性之复杂的。

① 【美】爱德华·W·萨义德.文化与帝国主义[M].李琨，译，北京：生活·读书·新知三联书店，2003：146.
② 宋家宏.杨杨和他的《雕天下》[EB/OL].http://blog.sina.com.cn/s/blog_4c24923 80100chfl.html.
③ 杨荣昌.扎向南高原的创作之根——杨杨创作论[J].文艺新观察，2011（4）：58.

小说的内容与形式永远是密不可分的。"决定一个作家与另一个作家及一个时代与另一个时代小说的差别、判定小说艺术是否在向前发展进步的唯一依据就只能是'叙述与语言'。"① 的确，《雕天下》的情节较为松散，人物的面影也不清晰，尤其是人物的转变缺乏逻辑。但是，对《雕天下》如果局限于传统的解读方法，是难以窥得其中堂奥的。如果结合高石美与杰克等人在白心寨的经历，可以看出小说大量使用了拼贴、变形、戏拟、寓言等多重讲述方式，体现出后现代主义所追求的现实与虚构、历史与小说之间界限消解的特征，解构的意味很强。杰克对苏合林的质问"你的调查材料为什么缺乏结论"，正是后现代创作去中心、平面化、无高潮的表现。这样的表现手法，使达诺一家的故事有如一座迷宫，凸显了主题与意义的模糊与不确定，折射出人类无法掌握自身命运，从而具有荒诞色彩的巨大悲剧性。

总之，作家在《雕天下》中所采用的方法，应该是刻意而为的结果，虽然略显生涩，但体现出一定的先锋性，也体现出初涉长篇创作的作家的勃勃生气。杨杨的文学阅读范围很广，对于新潮小说也十分热衷。② 杨杨在《雕天下》的后记中曾这样说："写作时，我总感到自己脚踏云南大地，抛弃了对写作技巧的迷恋，把'木雕格子门'的文化意味与人的情爱、苦难、生死等问题反复纠缠在一起，极力构建云南小说的某些元素。"还可以进一步认为，《雕天下》实际上在某种程度上超越了作家的构想，即并非仅仅着眼于对云南地域文化的探讨，还进入了对人性复杂层面的剖析与挖掘。他所尝试的实验性极强的表现方法，既使文本的意义呈现出丰富的多维性，又有助于对人类命运神秘性的探讨。

在《雕天下》中，除了先锋性的写作尝试，杨杨延续了短篇小说的创作风格，即通过描写丑恶的环境、人物、感觉，来暗示神秘的悲剧命运主题。他的第一部短

① 吴义勤．长篇小说与艺术问题 [M]．北京：人民文学出版社，2005：5.
② 杨杨．附录：我的写作日记 [M]// 杨杨．巫蛊之家，合肥：安徽文艺出版社，2010：224.

篇小说集，以同名小说《混沌的夏天》来命名，其中几篇小说的标题耐人寻味，如"忧郁的死湖湾""驴鬼和鬼驴""臭话"。在《雕天下》中，高石美眼里的尼朗镇是这样的："一幢幢老房子，都呈现出颓败不堪的样子，瓦楞里、墙头上，全是一片一片的荒草，在晚风中毫无精神地摇晃。几年不见了，街坊邻居依然如故，脸色铁青，眼睛灰白，不死不活的，没有一点儿生气。"此外，当他为赚钱解救父亲而来到个旧时，"有一种窒息的感觉"，"还闻到了一种怪味，似乎是某种腐殖的气息"。再如，对隐藏着被盗的木雕格子门的屋子的描写："在这幢幽暗得深不可测的百年老屋里，果真是蜘蛛、臭虫、老鼠和幽灵的天下，但奇怪的是，安邺对此并不恐惧，身处这样自由的环境里，他甚至有一种飘起来的感觉。从获得这里可能藏匿着木雕格子门的秘密那天开始，他对此屋就有各种充满诗意的想象……"美好的艺术、诗意的想象、丑恶的事物、阴暗的动机、犯罪的欲望共处一室，是一种独特神秘的传达。以上的描写，尤其是人物独特的感觉，具有现代主义的"荒原"体验，弥漫着一种颓废与唯美的气息，"表现了现代人对与生俱来的人本困境的深切自觉"[①]。

　　杨杨还经常采用反讽的表现手法。比如在高石美与妻子赵金花的恋爱场景中，这样描写赵金花："火光如同蕴含着欢乐的生命一样，在金花的脸上跳动着……金花的身影却更加完美、和谐，具有一种无懈可击的美丽。"这样描写高石美："从雕刻的角度说，他的五官和四肢仿佛是精心搭配在一起的，色泽和质感都很好，可以说他一天比一天更像一个男子汉了。"实际上，两个人的性情，包括他们的爱情，与任何"美好"的描述都是极为抵牾的。而且，通篇对其他人物的爱情描写，几乎都是一见钟情的模式，看不出任何的具体演进，既无法令人产生应有的感动，更使人讶异于作家处理世间最美好情感的随意与荒唐。这样的反讽描写与人物的最

---

① 　解志熙．美的偏至——中国现代唯美—颓废主义文学思潮研究 [M]．上海：上海文艺出版社，1997：316．

终悲剧性命运之间，构成了巨大的张力。

浓郁的世纪末思潮烙印，使文本的意义呈现出丰富的多维性，也有助于对人类命运神秘性的探讨。在深层文本结构中，《雕天下》具有现代主义的"荒原"体验，弥漫着一种颓废与唯美的气息，表现了现代人对与生俱来的人本困境的深切自觉。这与高石美本人的人生经历若合符节。对高石美悲剧命运的刻画，使全书超越了同类作品惯常的对艺术家穷愁惨苦生活的极度渲染，呈现出更为复杂的意旨和色彩斑斓的风貌。

在《雕天下》的后记中，杨杨还表示：

> 这里的许多山林和村寨，在我的眼里好像时常飘浮着梦魇一般的气息，这里的人更多的好像还生存在半神半人的世界里。神话、传说、迷信、梦幻紧跟着他们的脚印、衣囊、背篓、刀斧、汗水和牛羊，撒满了他们生存的每一个角落。这是一个充实而丰富的世界，承载着人性中某些最美好和最邪恶的元素。我们作为生长在这片土地上的写作者，正好可以从中去发现、保存、保护、演绎那些最宝贵的人类经验。

作家从本地文化中发掘"最宝贵的人类经验"的愿望跃然纸上。也正如有论者所指出的那样，"小说《雕天下》是通海土生土长作家杨杨的作品，从地域文化的角度来看是一部独具地域文化特色，具有较高审美价值和艺术风格的作品"①。不过更要看到，《雕天下》在某种程度上超越了作家的构想，即并非仅仅着眼于对地域文化的探讨，还进入了对人性复杂层面的剖析与挖掘。正因如此，高石美的人

① 田甜.在地域文化视域中来探究木雕艺术的文化元素——以通海作家杨杨的《雕天下》为例 [J]. 科教导刊，2013(12).

生便被展现得颇为奇幻而丰富。高石美的生存环境，并不具备现代性滋生孕育的土壤，这也注定其日常举止行为，裹挟着浓厚的小农意识的庸俗性。不过，其卓越艺术家的身份，使其在木雕世界里自由翱翔的同时，生发出鲜活而新奇的艺术经验与生命体验。于是，在一片偏远、闭塞的蛮荒之地，神奇地出现了高石美这样一个具有颓废－唯美色彩、极具现代性感受的艺术家形象，这就是《雕天下》的主要魅力所在。

总之，正如海男所说："这是一部超越了现实意义的作品，它几乎汇集了神秘巫境中的一切语词，从而揭示了一个生活在遥远世纪艺术家不为人知的世俗史和艺术史。"① 只有辨析出《雕天下》中这种超现实的、寓言式的写作方式，才能领会作家创作的真义。

有论者把 20 世纪 80 年代中期登上文坛，在 20 世纪 90 年代走向成熟的作家称为新潮作家，并对他们的创作予以这样的概括：

> 在我看来，还从未有作家（特别是中国作家）像新潮作家这样表达出对人类灾难处境和苦难命运如此深刻的理解。新潮长篇小说也正是在对灾难的终极体验和本体书写中描绘出生命的"存在版图"的。这样新潮长篇小说的主题就必然沿着两个维度展开：其一是小说与现实（历史）的关系；其二是小说与主体（人和生命）的关系。而联系这两者的共同人生图景就是灾难和末日景象，其共同的主题词汇就是深渊堕落。我们发现在我们这个充满商业狂欢气氛和消闲娱乐趣味的时代，新潮作家却义正词严地书写着苦难和灾难，这是一种反叛，同

① 海男 . 神秘巫境中的言说者——《雕天下》前序 [M]. 杨杨 . 雕天下 . 合肥：安徽文艺出版社，2007.

时也是一种迫不得已的洁身自好。①

　　杨杨从短篇小说开始，包括在此后的长篇纪实文学《通海大地震真相》等的创作中，就自觉地对人类的苦难与灾难进行了不懈的挖掘。他的写作初衷，显然也有对抗"商业狂欢气氛和消闲娱乐趣味"的反叛精神，以及"迫不得已的洁身自好"立场，而其潜在的根源则是对人类命运的人道主义悲悯情怀。很有意味的是，《雕天下》所折射出的多重意蕴，与杨杨在后记中以充满激情的话语所表现出的对文化艺术的挚爱之情，是明显龃龉的。作家在创作过程中发生初衷的变异，于此可见一斑。

　　《雕天下》塑造了高石美这样一个独特的"多余人"形象。作家没有像传统写作那样，把一个艺术大师打扮成一个圣人与完人，而是通过这一角色，折射出艺术与现实的反差与荒诞，以及人在现实生活中的无奈与困境，尤其是通过对阴暗人性的警示，来呼吁人与人之间应有的理解与关爱，体现出对整个人类的悲悯与同情。高石美的艺术人生与世俗人生都走向了混沌与迷茫，小说正是着眼于对人类命运主题的开掘，才使得整个文本充满了丰富的、多维的神秘色彩。《雕天下》的可贵之处，即超越了艺术层面的探讨，而最终走向了对人性隐秘层面的挖掘。

　　《雕天下》以其对于艺术与文化的独到反思，以及独具魅力的魔性叙述，获得了"云南省文化精品工程奖"。在当代云南小说史中，这是一部应引起足够关注的力作。

---

① 吴义勤.长篇小说与艺术问题[M].北京：人民文学出版社，2005：53.

二、充满诗意的新边地书写——《红河一夜》解读

继《雕天下》之后，杨杨的另一部长篇小说《红河一夜》（花城出版社 2013 年版），通过书写在中越边境红河流域上演的传奇故事，对边地风云变幻的历史进行了新的想象建构。"故事与历史之间的互动，具体主题不同，可能性也就无穷无尽。"① 《红河一夜》书中的传奇历史，在大幅度的时空自由跨越中得以重新组装，既迥异于传统的史传性历史小说，又对当代文坛曾颇为流行的新历史小说有所突破；既体现出历史的无尽复杂性，也体现出较为深刻的历史意识。文本对丰富和拓展当代小说的历史书写，提供了新的借鉴。此外，《红河一夜》加重了杨杨小说创作固有的诗意色彩，把对生命灵魂的深层剖析、对人类痼疾的无情鞭挞、对美好家园的真诚召唤，水乳交融地结合在一起。总之，边地历史所包含的波谲云诡、浪漫诗意、命运浮沉，在《红河一夜》中有了丰富多彩的诠释。毋庸讳言，文本也具有新历史小说的印迹，但强烈的现实关怀取向，并未使作者堕入历史虚无主义。正是基于深切的悲悯情怀，杨杨的小说创作，总是不乏当今所需的精神正能量，这也是格外可贵的。

（一）别具一格的"新历史小说"

优秀的小说作品，不能脱离历史时空关注人类的命运，也不能匮乏深刻的历史意识。"历史意识作为人观照历史与生活、探索人生和世界的观念和方法，其意义在于能够给人们提供一个回溯过去、探索现实和筹划未来的宏阔视域。小说的创作与批评，就要求将历史看作不断流动的开放体，能够敏锐发现和把握叙述对象在

---

① 【美】柯文. 走过两遍的路：我研究中国历史的旅程 [M]. 刘楠楠，译. 北京：社会科学文献出版社，2022：210.

历史发展中承上启下的作用、价值和意义，并由此深刻揭示历史发展的基本趋势和运动规律。"① 中国因具有悠久而漫长的历史，在文学创作中格外关注历史。而小说自诞生以来，就与历史结下了不解之缘，尤其是"史传"传统对小说影响深远："'史传'之影响于中国小说，大体上表现为补正史之阙的写作目的、实录的春秋笔法，以及纪传体的叙事技巧。"②

浓重的"史传"情结，使中国的历史题材小说绵延不绝，尤其在当代文学中，曾占有重要的位置。《保卫延安》《红日》《红旗谱》《红岩》《青春之歌》《李自成》等，即以不同时期的历史题材为背景，演绎着浓烈的意识形态观念。不过，自20世纪80年代以来，受西方后现代思潮尤其是新历史主义的影响，出现了许多面目迥异的"新历史小说"。这些作品之"新"，突出表现在以下方面：以野史消解正史，从阶级斗争的历史向欲望的历史转化，以历史的偶然性取代必然性，从突出英雄到重视凡人在历史中的作用，从反映历史到反映生活。"从根本上讲，新历史小说不是文学自省的结果，而是哲学真实观崩溃之后的产物。现代哲学昭示人们，包括历史在内的一切存在，在事实上都是不能被原原本本地复述的。""既然如此，文学又何必要有复述历史的痴心？"于是，"改写历史居然成了一种赤裸裸的欲望"③。

新历史小说对于提升文学的多元性，改变传统创作二元对立式的本质性思维方式，具有很大的积极作用，但同时也具有一定的弊端，较典型的现象就是对历史的随意化、世俗化处理，"逐渐陷入了对历史、传统的具有虚无主义色彩的绝望颓唐情绪之中，开始露出了彻底游戏历史的倾向"④。这无疑会对历史的庄严性、人在

① 王春云.小说历史意识研究 [M].北京：中国社会科学出版社，2013：6-7.
② 陈平原.中国小说叙事模式的转变 [M].北京：北京大学出版社，2003：212.
③ 曹文轩.二十世纪末中国文学现象研究 [M].北京：作家出版社，2003：299-300.
④ 王爱松.政治书写与历史叙事 [M].北京：中国广播电视出版社，2007：327.

历史中的地位以及历史当中丰厚的人文精神，产生巨大的消解。

　　杨杨是一个有着极强历史意识的作家，此前创作的《通海大地震真相》《昆明往事》《雕天下》等，文体各异，但都有探究历史真相的强烈诉求，《红河一夜》亦是如此。小说的故事情节如下：勇敢、独立、要强的中国女孩大学中文系毕业生丁冰冰，为了探寻家史，以及寻找越南男友阮艾中，孤身来到中越边境——河口，意外地被困在红河的沙滩上，并遇到了一个越南男人（阮艾中的孪生兄长阮爱山），此人对丁图谋不轨。丁为防止受到侵害，仿照《一千零一夜》中的方式，不断地讲述自己与阮艾中的交往历史、他们双方的家史，以及近代以来中国、越南、法国之间的国族历史。由于百年来边地风云变幻的历史，在一夜之间，有了不同层面的重新叙述，这部小说显然可以视作新历史小说家族的成员，不过在艺术表现及内涵意蕴方面却有新的开拓。

　　《红河一夜》在历史意识方面有了独特的探索。尤其是弥漫于整个文本的浓郁的诗意氛围，与新历史小说流行的较为冷漠的叙事语气相比，具有极为浓烈的情感，这是十分值得关注的。可以看出，杨杨的历史探秘，始终是与诗意寻访相生相伴的。这样的创作基点，与小说中人物的体验恰切地融为一体，如丁冰冰在河口的感受："每一天都如若进入了一座梦幻之城"，"阳光暖融融的，让这个城市的每一个角落，都好像潜藏着深深的魅力……我也因此走进了梦幻世界，走进一个个诗意的空间"。在她看来，由于红河的哺育，这里"更加雄奇、温暖、丰富、古老和奇妙"，这里的人也是"一群最自由、最快乐、最浪漫的人"。甚至，"那里的自然和历史，神奇得令人不敢相信，它们在现实与超现实主义之间飞翔"。他和阮艾中之间的爱情，也是在这种诗意的氛围中升华的："在这样一个特定的地理及历史时空中，我们不知不觉地走进了充满诗意的古老梦境，走进了这个充满着生命热情的地方。我和他也似乎随之进入了恋爱季节。"类似对于边地美好情境的浓烈的诗意描写，随处可见，体现了作家对这方神奇土地不遗余力的讴歌。可以说，"如此充分地展示边地自然已不再是僵死的东西的机械组合，而是蓬勃盛郁的生命有机体，富有主体性、经验、感觉，有自身内在的价值"①。

对于所谓"正史"的怀疑代不乏人，鲁迅就曾对中国历久沿袭的正史如此批评："历史上都写着中国的灵魂，指示着将来的命运，只因为涂饰太厚，废话太多，所以很不容易察出底细来"[《华盖集·忽然想到（四）》]。所以鲁迅终其一生都对相对更为客观真实的野史情有独钟。对于历史"宏大叙事"的拆解，是西方后现代思潮的重要出发点。一些信奉后现代观念的历史学家，就偏好叙述具有野史性质的"小故事"，并利用从这些"小故事"中得出的意蕴，来质疑正史的大趋势和大结论，这在《红河一夜》中也有明显的表现。

对于历史系研究生阮艾中来说，在做历史调查时，便格外重视老人们讲的野史："他需要的就是那样的老故事，那是生长在老人心中最真实的历史。老人们把它们十次、一百次地讲给孩子听，孩子又讲给他们的后代听，一代传一代，成为一个国家和民族的共同记忆，滋养着人们的心灵。"活泼的、具有生命力的民间野史，与民族心灵史的建构就这样统合在一起。一个个老人讲述的"小故事"，也可视作早期小说形态"稗官野史"的翻版。在杨杨笔下，充满生命力的文学虚构，与丰富多彩的历史书写，奇妙地融汇在了一起。

由于更重视呈现历史的多面性，于是许多"正版"的历史就有了别样的演绎。比如黑旗军的历史，在阮艾中看来，此前的学术论文，"如果堆在一起的话，是有一定的高度了，但那都是一堆散发着死尸气味的材料，充满了偏见和谎言"。丁冰冰也这样认为："在中学历史课上，我早就知道了黑旗军和刘永福，知道他们与越南的关系，那是我们云南人引以为荣的一段历史。可惜，当时的历史老师讲得太简

① 雷鸣.映照与救赎——当代文学的边地叙事研究[M].北京：人民出版社，2013：189.

单，太枯燥了。"于是，关于这段历史就有了多样的讲法。黑旗军领袖刘永福本人既受中国政府的派遣，又被越南王加官晋爵。这一历史中心事件的中心人物的双重身份，暗示了不同因素在历史进程中的合力作用。在对这一历史事件的追溯中，还尤其重视小人物在历史中的作用，比如，刘永福的家眷黄八姑就在抗法战争中发挥了独特的作用。

在丁冰冰与阮爱山的交流中，对正史的质疑无处不在。阮反对丁像老师在课堂上讲课那样，用灌输的方法来叙述历史，丁则这样回复："想象你正在看一部具有穿越意味的电视连续剧。"就这样，阮本人也渐渐接受了丁的看法，并将其概括为："是一部好莱坞模式的战争电影大片，是莎士比亚笔下的爱情和历史戏剧，是拉美式的魔幻现实主义小说，是异常精彩的电视连续剧。"充满奇幻色彩的历史叙述，不但使丁冰冰化险为夷，并且使阮爱山也着了迷，不但体现了多维历史的迷人之处，也印证了历史本身都是后人写就的"当代史"，是充满主观推测成分的。丁冰冰所谓的"你究竟是什么口味我现在也无法知晓，你喜欢什么故事就对我说吧"。还强调了历史不在于讲什么，而在于怎么讲，突出了历史的想象性。"恰恰是在想象这一点上，史学和艺术找到了共通之处……要重建过去的生活场景，没有想象力如何办得到呢？"①《红河一夜》的历史探秘，显然是想象力无限升腾的产物。

文本中的中、越抗法的近代史，完全可以以时下流行的后殖民主义批判方式予以解读，破除西方"他者"眼光注视下的"东方主义"偏见，重新确立自我的族类意识。但是作品超越了后殖民阐释框架，具有更为宽广的历史视野。比如，在阮艾中的祖父母的河口之行中，小说对这一"对内对外的通商咽喉"进行了浓墨重彩的描写："他们看到了唱戏的、表演现代歌舞的、放无声电影的，同时也看到了法国

_____

① 李剑鸣.历史学家的修养和技艺 [M].上海：上海三联书店，2007：53.

人开的寄信局、沙利耶洋行、商会、小学、医院、制造厂、妓院、烟馆、当铺和赌饷公司等等，简直就是一个花花绿绿的小世界。"再比如，对曾是贫民窟的山边街的描写："那里已不是所谓的贫民窟，而是赌馆、戏台、烟花馆、咖啡馆之类的东西，是一个充满着人间的七情六欲和异域情调的城中之城。"尽管这些沾染了殖民特征的地域也有藏污纳垢之所，但叙事者显然不是对殖民主义进行充满民族义愤式的谴责，而是对西方现代文明赋予落后的前现代中国的一些"现代性"予以了充分的理解，甚至不无赞许。在这种"理解之同情"的观照视域下，即使当时正在修建的滇越铁路，在法国人残酷野蛮的管理下吞噬了无数劳工的生命，也具有推动现代文明进步的独特意义，因为这种特定时代中先进技术的引进，"毕竟是中国开始向工业化、都市化迈进的起步，同时也是古老中国走出中世纪、迈向新社会的艰难而又意义重大的一步"[①]。

《红河一夜》尽管也有对正史的拆解与质疑，但绝非像有些新历史小说那样，完全以游戏的态度观照历史，而是自出机杼，对人类的命运进行了深入的反思。

寻根，是新历史小说青睐的主题之一。这种寻根倾向，鲜明地体现在阮艾中这一人物身上。如他对丁冰冰说："在这块复杂的土地上，我们每个人都是一个传奇，都是一个谜。"正是为了寻找谜底，"我们似乎有了自己的历史使命，有了自己的历史责任"。由于具有多国的、多文化的血缘背景，在研究历史的同时，他对自己的身份归属产生了强烈的困惑：

> 正因为有了这种国家与国家之间的渊源，造就了我们家族的特殊历史，后来又因为发生在三国之间的几次战争，我们的家族几代成员的命运更是各不相同……简直是理不清，说不明。但这种杂乱家史，

① 宝成关.西方文化与中国社会——西学东渐史论 [M].长春：吉林教育出版社，1994：290.

在某些历史阶段，却让我们家族的几代人面临着各种"选择"，你究竟是中国人还是越南人？或者是法国人？只要选择不对，你就成了敌人。可是，我们怎么选择呢？谁也选择不了，谁也无法面对自己的历史，这样一来，我们常常成了没历史的人，就像我现在，人是越南的，但心却在中国。这在越南人眼里，我不是叛徒是什么？

所以，阮艾中认为："我其实也是一个没历史的人，我的来源几乎可以说是一个'黑洞'。"他还认为自己"身份很荒诞"，是"空心人"。在丁冰冰眼里，他也只不过是一个飘逝而过的"影子"和"梦中之人"，并且还有这样的疑惑："感到他就是一个人在孤独地战斗。为了这段历史？为了自己的研究课题？为了能确定自己的身份？他始终在战斗，而敌人在哪里呢？好像在他的周围，又好像远在天边。"

美国著名思想家萨义德，少年时期曾以少数民族裔的身份到英国读书，他这样回忆自己与英国学生的主要区别："我记得从来不曾听他们提过'家'字，但在我心中，他们是有家的，而最深意义的'家'是我一直无缘的东西。"① 这种与生俱来的"格格不入"的对身份归属的困惑，也最终促成了他提出闻名全球的"东方主义"。阮艾中的困惑，虽然源自更为复杂的族裔困惑，但是更多的诉求则是消除民族之间的宿怨。文本对某些越南人对中国的仇视心理，做了深入的剖析。中、越的原住民在传统上具有不可分割的血缘关系，不过由于越南长期以来作为中国的藩属之国而存在，一些越南人认为自己是没有文化根基的人，对中国有一种与生俱来的附属感，及由此衍生的屈辱感和嫉恨感，并终于在此基础上酿造出民族性的"弑父"情结。阮艾中本人，对这些仇华者给予了尖锐的批判，认为"他们的做法就像

---

① 【美】爱德华·沃第尔·萨义德.格格不入：萨义德回忆录[M].彭淮栋，译，北京：生活·读书·新知三联书店，2004：48.

一个有病的人"，"唯恐天下不乱、不斗、不战"，体现出强烈的反战心态，及对极端民族主义的抵制。在丁冰冰眼里，"他现在的一切努力就是要改变这种相互仇恨的局面"，"这正是这个越南人最纯真可爱的一面"。所以，阮艾中的寻根，实际上不仅是对生物意义上固有之根的拆解，也是对于天然就有血缘纽带的中越人民宝贵情谊的召唤。

丁冰冰的使命之一也是寻根，即追寻丁氏家族的英雄史。然而，这一过程却出现了多层次的所指断裂。首先，英雄的家史非但没有给家里带来荣耀，反而使人们对丁家充满了歧视。而当地的地方志研究专家，则不过试图从丁家挖掘出一批爱国主义教育"成果"，充满了反讽的意味。其次，丁冰冰的寻根动机也受到了强烈的质疑，比如她甚至为此不惜改写历史，受到了阮艾中的强烈指责。最后，她是否真的是英雄的后代，在不同讲述者那里，成了一个彻底的疑问。所以，文本所传递的是英雄这一能指符号的虚无，也进一步昭示：一切类似英雄的光环，无非是巨大的光环而已，人还是应该脚踏实地地立足于个人本位，以坚实的创造来使历史更为丰富和完满。

从更深层次来看，《红河一夜》的整个文本，都可以看作寻访历史的隐喻。丁冰冰、阮艾中、阮爱山三位主人公都是历史的寻访者，也是自我的寻访者。这些人的身份归属问题，无处不在隐喻历史之偶然性与非确定性，并折射出一种"局外人"式的存在主义困惑。这种对人类命运的深层叩问，与现代人所特有的"荒原"意识对接，将现代人在现实社会中无所适从的困境彰显出来。对历史的寻访及其意义的消解，无不显现："现代生活被瞬间性所主宰，分裂成偶然的碎片，构成一个缤纷的永不枯竭的印象之流。"①

历史所蕴含的多彩诗意、复杂多变、命运主题，在《红河一夜》中都有了浓

---

① 汪民安.现代性[M].南京：南京大学出版社，2012：35.

墨重彩的演绎。杨杨的创作，具有新历史小说的明显特征，但是强烈的现实关怀意识，使其没有堕入历史虚无主义，而是始终保有一种深挚的人间情怀。他在《自序》中写道："这样的地区就好像是棋盘上的'边'和'角'，历来就是政治家、军事家和商人关注和争夺的焦点。当然，这样的地区在过去的年代里，几乎纯粹属于政治性或军事性的存在，是政治权力在地域上的划分或限界。但随着当今世界经济形势的变化和发展，边境对于文化和经济的作用力却显得越来越大了。"

所以，《红河一夜》在寻访历史的同时，是时刻不忘关注现实的，如多次出现对暗娼等社会负面产物的批判。尤为显著的是，在看似具有传奇色彩的历史寻踪中，实则隐含着对这段历史中绵延不绝的战争的强烈批判。对于战争的强烈谴责，同样是一种深层的历史反思意识的体现，也警示着人类，时刻不能忘却自身炮制的历史上的重大灾难的重要根源："本质主义与排他主义的理论或设置障碍与偏袒一方的问题在于，它们提倡两极化，饶恕无知，又蛊惑人心，却无益于知识的增长。只要草草地看一看最新的关于种族、现代国家、现代民族主义的大量理论就可以证明这一可悲的现实。"①

作为一位学者型作家，杨杨多年来沉溺于各种文化与文学典籍的研读，理论功底很深，并熟稔云南的民俗风情，所以学养积淀是较为深厚的。他的创作，具有典型的云南地缘性特征，发自对故乡的热爱。他始终坚持在云南大地上的行走，力求亲身体悟这片土地的自然与文化气息。"在生活世界中呈现的游之精神、游的行为，既在政治经济及社会政策上产生过重要的作用，也影响到中国人的处世态度与精神动态。"② 他的行走，也可以理解为一种具有精神深度的漫游，这既为他的作品增添了无限诗意，也可以催生丰厚而开阔的历史感，《红河一夜》就可视为这方面新

① 【美】爱德华·W·萨义德.文化与帝国主义[M].李琨，译，北京：生活·读书·新知三联书店，2003：40-41.

② 龚鹏程.游的精神文化史论[M].石家庄：河北教育出版社，2001：345.

的开拓。

（二）女性主体意识的有力弘扬

在《红河一夜》的女主人公丁冰冰身上，体现出当代年轻女性的性格特点，她同时还承载着弥合国族历史恩怨的使命，并透露出重新书写被男权思想主宰的传统历史的欲望。丁冰冰母亲的形象，则隐喻着长期被压抑的女性的反抗精神。丁冰冰身上鲜明体现了当代女性的主体意识。

丁冰冰的独立勇敢、聪敏机智，在《红河一夜》中得以彰显。丁冰冰在红河的沙滩上，为防止受到阮爱山侵害，与其展开了智斗，最终得以安全脱身。在危难时刻发挥聪明才智，以此主宰自身命运，这实在是一个令人钦佩的女性形象。

丁冰冰小时候就是一个男孩子都惧怕三分的女性，长大后她十分热衷于探险，喜欢那种独特的刺激感。在遭遇危险时，"她深深明白，维护自己生命的尊严是不讲究时间和地点的，哪怕生命受到严重威胁也将义无反顾，绝不妥协和改变"。"她相信自己的智慧，一定能在很短的时间里找到可以战胜这个色男的办法。""女性的自救，即是对自身命运的掌握和裁决，是女性主体力量的有力体现。"[①]丁冰冰的探险举动，以及能够与歹人斗智斗勇，及时化解危机，体现出当代女性自尊、自信、勇敢、机智的性格特点。

中文系的熏陶，还赋予丁冰冰这一人物耽于浪漫幻想的色彩，如其在河口大街上漫游的感受：每天都仿佛进入一座梦幻之城，走进一个个充满诗意的空间。在丁冰冰充分诗化的视野关照下，边地各民族的和谐共处，呈现出乌托邦圣境式的诗意。丁冰冰对异域情调极度迷恋的浪漫天性，最终促成了其与阮艾中的恋情："这座小城中的好多男人，都有杂交品种的嫌疑，也正是这种'杂交'优势，使他们在

---

① 　陶东风，徐艳蕊. 当代中国的文化批评 [M]. 北京：北京大学出版社，2006：216.

体质和精神气质方面，对我有一种抗拒不了的吸引力。"阮艾中的血脉中，就流淌着中、越、法三国的血液。

个体性的在幸福爱情中的沉醉，与普泛性的对边地的美好感受的融合，使丁冰冰身上较为明显的乌托邦情结，具有了美妙的现实意义："它总是在人类不幸或者失意的时候，给人一种未来的美好期许，弥合人的创伤，给人以温暖的安慰，以一种超越的力量助推人类前行，让人类的生命和生活焕然一新。"① 这也赋予了丁冰冰这一人物重要的个人主体性——她实际上负有弥合国族历史恩怨的神圣使命，因为尽管丁父在边境冲突中牺牲，但她在爱与美的感召下，还是毅然放弃了曾有的复仇计划。她对阮爱山说："就在不久前，我还在梦中潜入你们的国家，找一个男人杀死了，那也算是我为母亲报仇雪恨的一种坚定行动。当然，好在那只是一个梦，在现实中我一直没有实施那个可怕的计划。"一个具有博爱情怀的女性形象跃然纸上。

丁冰冰的女性意识，还表现为强烈的批判意识。《红河一夜》的现实观照，体现为对文化痼疾的警醒，尤其对传统的"看客"心态，予以了猛烈的抨击。丁冰冰自小和母亲相依为命，却一直受到周围环境的不公正对待："我和母亲都相互承受着来自不同人群的偏见和歧视，也许就是因为母亲没有丈夫，我没有父亲？从这点上来说，我的邻居和同学们是冷酷无情的，他们对我母亲与我组成的这种残破家庭，不但不同情，反而通过猜忌、造谣、漠视等方式，不断伤害我们。在我们面前，他们时时刻刻显示出他们与生俱来的优越感与高尚性。"这种严正的叙述方式与文本中大量的戏谑、反讽显然扞格，凸显了作家对冷漠无情之人性的强烈针砭。后来，丁母发疯致死，竟也成为身边人们的谈资，甚至成为小报等媒介津津乐道的话题。人性自私、愚昧、狭隘等痼疾，在被无情展示的同时，也昭示着以鲁迅为代

① 雷鸣.映照与救赎——当代文学的边地叙事研究 [M].北京：人民出版社，2013：41.

表的"五四"作家所开启的永恒命题——国民性改造任务的无比艰巨。

当代女性丁冰冰强烈的独立与自我性格，有时还以另外的风貌呈现。比如，她有时过于自负："我好像是个有心计的女人。的确，我也觉得自己非常了不起。""我坚信各种可能性的存在，更坚信自己的灵性和运气。"尤其有意味的是，丁冰冰不满足于对家族英雄史的追溯，竟有了改写历史的冲动。因为阮艾中告诉丁冰冰，她是黑旗军领袖刘永福妻子黄八姑的后人，所以当在边地遇到一位老人，且老人的叙述不能满足她时，她竟想串通阮艾中送老人钱，"让他'见钱眼开'，然后按照我们的'提示'，把黄氏家族的英雄故事讲下去"。"即便最后没涉及我外公的家世，那也无关紧要，我们可以继续提示他，或者'更正'他的某些说法，甚至可以为他所讲的事实做一些必要的补充，只要他点头认可就 OK 了。这样一来，我们的目的就能达到了。"面对阮艾中"缺乏学术道德"的指责，丁认为他"古板，事事死搬教条，没有一点灵活性"。此外，针对别人对其家世提出的质疑，丁冰冰如此反驳："那些死人的历史，哪一段不是传说？"

显然，丁冰冰显露出欲达目的不择手段的功利性态度，以及爱慕虚荣的特点。不过，透过这样的表层含义，实际上可以透视出更多的复杂意蕴。在"新历史主义小说"的维度中，私人化和个体性得到了明确："私人化和个体性是新历史主义小说非常突出和最为典型的特征，一方面，传达出有别于传统的新的历史观；另一方面，更为重要的是，赋予一切历史以当代性，以历史为由头表现了现代人对现实人生的独特体悟和思考。"① 私人化与个体性，在丁冰冰改写历史的冲动中显露无遗。在中国历史当中，女性常处于父权制的操控体系中而备受束缚。传统正史的写作，几乎都是在男性主导下完成的。丁的举动，可以视为挑战父权制，争取女性主体地位的隐喻。

---

① 王春云 . 小说历史意识研究 [M]. 北京：中国社会科学出版社，2013：19.

通过丁冰冰这一人物，文本对正史中流行观念的揶揄，所在多有，比如丁冰冰的探险心路："自己虽然是个女孩，但巾帼不让须眉，这是中国的一个'传统'。"遇到了困难，则"在心中呼喊着'下定决心，不怕牺牲'的口号"。再如，当丁冰冰听到阮艾中说出"我爱中国历史文化，我更爱中国人"这句庄严的话时，这样反应："他最后的这句话，像呼口号一样，把我逗得哈哈大笑。"这对于充满"宏大叙事"意味的传统价值观，都有一定的重新考量的意味。此外，在丁冰冰的讲述中，始终闪现着一个极尽调侃之能事的叙事人，其特点之一，就是把今日的流行语以嬉笑怒骂的形式融入历史的讲述中。如写阮艾中的高祖母，在反对丈夫找越南小老婆时的心理："世上哪有这种道理，明媒正娶者反而成了二奶？"借古讽今的意味相当明显。总之，《红河一夜》的主人公丁冰冰，对于历史有独到的理解，既拓宽、丰富了小说的历史意识，又体现出强烈的女性主体意识。

丁冰冰的母亲是《红河一夜》中的另一个主要人物。全文中有一段令人震撼的情节，就是母女二人都爱上了阮艾中，最终丁母在情感的困惑之中神经错乱而死。两人初次接触阮艾中，便都被其吸引。在丁冰冰的眼中，阮艾中"是男人中的极品"。作为理发师的丁母，在给阮艾中理发时，也有类似的感受："任何一个女理发师，无论老的小的，美的丑的，如果有机会这样零距离碰到他的身体，恐怕都会有一种被吸住的感觉。"

这种母女同恋一人的现象，有些匪夷所思。尤其是丁母竟然认为丁冰冰最初领阮艾中到家里，就是想把这位年龄与她差距过大的小伙子介绍给自己做恋人。在丁冰冰眼里，母亲"好像压抑不住内心的某种激情"，"我母亲也被他的魅力征服了"。"那时候，我们母女俩各怀心事。这是我明显感到家中第一次出现不正常的现象，为此我时而产生一种莫名其妙的恐惧，时而又莫名其妙的兴奋。我不知如何是好，也不知最后会发生什么，更不知我将如何看待我母亲。"结合文本中多次出现的女性对男性一见倾心的心理，可以看到一种潜在的男权思想的渗入与蔓延。但丁母的反常之举，又在一定程度上具有突破男权藩篱的意味。

丁母发疯后的表现之一，就是不顾女儿阻挠，常常裸露身体。"在中国历史上，女人的身体常被道德家视为不祥之物。'现代'这一概念出现后，女人身体的象征意蕴不同了。"① 丁母这种近似变态的异常行为，实际上象征着女性在长期压抑下彻底的精神欲望的释放。正如以赛亚·伯林所说："所有的欲望都是被某种事物刺激出来的……原因当然是有很多的，而且模糊，很难探索，对于其中的某些，精神分析学家可能是正确的。"② 如果按照精神分析的思路，丁母此举恰乃女性本我正常欲望的显露，这与其生活经历密不可分。她与丁冰冰的父亲偶然相遇并相爱，在一时的激情中孕育了丁冰冰，此后丁父牺牲于战场。长年孤单、苦难的生活，使阮艾中的出现在其情感世界中掀起了巨大的波澜。此外，丁母的反应，也可视为对周围冷酷环境的抗议。

"文化史一再证明，每一次人的解放，都是从肉体开始的，都是人的肉体与'上帝'和'撒旦'的战斗。从文学的角度看，那就是叙事方式充当了文化和意识形态的异端，这是一种反压抑、反文化的异端叙事方式……没有这种异端叙事，我们很难想象文学史的样子。"③ 在丁母的形象演绎及丁冰冰重述历史的冲动中，都可看出小说对女性命运的反思，和对女性生存状态的关注。总之，通过对丁氏母女形象的塑造，《红河一夜》张扬了强烈的女性主体意识。

---

① 【美】刘剑梅. 革命与情爱——二十世纪中国小说史中的女性身体与主题重述 [M]. 郭冰茹，译，上海：上海三联书店，2009：65.
② 【英】以赛亚·伯林，[波兰] 贝阿塔·波兰诺夫斯卡 - 塞古尔斯卡. 未完的对话 [M]. 杨德友，译，南京：译林出版社，2014：53.
③ 张柠. 中国当代文学与文化研究 [M]. 北京：北京师范大学出版社，2008：327.

（三）强烈生态意识的彰显

在杨杨的许多游记散文中，已经体现出强烈的生态意识。《红河一夜》瑰丽多姿、充满诗意的生态叙事中，蕴含着对人性灵魂的深层剖析，及对美好心灵家园的真诚呼唤。这与作家可贵的生态意识密不可分。

在《红河一夜》中，有大段关于边地自然景物的奇幻描写，如丁冰冰眼里的"魔法森林"："草木和动物在这里自由生长，阳光在这里变幻出各种色彩，各种若有若无的气息似乎既能让人兴奋，也能让人沉睡。这里对于人类来说的确是一个禁苑，似乎几百年来没留下一个人的印迹。""我从那里走过的时候，因为极致的宁静和阳光的作用，使我心中笼罩着一种无形的魔力，每走一步都好像是沉迷于梦幻之中。森林历来是产生神话、传说、巫术的地方，那里有我无法想象的原始的、神秘的力量，一切都似乎充满了魔法。"而据指引丁冰冰进入森林的一位老爷爷说，即使从前的见识非同一般的工匠，"当时面对那样的森林也看得目瞪口呆，既不知道它们属于何类植物，也不能呼出它们的名字，在那些奇怪的大树面前，他们显得非常无知，非常胆小"。

显然，这样的描写，充分体现出人类在自然面前所产生的一种敬畏之感，其所传递出的生态美学意识昭然可见。生态美学的出现，与生态科学的发展及现实中自然生态灾难的频繁发生密不可分。"'控制自然'这个词是一个妄自尊大的想象产物，是当生物学和哲学还处于低级阶段时的产物，当时人们设想中的控制自然就是要大自然为人们的方便有利而存在。"①

20世纪现实生态的巨大破坏，已经直接威胁到了人类的生存状态。由于被各种欲望所左右，人类丧失了对自然和生命的敬畏，疯狂的攫取、盲目的开采、过度的享受，导致了人与自然的对立冲突，以及人与自然关系的全面异化。曾繁仁先生

---

① 【美】蕾切尔·卡逊. 寂静的春天 [M]. 吕瑞兰等，译，长春：吉林人民出版社，1997：263.

在《试论生态美学》一文中说："对于生态美学的界定应该提到存在观的高度。生态美学实际上是一种在新时代经济与文化背景下产生的有关人类的崭新的存在观，是一种新时代的理想的审美人生，一种'绿色的人生'。而其深刻内涵却是包含着新的时代内容的人文精神，是对人类当下'非美的'生存状态的一种改变的紧迫感和危机感，更是对人类永久发展、世代美好生存的深切关怀，也是对人类得以美好生存的自然家园与精神家园的一种重建。"①

《红河一夜》的一个核心主题，就是通过赞美自然，剖析人性灵魂的深层奥秘，并完成对人类美好心灵家园的寻访。丁冰冰不止停留于对自然的喜爱与敬畏，中文的熏陶，还让她具有更多的浪漫情怀，如其在河口大街上漫游的感受："每一天都如若进入了一座梦幻之城"，"阳光暖融融的，让这个城市的每一个角落，都好像潜藏着深深的魅力……我也因此走进了梦幻世界，走进一个个诗意的空间"。

于是，在奇幻的氛围中，《红河一夜》对边地各民族的和谐生活，便有了如此诗意的描写："小姑娘们显露出天使一般的性情和花一样灿烂纯洁的光辉，小伙子们则大胆地表现出自己的智慧和体魄。各人都有自己的秘密，各人都看到对方真实的心灵状态。他们之间的爱情是如此和谐，如此可敬，如此美妙。"虽然这里的乌托邦色彩很强烈，但是在文本大量关于战争和死亡的描写中，却显然具有美好的祈愿之寓意。生态美学继承了卢梭、梭罗等人开创的传统，往往对那些没有经过人类工业文明污染的原生态空间寄予了美好的期望。这些空间，与人类自身的不幸或者失意形成了鲜明的对比。显然，美好的生态环境，总是给苦难的人们带来一种对于未来的美好期许，总能弥合人的精神创伤，并给人以极大的心灵安慰。丁冰冰正是在美好的自然环境中，被赋予了弥合国族历史恩怨的神圣使命，这也为全书增添了极为温暖的诗意色调。

① 党圣元，刘瑞弘.生态批评与生态美学 [M].北京：中国社会科学出版社，2011：134-135.

生态文明的存在，以生命的存在为前提，鲜活的生命和生物之间的和谐共生，及其所形成的生机勃勃的生命状态，是生态文明的首要特征。因此，对生命全面而深刻的重视和推崇、审视和关注，渐渐成为生态美学的主旨。通过以上情节可以看出，《红河一夜》除了敬畏自然，还真诚地呼唤人间的博爱，这也是对人类生命存在的关注。

　　对生命的尊重与敬畏，还充分体现在对战争的强烈谴责中，如对阮艾中祖父母的童年时光，有这样一段描写："他们都听到了铁路边的一排树上有一只奇怪的大鸟在啼叫。越南女孩说，那只鸟的妈妈是不是在战乱中被打死了？中国男孩说，恐怕不仅它妈妈被打死了，还有它的爷爷、奶奶、父亲、大伯、叔叔、同伴也许都被打死打伤了，不然它为何那么长久地悲鸣？"民胞物与的博爱情怀，及对战争的无比憎恶鲜明地呈现出来。此后，美军对越南国土的轰炸，在老年祖母的视角里有如此呈现：

　　　　她看到不远处的街面上，墙角下，大大小小的儿女们全被炸飞、炸碎在那里，一切都是分离的，一切都是变形的，一切都是血腥的，一切都已无可挽回。此后，她什么也看不见，听不清了，一切都恍若一个噩梦，断断续续，忽明忽暗，让人时而浑身发冷，时而焦渴难耐，时而惊恐不安，时而麻木不仁……那是一个万籁俱寂的死亡世界，又是一个喧嚣混乱的魔鬼地狱，一切都难以用语言表述或描摹了。战争再次改写了阮艾中的家史。

　　这是一幅类似毕加索著名的反法西斯题材作品《格尔尼卡》的人间浩劫的素描，在具象与抽象、实感与臆想中，把战争给人带来的巨大灾难，触目惊心地刻画出来。对比那些美好的自然景观，人性的贪婪与残酷于此可见。

总之，只要聚焦于中越边境这方神奇的土地，浪漫的叙事风格与不时夹杂的调侃语调便很不协调。但正是在如此浓郁的诗意氛围中，一部在表层含义上具有传奇色彩的"三国演义"，在深层含义中受到了极大的解构。所以，文本的整体取向，实际上并不是此书封面上具有商业卖点性质的语句——"关于战争、阴谋和爱情的'三国演义'"，而是对人类充满恩怨与争斗、暴力与血腥之历史的解构，是对人类悲悯情怀的呼唤。

杨杨是一个学者型的作家，长期沉迷于中国传统文化典籍的研读。《红河一夜》中对生命的关注，实际上蕴含着中国传统文化中丰富的生态美学思想。儒家思想的核心是以"仁"为本的忠恕之道、追求"美善合一"的审美观，以及主张以"德"为先的价值观。道家思想主张"少私寡欲""无为不争"，对沉迷于功利欲念，甚至不惜动用权谋手段满足一己之私的行为，充满了厌憎与批判。而珍爱自然与生命，更是佛教文化的真义。

除了传统文化的积淀，促使杨杨对生态文明予以关注的另一个重要因素，是他对美好自然的情感生命的热情投入，他热衷于田野调查式的旅行就是例证。这在《红河一夜》的"自序"中表现得很明显："许多年前，我曾梦想在云南的土地上寻找一块'复杂之地'，一个人悄悄潜入它的秘密角落，去探寻隐匿在那里的令人惊异的事物。""那些缥缈的神话、传说又与真实的历史融为一体，为烦躁的现实世界烘托出一个飘动诗意的宁静天堂。""那里的一切极像一个童话、一篇史诗、一部小说，既是老百姓的日常故事，又是正史之外的秘闻传奇。"惯于在游走中激发创作灵感的作家，为此亲身来到河口，并感受到："这里的事物本身就蕴含着一种气息，蕴含着'寓言'和'神灵'。"

当一个作家真正地立足于大地，真诚地体味自然的魅力，热爱与尊重生命，浓郁生态意识的孕育，也就水到渠成了。《红河一夜》可作如是观。

总之，《红河一夜》聚焦于中越边境发生的一幕"天方夜谭"式的故事，对边地的历史进行了别有意味的重新解读。这部小说既迥异于传统的"史传"性质小说，又对流行的新历史小说模式有所突破，从而具有较为独特的历史意识。整个文本在瑰丽多姿的诗意色彩中，蕴含着对人性灵魂的深层剖析、对美好心灵家园的真诚呼唤，以及对人类痼疾的无情鞭挞。《红河一夜》的女性意识和生态意识，亦是可贵的亮点。

《雕天下》与《红河一夜》这两部长篇，前者着重于魔性，后者则洋溢着诗意，不过都把杨杨小说创作的主旨，即对人类命运的巨大悲悯，演绎到了极致。

第四章
结　语

一直身居云南边地的杨杨，在 30 年的文学创作中，取得了较为显著的文学成就。他的文学创作历程，可以给人带来有益的启示。

首先，作家不论背景、环境、出身，对待创作，都需要一种求真务实的态度。

杨杨的写作，是一种切实的在场式写作。他常年扎根滇南边陲，以田野调查方式，实地探访勘察，在此基础上得以深入把握云南历史文化的内在理路。为了获得扎实的史料，乃至为了澄清一个细节，他甚至不止一次踏访历史遗迹，这就保证了其创作具有坚实的基础。

其次，杨杨十分注重阅读，善于向古往今来的大师学习，并且注重收集资料，成为学者型作家的代表。

在杨杨心目中，十分注重经典作品的阅读，这使其创作既具有浓郁的书卷气，又给读者带来至美的享受，也使其在诸多文学大师那里汲取到丰富的文学滋养，并融入个人的创作中。杨杨以其丰富的藏书所打造的"书林岛"，已成为通海文化圈的醒目景观。杨杨除了阅读量大，藏书丰富，还收集了大量的云南文化文献资料，成为某些领域的专家。比如对于小脚，就曾有来自世界各地的学者，来到通海登门向他请教。有了这样的积淀，其对笔下书写对象了然于胸，因而构筑了坚实的写作基础。在较为浮躁的文坛，杨杨的作家学者化姿态，可提供宝贵的借鉴。

再次，杨杨善于发现空白点，找好创作的坐标，对滇南地区予以不断发掘开拓，取得了较大突破。

滇南地区无论从自然地理还是人文景观来说，都充满了神奇的魅力，不过在云南文学总体的版图上，尚未成为被充分开垦发掘的重要地域。出于对这一带自然人文环境的亲切与熟稔，以及为云南文学开辟新的地理空间的气魄，杨杨将文学坐标置于滇南，以更好地发挥自身的价值，为云南文学做出贡献。迄今为止，杨杨坚韧、执着地扎根滇南大地的文学探索，已经有了丰硕的成果。

复次，杨杨的创作，具有智性与诗性写作兼容的鲜明特点，形成了个人的独特风格。

杨杨的学者姿态，使其特别喜欢对历史予以深切的追问，他认为："一个地域写作者首先是一个人类学者，他得知道本地的事物，本地事物中形而上意义、本地精神。"思辨色彩使其作品的智性风格十分突出。此外，他还是一个理想主义者，对理想的精神家园乃至诗和远方充满了企盼。这使他的创作融汇了智性和诗性，辨识度颇高。

最后，杨杨一直具有颇强的创新意识。

杨杨不断进行文体方面的实验与探索，他致力于打通文体界限，在虚构与非虚构之间自由转换穿梭，文本的互文现象十分突出。这使其创作气象万千，意蕴深厚。

杨杨数十年如一日，以踏实、执着的态度积极深入生活，勤奋地搜集相关资料文献，勤恳写作，勇于创新，成为玉溪文坛的代表性作家，在云南当代文坛也越发引人关注。当然，杨杨的创作还有欠缺之处。毋庸讳言，如果喷薄的激情不加节制，且写得过多过快，会损害作品的质量，模式化的弊病也在所难免。如果杨杨能静下心来，利用个人优势，潜心探索发掘，精心打磨，相信杨杨的创作还有更大的提升空间，还会为读者、为文坛带来更大的惊喜。

参考文献

1. 陈国恩. 浪漫主义与 20 世纪中国文学 [M]. 合肥：安徽教育出版社，2000.

2. 陈平原. 中国小说叙事模式的转变 [M]. 北京：北京大学出版社，2003.

3. 范培松. 中国散文史 [M]. 南京：江苏教育出版社，2008.

4. 方锡德. 中国现代小说与文学传统 [M]. 北京：北京大学出版社，1992.

5. 李玲. 中国现代文学的性别意识 [M]. 北京：人民文学出版社，2002.

6. 李欧梵. 现代性的追求 [M]. 北京：生活·读书·新知三联书店，2000.

7. 李欧梵. 中国现代作家的浪漫一代 [M]. 王宏志等，译，北京：新星出版社，2005.

8. 李欧梵. 李欧梵论中国现代文学 [M]. 上海：上海三联书店，2009.

9. 林非. 现代六十家散文札记 [M]. 天津：百花文艺出版社，1982.

10. 刘艳. 中国现代作家的孤独体验 [M]. 长春：吉林大学出版社，2007.

11. 刘勇. 现代文学讲演录 [M]. 桂林：广西师范大学出版社，2009.

12. 裴毅然. 二十世纪中国文学人性史论 [M]. 上海：上海书店出版社，2000.

13. 钱竞. 中国现代文艺学研究 [M]. 济南：山东教育出版社，2009.

14. 邵伯周. 人道主义与中国现代文学 [M]. 上海：上海远东出版社，

1993.

15. 施军. 叙事的诗意——中国现代小说与象征 [M]. 北京：人民出版社，2007.

16. 王德威. 想象中国的方法：历史·小说·叙事 [M]. 北京：生活·读书·新知三联书店，2003.

17. 王德威. 现代中国小说十讲 [M]. 上海：复旦大学出版社，2003.

18. 王德威. 抒情传统与中国现代性：在北大的八堂课 [M]. 北京：生活·读书·新知三联书店，2010.

19. 王学谦. 自然文化与 20 世纪中国文学 [M]. 长春：吉林大学出版社，1999.

20. 夏志清. 人的文学 [M]. 沈阳：辽宁教育出版社，1998.

21. 夏志清. 中国现代小说史 [M]. 刘绍铭等，译，上海：复旦大学出版社，2005.

22. 肖同庆. 世纪末思潮与中国现代文学 [M]. 合肥：安徽教育出版社，2000.

23. 解志熙. 美的偏至——中国现代唯美—颓废主义文学思潮研究 [M]. 上海：上海文艺出版社，1997.

24. 严家炎. 严家炎论小说 [M]. 南昌：江西高校出版社，2002.

25. 杨守森主编. 二十世纪中国作家心态史 [M]. 北京：中央编译出版社，1998.

26. 杨义. 叩问作家心灵 [M]. 北京：中国社会科学出版社，2000.

27. 俞元桂主编. 中国现代散文史（修订本）[M]. 济南：山东文艺出版社，1997.

28. 张福贵，黄也平，李新宇. 二十世纪中国文学的文化审判 [M]. 长春：时代文艺出版社，1999.

29. 赵园. 艰难的选择 [M]. 上海：上海文艺出版社，2001.

30. 曹文轩. 第二世界 [M]. 北京：作家出版社，2003.

31. 曹文轩. 小说门 [M]. 北京：作家出版社，2003.

32. 李建军. 小说修辞研究 [M]. 北京：中国人民大学出版社，2003.

33. 童庆炳. 现代诗学问题十讲 [M]. 青岛：中国海洋大学出版社，2005.

34. 王乾坤. 文学的承诺 [M]. 北京：生活·读书·新知三联书店，2005.

35. 杨冬. 文学理论：从柏拉图到德里达 [M]. 北京：北京大学出版社，2009.

36. 叶朗. 美学原理 [M]. 北京：北京大学出版社，2009.

37. 【美】M·H·艾布拉姆斯. 镜与灯：浪漫主义文论及批评传统 [M]. 郦稚牛等，译，北京：北京大学出版社，2004.

38. 【加】玛格丽特·艾特伍德. 与死者协商——玛格丽特·艾特伍德谈写作 [M]. 严韵，译，上海：上海三联书店，2007.

39. 【美】克林斯·布鲁克斯，罗伯特·潘·沃伦. 小说鉴赏 [M]. 主万等，译，北京：世界图书出版公司，2006.

40. 【法】蒂博代. 六说文学批评 [M]. 赵坚，译，北京：生活·读书·新知三联书店，2002.

41. 【加】诺思罗普·弗莱. 批评的解剖 [M]. 陈慧等，译，天津：百花文艺出版社，2006.

42. 【英】E·M·弗斯特. 小说面面观 [M]. 朱乃长，译，北京：中国对外翻译出版公司，2002.

43. 【德】黑格尔. 美学（第一卷）[M]. 朱光潜，译，北京：商务印书馆，1979.

44. 【美】马泰·卡林内斯库. 现代性的五副面孔 [M]. 顾爱彬等，译，北京：商务印书馆，2002.

45. 【法】保尔·利科. 虚构叙事中时间的塑形 [M]. 王文融，译，北京：生活·读书·新知三联书店，2003.

后 记

我于2012年由东北来到玉溪工作。很奇妙的是，与杨杨兄在来滇之前就结下了缘分。

支离东北风尘际，漂泊西南天地间。举家南迁，是不容易的事，事先要仔细考察一番方可。在网上查找了许多关于玉溪的信息后，对这座满布鲜花、空气清新、四季如春的城市，就开始不胜向往了。在漫无边际的浏览中，竟然发现了杨杨兄的博客，看到他的简介和他写下的许多优美的文字，就给他留了言。没想到，他热情回复，并视为同道，真诚希望我到玉溪后与他联系。

到玉溪后，还真就延续了这样的神奇缘分，不但登门拜访杨杨兄，感受到他的谦谦君子之风，还拜读他的大作，受益匪浅。可以说，我对云南历史文化的了解，在很大程度上，是拜杨杨兄所赐，因此对他是充满感激的。

作为大学教师，除了教学，科研亦十分重要。近10年来，在很大程度上，杨杨兄的大作，使我感受到文学的美好，便也不揣浅陋，写下了一些所谓评论文章，累计大概也有近20篇了。这不由令自己也感到惊奇，想来一定是杨杨兄作品的魅力打动了我，情动于中而形于言，这无形中促进了科研工作。为此，同样要真诚地感谢杨杨兄。

本书就是在对杨杨兄创作的研究基础上整理修改而成的。除了要感谢杨杨兄，还要感谢玉溪这座美好的城市，不断赐予我写作的灵感。同时要感谢玉溪市文联"文艺精品创作"扶持项目的资助，以及云南省教育厅"玉溪作家杨杨创作研究"的立项支持。也要感谢所有教过的学生，课堂上与他们的对话，使读书和思考尚不至于停滞。最后要感谢家人长期的体谅和包容。

由于个人学识、修养等方方面面的不足，本书一定还存在许多不足之处，敬请方家不吝赐教指正。

石　健

2024 年 1 月 11 日于玉溪中梁壹号院